grafit

Wenn aufmerksame Leserinnen und Leser nach der Lektüre dieses Buches den Eindruck haben, es komme ihnen einiges bekannt vor, sind sie keiner Sinnestäuschung erlegen. Leo P. Ard und Reinhard Junge haben den Schatz ihrer in den letzten zwanzig Jahren geschriebenen Geschichten gehoben und von Rost und Patina befreit.

Chemnitzer Str. 31, D-44139 Dortmund
Internet: http://www.grafit.de
E-Mail: info@grafit.de

Umschlaggestaltung und -illustration: Johannes Sich
Druck und Bindearbeiten: CPI – Clausen & Bosse, Leck
ISBN 978-3-89425-364-6
3. 4. 5. / 2011

Leo P. Ard / Reinhard Junge

Mordsschnellweg

Kriminalstorys

grafit

Die Autoren

Leo P. Ard, 1953 als **Jürgen Pomorin** in Bochum getauft, lebt als Drehbuchautor *(Balko, Ein starkes Team, Tatort, Der Staatsanwalt)* in Bochum und auf Mallorca. Das Drehbuch zu dem ARD-Krimi *Polizeiruf 110: Totes Gleis,* das Pomorin gemeinsam mit Michael Illner verfasste, wurde 1995 mit dem Adolf-Grimme-Preis in Gold prämiert.

2006 erschien nach langer Pause wieder ein Roman von Leo P. Ard: *Der letzte Bissen.*

Reinhard Junge wurde 1946 im Geburtenregister von Dortmund erstmals behördlich erwähnt. Nach dem Wehrdienst zog er 1968 nach Bochum und unterrichtet seit 1979 Deutsch, Russisch und Latein in Wattenscheid.

Mehr unter: www.reinhard-junge.de

Zusammen bastelten Ard und Junge u.a. die Kriminalromane der legendären Ekel-Trilogie – *Das Ekel von Datteln, Das Ekel schlägt zurück* und *Die Waffen des Ekels.* Mit *Totes Kreuz* setzte Reinhard Junge die ›Pegasus‹-Serie im Alleingang fort, es folgten *Straßenfest* und *Glatzenschnitt.*

Inhalt

Leo P. Ard

Tödliche Dosis

Der Mörder ist immer der Gärtner – Teil 1

1

Es war ein schöner Samstagabend. Der Sonnenuntergang glühte rot und erinnerte an früher, als der Abstich auf der Hütte den Dortmunder Abendhimmel erleuchtete. In Lewandowskis Garten floss das Bier durch die ausgetrockneten Kehlen der Schreber wie einst der Stahl in die Gießpfannen. Nichts deutete darauf hin, dass in der Gartenanlage *Zum tollen Bomberg* an diesem Abend ein Mord geschehen würde.

Erwin Farle, Ede Rodenstedt und Philip Kroll waren direkt von Borussia gekommen, durstig und verärgert. Die Schwarz-Gelben hatten zwei Tore zu viel kassiert – und das ausgerechnet von den Lahmärschen aus Bochum.

Nach dem ersten Liter erlahmte die Spielkritik und wurde von Erinnerungen an früher abgelöst. Schütz und Konietzka, Emmerich und Libuda. Und dann das 11:2 gegen den TSV aus Marl-Hüls, damals, als Reinhold Wosab sein erstes Spiel in der Kampfbahn *Rote Erde* machte …

Für die Frauen war die Stunde weniger beschaulich. Friedchen Schnell wischte den verstaubten Tapeziertisch ab und zurrte die Blümchendecke aus Plastik fest. Eva Kroll schleppte ein übervolles Tablett heran und wuchtete es auf den Tisch. Else Lewandowski verteilte die Teller und Schälchen mit der unbeirrbaren Geduld, die den Ordnungssinn deutscher Kleingärtnerfrauen auszeichnet: In die Mitte kamen die Käse- und Wurstschnittchen, gespickt mit Gürkchen und Radieschen. Daneben die Schälchen mit den Cocktailwürstchen und Silberzwiebeln. Rechts der Kräuterquark und die Folienkartoffeln, links Senf, Ketchup und Gewürze. Schwierigkeiten machte nur der Apfelkuchen, den Edeltraut Dröse vorbeigebracht hatte, bevor sie nach Teneriffa abgedüst war. Er passte erst auf den Tisch, nachdem der Schnittchenteller bereit war, seinen Platz in der Mitte mit ihm zu teilen.

Lewandowskis Garten war der ideale Ort für das Sommerfest: so groß wie ein Tennisplatz und schmuck wie die Bundesgartenschau. Überhaupt: Die ganze Anlage konnte sich sehen lassen. Nicht nur wegen der üblichen Gummireifen, die als Blumenrabatten herhalten mussten, wegen der Gartenzwerge und der beliebten Schubkarren mit dem Immergrün. Am Eingang dominierte eine gewaltige Lore, die statt Kohlen und Abraum nun Nelken beheimatete. In Schnells Erdbeerbeet schreckte ein hell glänzender feuerfester Stahlkochermantel auch die frechsten Drosseln ab. Und die Pergola vor dem Steinhäuschen der Lewandowskis war aus bestem Ruhrstahl geschmiedet – er würde dem Wilden Wein auch in fünfzig Jahren noch eine wetterfeste Stütze sein.

All dieser Zierrat gehörte in diese Gartenanlage wie die Halsglocke zu einer bayrischen Milchkuh. Denn Hörde – das war die Wiege der Dortmunder Stahlindustrie. Schon 1837 war auf der Hermannshütte das erste Erz geschmolzen worden.

»Die Rippchen sind gut«, rief Fritz Schnell und hielt zum Beweis ein von Fett triefendes Stück Fleisch in den Hörder Abendhimmel. Die ansehnlichen Fleischstücke hatte das Ehepaar Farle beigesteuert, das ganz in der Nähe eine Metzgerei betrieb *(Farle – wenn's um die Wurst geht)*.

Der ehemalige Stahlkocher Schnell hatte sich selbstverständlich für den Dienst am Grill einteilen lassen. Routiniert würzte und löschte er Fleisch, Wurst und seinen Durst mit dem berühmten Stifts-Pils aus Hörde.

»Es sind zwar noch nicht alle da«, rief Mutter Lewandowski in die Runde und klirrte mit den Gläsern, »aber wir fangen schon mal an.«

»Das sieht aber gut aus!«, freute sich Trude Farle und stürzte sich auf die Käsehappen mit Weintrauben.

Kauend sah sich Horst Lewandowski um und musterte die Gäste: Schnells hatten ihren kleinen Enkel mitgebracht, Farles eine selbst gemachte Bowle, Klaus Drewniak seine neue Motorradjacke. Auch die hübsche Jutta Röttger war da – zum ersten Mal nicht in Schwarz, seit ihr Stefan die Kurven unterhalb der Hohensyburg mit dem Nürburgring verwechselt hatte. Der hinkende Ede Rodenstedt war ausnahmsweise nüchtern und Metin Demir wieder ohne seine Frau, dafür aber mit einem Appetit, wie ihn nur Leute mit gesundem Magen entwickeln.

Wenn frohe Reden sie begleiten, gehen die Schnittchen munter fort: Erwin Farle schimpfte noch immer über den verschossenen Elfmeter, Ede Rodenstedt hielt zum fünften Male in diesem Sommer ganz allein die russischen Panzerverbände bei Kiew auf und Lutz Krämer schwärmte davon, einigen »Raudies« von der Wellinghofer Straße die Hammelbeine lang zu ziehen. Dabei war allen klar, dass es bei den Träumen bleiben würde. Der Rächer der zertretenen Erdbeerbeete war so schmalbrüstig und kraftlos, dass er schon mit einem korrekt gezapften Literkrug Probleme hatte.

»Hör mal, Horst«, sagte Erwin Farle und stieß Lewandowski den Ellenbogen in die Rippen. »Ich bewundere schon die ganze Zeit die Sträucher da am Zaun. Watt is das für 'ne Sorte? Hasse die auch aus Tirol?«

Lewandowski schwieg.

»Und wo sind denn die schönen Tannen geblieben, die du dort stehen hattest?«, bohrte Farle weiter.

Lewandowski sah ihn grimmig an: »Erwin, das sind die Tannen!«

»Nee, watte nich sachs!«, staunte Farle, legte eine Pause ein und erkundigte sich dann vorsichtig: »Und warum hast du die jetzt quadratisch geschnitten?«

Lewandowskis Stirnader wurde prall wie ein verstopfter Gartenschlauch: »Ich doch nich, du Idiot. Das war Drahle, dieses Schwein!«

»Was?«

»Ja! Der war doch wegen der Tannen ständig am Meckern. Sie würden seinen Erdbeeren die Sonne wegnehmen. Hat schon mit dem Anwalt gedroht. Und heute Morgen komme ich in den Garten, da sind die Bäume auf Zaunhöhe abgesägt.«

»Bist du sicher, dass es Drahle war?«

»Natürlich. Er hat hinterm Fenster gestanden und sich eins gegrinst. Ich habe gebrüllt, dass ich ihm die Fresse einschlage, wenn ich ihn das nächste Mal sehe ...«

»Hat ihn aber nicht sehr beeindruckt«, meinte Farle.

»Wieso?«

»Guck doch mal, wer da kommt!«

Lewandowski drehte sich abrupt um und sah gerade noch, wie ein Mittfünfziger in hellbeiger Stoffhose und weißem Hemd über den Zaun kletterte. Er trampelte dabei mitten in Lewandowskis Zwiebeln, klopfte sich kurz den Dreck vom Hosenbein und kam beschwingt auf die Gruppe zu, wobei der Gegenwind seine sieben Haare nach hinten wehte und eine hohe, glatte Stirn freilegte.

»Hallo!«, flötete er und setzte sich zu den anderen.

Lewandowski bekam den Mund nicht mehr zu.

»Der ... ich glaube, ich spinne! Besitzt die Frechheit und lässt sich hier blicken. Und zertrampelt mir ...«

Er wollte aufspringen, doch Farle hielt ihn zurück.

»Horst! Denk an die Frauen! Die freuen sich doch immer so auf unsern Gemütlichen. Verdirb ihnen bloß nicht den Abend.«

Während Farle auf Lewandowski einredete, klinkte sich Drahle unbeeindruckt in die Debatte der Borussia-Fans ein.

»Dass die letztes Jahr ins Pokalendspiel gekommen sind,

war reiner Zufall«, behauptete er. »Wahrscheinlich haben sie jemanden bestochen. Die Truppe taugt eigentlich höchstens für die zweite Liga …«

Klaus Drewniak, der seinem Verein seit Jahren auch bei allen Auswärtsspielen die Stange hielt, schnappte nach Luft. Aber ehe er zum Gegenschlag ausholen konnte, hatte sich Drahle bereits zu den Frauen umgedreht und übte Süßholzraspeln.

Hannelore Krämer und Friedchen Schnell standen gerade auf, um den ersten Abwasch zu erledigen, obwohl das »doch noch gar nicht nötig« war, wie Mutter Lewandowski ihnen versicherte.

»Lassen Sie die beiden doch! Das sind Hausfrauen aus Bestimmung«, sülzte Drahle. »Oder sogar aus Leidenschaft?«

Hannelore Krämer wusste nicht so recht, ob sie die Bemerkung als Kompliment verstehen sollte, zuckte mit den Schultern, schnappte sich das Tablett mit den Tellern und verschwand.

Statt ihrer verdunkelte Friedchen Schnell mit ihrem massigen Körper die tief stehende Sonne. Sie stemmte die Arme in die Hüften: »Mit Ihnen, Herr Drahle, habe ich noch ein Hühnchen zu rupfen!«

»Prima!«, grinste Drahle.

»Sie haben gestern Nachmittag eine Stunde lang Ihren Rasen gemäht. Mit ohrenbetäubendem Lärm. Und anschließend Ihre Beete gedüngt. So ein Gestank – einfach bestialisch …«

»Was sein muss, muss sein!«

»Sie haben genau gesehen, dass meine Schwiegereltern zu Besuch waren und wir im Garten bei Kaffee und Kuchen saßen. Warum haben Sie nicht etwas gewartet? Mein Mann hatte Ihnen doch Bescheid gesagt.«

Drahle strich sich pomadig über den dünnen Haarteppich und rümpfte die Nase. »Werte Frau Nachbarin! So weit muss es noch kommen, dass Ihr Mann mir Bescheid sagt!

Meine Zeit ist begrenzt. Im Gegensatz zu ihm habe ich eine Arbeit, die mich ganz in Anspruch nimmt. Wenn ich schon mal in den Garten komme, kann ich nicht warten, bis Sie sich ausgequatscht haben.«

Friedchen Schnell hielt ihm den Zeigefinger unter die Nase, als ob sie ihn aufspießen wollte: »Warten Sie – das zahle ich Ihnen heim!«

Drahle grinste und trollte sich. Demonstrativ nahm er ein Medikamentenfläschchen aus seiner Tasche, schaut auf seine Uhr und steckte es wieder ein.

»Er macht wieder die Mitleidsmasche«, flüsterte Hannelore Krämer Friedchen ins Ohr, während sie die senfbeschmierten Messer einsammelte. »Guck mal, er schleppt die Flasche sogar mit aufs Fest! Irgendwas am Herzen, hab ich beim Friseur gehört. Und vorgestern torkelte er nur noch durch den Garten.«

»Von wegen Herz – die Leber. Und die kriegt ihre Medizin nicht gerade tropfenweise …«

Misstrauisch folgten die Blicke der beiden Frauen Drahle zum abseits stehenden Campingtisch, an dem das Lehrerehepaar Mürrmann Bowle schlürfte. Die beiden sahen überrascht zu ihrem neuen Tischnachbarn auf.

»Wenn das man gut geht!«, seufzte Hannelore Krämer und sammelte die zerknüllten Papierservietten ein. Die Mürrmanns waren Vertreter einer pestizidfreien Naturdüngung, während Drahle so viel Chemie in seinem Garten einsetzte, dass ihm eigentlich eine VIP-Karte bei Bayer Leverkusen zustand.

Auch an diesem Abend kam es offensichtlich zu keiner Verständigung mit ihm: Hannelore Krämer konnte beobachten, wie Drahle bei den Lehrern Platz nahm, seine Tropfenflasche unfallsicher aufbaute und auf die beiden Pädagogen einredete. Nach einigen Minuten sprang die Lehrerin empört auf und sah sich nach einem Platz bei den anderen um.

Dennoch verliefen die nächsten Stunden zunächst recht friedlich. Philip Kroll zeigte ein paar neue Kartentricks, Ede Rodenstedt sang Seemannslieder zum Akkordeon und Fritz Schnell sackte noch vor dem Nachtisch neben dem Grill ins Gras und begann, laut zu schnarchen. Die Fußballer trugen ihn in seinen Garten, wo er auf der Hollywoodschaukel den Rausch ausschlafen konnte. Die Grillwache übernahm, Kummer gewöhnt, seine Frau.

Um kurz vor acht präsentierten Friedchen Schnell, Hannelore Krämer und Eva Kroll unter großem Gejohle der Festbesucher eine Gemüsemodenschau: Kleider aus Rhabarberblättern, Petersilienschmuck im Haar, Halsketten aus Kartoffeln. Im Rumbarhythmus tänzelten sie über die Terrasse und lösten wahre Begeisterungsstürme aus. Erwin Farle, von einer brisanten Mixtur aus Underberg, Pils und Pfirsichbowle bereits schwer angeschlagen, stopfte sich zwei Fleischtomaten unters Hemd und schloss sich den drei Frauen an. Der Jubel kannte keine Grenzen.

Für den meisten Gesprächsstoff aber sorgte Drahle, und das gleich aus mehreren Gründen: erstens, weil er sich mit jedem anlegte, zweitens immer wieder auf die Uhr schaute, um den richtigen Moment zum Einnehmen seiner Herztropfen nicht zu verpassen – und drittens, weil er genau um zwanzig Uhr achtzehn Minuten mitteleuropäischer Sommerzeit zusammenbrach.

2

An die Uhrzeit erinnerte sich Ede Rodenstedt später genau, weil er in diesem Moment merkte, dass *Wetten, dass ..?* schon angefangen und er vergessen hatte, den Rekorder zu programmieren. Aber Drahles Auftritt war besser als alles, was ARD, ZDF und sämtliche Private an diesem Abend zu bieten hatten.

Drahle war gerade auf Motorrad-Klaus zugegangen, als er sich plötzlich ans Herz fasste. Dann taumelte er auf das Büfett zu und stürzte nach vorn. Mit der rechten Hand griff er voll in den Kräuterquark, mit der linken fegte er den Senf vom Tisch. Dann sackten ihm die Knie weg, sodass er mit dem Kinn auf die Schnittchenplatte knallte. Die Reste der Dekoration, zwei Cornichons und ein Tomatenviertel flutschten unter ihm weg und landeten auf dem Rasen. Schließlich krachte der ganze Tisch zusammen und Drahle fiel in ein weiches Ragout aus Kartoffelsalat, Grillwürstchen und Maissalat.

Trude Farle schrie auf, Philip Kroll schüttelte entrüstet seine Locken und Klaus Drewniak rieb sich schadenfroh die Hände: »Alte Schnapsdrossel! Das habe ich ihm schon lange gewünscht!«

Die Sauerei, die Drahle angerichtet hatte, war eine echte Herausforderung für die im Garten versammelten Frauen. Während das rechte Bein des Gestrauchelten noch einmal wild zuckte, gingen sie schon daran, die Unfallspuren zu beseitigen. Drahle selbst interessierte sie dabei nur insoweit, als er im Weg lag und ihnen die Arbeit erschwerte.

»Hör mal – der steht ja gar nicht mehr auf!«, sagte Lewandowski schließlich.

Metin Demir und Erwin Farle erbarmten sich. Sie packten den Reglosen unter den Achseln und zerrten ihn hoch. Doch sein sonst leicht wirkender Körper war schlaff und schwer geworden und sackte immer wieder durch. Schließlich hievten sie ihn in ihrer Not zu viert auf einen Stuhl und warteten ab, was geschah.

Es geschah nichts. Drahles weit aufgerissene Augen glotzten in den Wipfel des üppigen Pflaumenbaums, aus seinem Mund sickerte ein feines Rinnsal aus Speichel und Pils.

»Phil, komm doch mal ran!«, rief Erwin Farle beunruhigt. »Du hast doch 'nen Sani-Kurs auf der Hütte gemacht.«

Der dicke Kroll zwängte sich an den Trümmerfrauen vorbei.

»Was is mit ihm?«, drängte Farle.

»Vielleicht muss er liegen«, meinte Else Lewandowski. »Als meine Schwester Elsbeth aus Datteln den Schwächeanfall ...«

»Lass dat jetzt mit die Elsbeth!«, zischte ihr Mann. »Phil weiß schon, watt zu tun is.«

Der krempelte dem leblosen Drahle den Hemdsärmel hoch und suchte nach dem Puls. Dann horchte er an seiner Brust und fummelte an der Halsschlagader herum. Die Schrebergarten-Meute stand dabei, langsam wurde es stiller.

»Omi, schläft der Onkel?«, fragte Schnells Enkel.

Der dicke Kroll holte tief Luft. »Ich glaube«, krächzte er, »der ist tot!«

3

Bis zur Eingemeindung im Jahr 1928 war Hörde eine selbstständige Stadt gewesen, die mit den reichen Dortmunder Nachbarn oftmals in Fehde gelegen hatte. Von der 1895 geschleiften Wasserburg der Herren von Hörde aus hatten die Grafen von der Mark verbissen gegen die Bürger der Hansestadt gekämpft. Aber Dortmund war uneinnehmbar gewesen und hatte schließlich das widerborstige Städtchen im Süden geschluckt. Den Alten, die in den Zwanzigerjahren unter der Führung des ›roten Hansmann‹, des Hörder Landrats, den Kampf verloren und die Eingemeindung miterlebt hatten, war nur noch der starrsinnige Satz geblieben: »Ich bin kein Dortmunder, ich bin Hörder!«

Drahle dagegen *war* Dortmunder, ein mittelhohes Tier bei der Stadtverwaltung. Er hinterließ weder Frau noch Kinder, dafür eine Siebzig-Quadratmeter-Wohnung auf dem Clarenberg und eine gepflegte Gartenanlage von fast zweihundertvierzig Quadratmetern mit einer gemauerten Laube und ertragreichen Gemüsebeeten.

Bereits seit einer guten Viertelstunde hing sein Körper auf dem Stuhl. Keiner traute sich, ihm die Augen zuzudrücken. Es war, als wartete Drahle noch ab, was die anderen jetzt mit ihm anstellen würden.

Lewandowski hatte sein Handy gezückt und Doktor Beck, den Arzt vom Neumarkt, und die Polizei alarmiert. Die Überlebenden hatten sich an zwei Gartentische zurückgezogen und nippten an ihren Gläsern. Die meisten waren kreidebleich und stumm.

Mutter Lewandowski seufzte schließlich und meinte: »Ich habe ihn bestimmt nicht besonders gemocht, aber jetzt, wo er tot ist, tut er mir doch leid.«

Fast einmütig nickte die Runde.

»Er soll ohnehin sehr krank gewesen sein«, erzählte Hannelore Krämer laut. »Ich habe ihn öfters bei Doktor Beck gesehen. Er war ständig in Behandlung.«

»Kreislauf!«, meinte Lehrer Mürrmann. »Er musste immer diese Tropfen nehmen.«

Wieder nickten alle.

»Was mach ich jetzt mit die ganzen Würstchen?«, rief Friedchen Schnell vom Grill her, legte sich dann aber erschrocken die Hand vor den Mund – Tote soll man ruhen lassen.

»Ich ess noch eins!«, meinte Erwin Farle und stand schwankend auf. »Es wäre bestimmt nicht in seinem Sinne gewesen, wenn die jetzt verkohlen würden.«

»Da hast du recht, Erwin!«, nickte der dicke Kroll.

Vor dem Grill formierte sich eine Schlange.

4

Beim Essen legte sich die anfängliche Betroffenheit wieder. Als wären sie schon beim Fellversaufen, schwatzten die Hörder Schreber über die Sterbefälle der letzten Jahre, analysierten ihre eigenen Gebrechen und verglichen dann die

Hausärzte und Krankenhäuser der Umgebung. Hin und wieder warfen sie einen verstohlenen Blick auf den Alleingelassenen, als warteten sie darauf, dass er endlich nach Hause ging.

Minuten später hustete sich ein schlankes Kerlchen in Uniform den Weg durch die Johannisbeersträucher frei. Als er die Trauergemeinde erreichte, legte er kurz die Hand an die Mütze: »Bin ich hier bei Lewandowski?«

»Jau!«, sagte Hannelore Krämer und betrachtete interessiert den Schnauzbart des Polizisten: Auch mit diesen Fransen sah er noch nicht erwachsen aus.

Der Schnauzbart machte kehrt und bellte durch die Sträucher: »Christoph! Hier ist es!«

Dann platzierte er die Schirmmütze, die ihm die Sträucher beinahe vom Kopf gefegt hatten, wieder richtig auf seinem hohen Schädel. Als er damit fertig war, traf auch der Bulle namens Christoph ein: Mitte vierzig, etwas kräftiger als sein Kumpel, offenbar der Boss. Mit müdem Blick durchforstete er die Gemeinde nach bekannten Gesichtern und murmelte: »Polizeihauptmeister Sauer. Und das da«, sein Kinn deutete auf den Jüngeren, »ist mein Kollege Platzeck. Was gibt es denn?«

Lewandowski stand auf: »Ich habe euch angerufen! Herr Drahle ist tot. Ein Gartennachbar. Da sitzt er!«

Wortlos näherten sich die Beamten dem Verblichenen und beugten sich über ihn. Sie betrachteten und befingerten ihn wie einen VW, der zum Ausschlachten freigegeben war.

»Warum ist der denn so vollgesaut?«, wollte Platzeck wissen. Sein Streifenführer knurrte unwirsch – die Fragen hatte er zu stellen.

»Er ist in den Kartoffelsalat gefallen!«, rief Mutter Lewandowski vom Nebentisch.

»Und in die Tomaten«, nuschelte Erwin Farle kauend.

»Quatsch! Das war der Maissalat!«, korrigierte Hannelore Krämer.

»Tja! Is wohl nicht mehr viel zu machen«, stellte Polizeihauptmeister Sauer schließlich fest und richtete sich wieder auf. »Haben Sie einen Arzt verständigt?«

»Ich habe bei Dr. Beck angerufen«, berichtete Lewandowski. »Das ist mein Hausarzt. Seiner auch. Der alte Beck war unterwegs, aber der Junior wollte sofort los!«

Erwin Farle schleppte zwei Schemel heran: »Setzen Sie sich doch!«

»Nee, danke!« Der jüngere Polizist blickte seinen Streifenführer erwartungsvoll an. Als sein Boss sich nicht rührte, fragte er: »Soll ich eine Meldung durchgeben?«

Sauer schüttelte den Kopf. Er zerrte einen Block aus der Jacke und winkte Lewandowski heran. »Geben Sie mir doch mal die Daten des Verstorbenen ...«

Die Gartentür quietschte und ein schlanker Enddreißiger in hellem Jackett und dunkelblauen Jeans stand auf dem Rasen.

»Guten Abend, Herr Doktor!«, kam es wie ein Kanon aus einem Dutzend Kehlen. Fast alle Schrebergärtner waren schon in Becks Sprechstunde gewesen.

»Guten Abend!«, sagte der Doktor, nickte in die AOK-Runde und wandte sich dem Toten zu.

Drahle musste sich zum dritten Mal betasten lassen, aber diesmal sah das wesentlich routinierter und sachkundiger aus.

»Hier!«, sagte Trude Farle. »Diese Tropfen hat er den ganzen Abend mit sich herumgeschleppt ...«

Alle starrten sie an.

Der junge Beck nahm das Fläschchen entgegen und hielt es gegen das dünne Licht der Lampions, um das Etikett lesen zu können. Dann schüttelte er den Kopf.

»Gibt es etwas, was ich der Wache noch mitteilen müsste?«, fragte Streifenführer Sauer ungeduldig.

»Herzstillstand«, sagte der Arzt. Und fügte nach einem unsicheren Blick auf die Flasche mit den Tropfen hinzu:

»Vielleicht als Folge einer Arzneimittelvergiftung. Aber das kann man erst bei der Obduktion herausfinden ...«

Die Schrebergärtner schwiegen.

Beck hob den dunkelbraunen Glasbehälter: »Diese Herztropfen – ein absoluter Hammer. Und die Flasche ist fast leer.«

Lewandowski seufzte. »Er hat die Pulle die ganze Zeit neben seinem Glas stehen gehabt«, sagte er dann. »Um acht, glaube ich, musste er ein paar Tropfen einnehmen ...«

Er brach ab. Auf dem glatten Asphalt der nahen Goymark rauschte ein Dutzend Fahrzeuge vorbei. Irgendwo in der Nachbarschaft gurrten im Halbschlaf ein paar Tauben. Erwin Farle zog an seinen Fingern, bis die Gelenke knackten. Beck junior bückte sich erneut und drückte Drahle endlich die Augen zu.

In diesem Augenblick heulte eine der Frauen hysterisch auf. »Ich bin schuld!«, schluchzte sie. »Ich habe ihn ... umgebracht!«

Es war die hübsche Jutta, Stefan Röttgers Witwe.

5

Mutter Lewandowski griff zur Flasche und flößte der jungen Frau einen Klaren ein. Sie würgte und hustete, aber dann klappte es. Der Weinkrampf legte sich.

»Ihr habt ja mitbekommen, dass er mich vorhin mitgenommen hat. In seinen Garten. Wollte mir seine neuen Rosen zeigen ...«

Erwin Farle grunzte laut, verbiss sich aber unter den strafenden Blicken der anderen jeden weiteren Kommentar.

»In Wirklichkeit«, erzählte Jutta Röttger schließlich, »hat er versucht, mich anzufassen und ...«

Friedchen Schnell setzte sich zu ihr an den Tisch und griff tröstend nach ihrer Hand.

»Ganz gemeine Sachen hat er über Stefan gesagt. Dass der kein Kostverächter war und in unserer Laube … Damenbesuch … hatte, wenn ich … bei meiner Mutter war. Dazu hat er mich ständig weiter bedrängt … Es war so ekelhaft.«

Ihre Schultern zuckten – ein Nachbeben des Weinkrampfs. Als es vorüber war, blickte sie den Arzt an: »Ich wollte ihn nicht umbringen, ich wollte ihm nur eine Lektion erteilen. Als er vorhin drei Tropfen nahm, sagte er, wenn er davon zu viel nähme, würde er betrunken …«

»Dann haben Sie ihm aus Rache ein paar Tropfen mehr ins Bier geschüttet?«, fragte Beck leise.

Sie nickte: »Als er sich umdrehte. Einen Spritzer. Ich konnte doch nicht ahnen …«

Erneut begann sie zu schluchzen. Erwin Farle schüttelte fassungslos den Kopf, Horst Lewandowski pumpte Luft durch seine Nüstern, Eva Kroll lachte schrill auf.

»Ihr Name?«, fragte Polizist Sauer und drückte mit lautem Klicken die Mine aus dem Kugelschreiber.

Doch da sprang Metin Demir auf. »Alles Quatsch!«, rief er. »Alles Quatsch!«

Er ging auf die Polizisten zu, die ihm misstrauisch entgegensahen. Die rechte Hand des dünnen Platzeck zuckte.

»Ich war's! Nehmt mich mit! Ich war's!«

Irritiert blickten sich die Beamten an.

Metin Demir streckte die Arme vor und legte seine Gelenke zusammen, als wartete er darauf, dass die Polizisten ihre Handschellen zückten. Als nichts passierte, wandte er sich direkt an den Streifenführer.

»Herr … Sauer. Ich war es!«, schrie Demir. »Ich habe Herrn Drahle einige Tropfen in den Schnaps gekippt …«

Unter den Schrebergärtnern entstand Bewegung: die Jutta und der Demir?

»Frau Röttger, Sie müssen mich nicht schützen. Ich hätte mich sowieso … gestellt.«

»Ist das wahr, Metin?«, meldete sich Erwin Farle. »Oder ziehst du hier nur eine Show ab?«

»Drahle war ein Schwein!«, sagte Metin Demir und warf einen verächtlichen Blick auf den Toten. »Hat mich immer aufgezogen: Kameltreiber, Kümmeltürke. ›Armes Deutschland‹, hat er gesagt und vor mir auf den Boden gespuckt, ›jetzt machen sich die Türken schon in unseren Schrebergärten breit!‹«

Platzeck zog die Handschellen hinten aus dem Gürtel: »Kommen Sie!«

Doch Metin Demir konnte nicht kommen – er begann zu röcheln. Klaus Drewniak war aufgesprungen und umklammerte den Hals des Türken.

»Halt's Maul!«, schrie er und schüttelte das Bündel Haut und Knochen zwischen seinen Händen. Sein Gesicht war knallrot, die Augenlider flatterten.

»Hören Sie«, versuchte es der Streifenführer, doch der gefährlichste Motorradfahrer von Hörde-Süd schrie ihn nieder. »Er war es nicht!«, brüllte er. »Das bringt Metin gar nicht fertig. Das können alle hier bezeugen.«

Allgemeines Kopfnicken.

»Ich habe ihm damals den Garten hier verschafft. Alle waren einverstanden, nur Drahle nicht. Seitdem hatte er mich auf dem Kieker.«

Streifenführer Sauer räusperte sich, um erbarmungslos seine Standardfrage abzuschießen: »Sie hei...«

»Drewniak. Und schreib gleich auf: Drahle war 'ne Sau, das weiß doch jeder hier. Er hat die Leute gegeneinander aufgehetzt. Hat sich dran hochgezogen, wenn er Leute wie Metin und Jutta fertigmachen konnte.« Der Motorradfahrer senkte die Stimme. »Bei mir hat er das doch auch versucht. Gestern erst hat er mich angemacht. Er wollte den Bullen stecken, dass ich ab und zu – na ja, das meiste Zubehör an meinem Ofen habe ich nicht im Laden gekauft ...«

Allgemeines Gemurmel.

»Und darum habe ich ihm sechs Tropfen ins Glas geschüttet. Er sollte sich seine schwarze Seele aus dem Leib kotzen.«

Niemand sagte etwas. Die Kohle zischte im Grill, in einem verlassenen Fernseher laberte Meister Gottschalk einen Interviewpartner nieder, die zweite Generation von Mürrmanns Fröschen quakte dazwischen.

Der Arzt wandte sich an Jutta Röttger: »Wollten Sie Herrn Demir in Schutz nehmen oder haben Sie Herrn Drahle wirklich die Tropfen ins Bier gemischt?«

Die Ersttäterin war kreidebleich und schüttelte den Kopf: »Ich verstehe gar nichts mehr. Natürlich habe ich …«

Polizeihauptmeister Sauer tat etwas für ihn sehr Ungewöhnliches: Er dachte nach. Das Ganze dauerte eine Weile, zumal sich nicht alle Tage ein Einwohner von Hörde auf solch spektakuläre Weise vom Acker machte. Aber dann reifte doch so etwas wie ein Gedanke in den Mann des Gesetzes heran. Sauer ließ ihn noch ein wenig wachsen, und als er ihm gut schien, stellte er die vernünftigste Frage des Abends.

»Wer noch …«, sagte er und räusperte sich. »Wer noch hat diesem Herrn etwas von der Medizin ins Glas geschüttet?«

Auch die Anwesenden brauchten noch etwas Bedenkzeit. Aber schließlich stand Ede Rodenstedt mühsam auf und kam hinkend auf den Polizisten zu.

»Drahle hat mich ständig wegen meiner Kriegsverletzung aufgezogen. Sie müssen wissen, ich habe noch eine Kugel im Leib. Konnten sie damals nicht rausschneiden, wegen der Nervenbahnen. Und watt hat Drahle gesagt? Das wäre bestimmt keine Russenkugel gewesen, sondern Selbstverstümmelung …«

Der Kugelschreiber des Polizisten ratschte über das Papier. »Noch jemand?«, fragte er.

Horst Lewandowski hob den Arm. Mit gesenktem Kopf bekannte er: »Ich. Er hat meine Tannen abgesägt.« Und, um die Schwere des Vergehens zu verdeutlichen: »Die habe ich aus Tirol mitgebracht.«

Sein Name war schnell notiert, Sauer sah die Nächsten an: »Weiter?«

Erwin Farle nickte und Eva Kroll schloss sich ihm an.

Der Beamte ließ den Block sinken und schüttelte den Kopf: »Menschenskinder. Das glaubt mir auf dem Revier doch keine Sau: Seid ihr Schrebergärtner oder Giftmischer?«

Er schwieg einen Moment und blickte dann die Versammelten an: »Ich seh schon die BILD-Zeitung vom Montag vor mir: *Die Meute von Hörde.* Aber einen halben Meter groß …«

Sein Kollege Platzeck nickte eifrig.

»Haben Sie sich abgesprochen?«

Die Täter schüttelten wortlos die Köpfe. Der Notizblock verschwand in der Uniformjacke und Platzeck durfte endlich tun, was er schon lange wollte: »Los! Ruf die Mordkommission an!«

»Was soll ich denen denn sagen?«

»Was schon? Ein Toter und sieben Täter!«

Lehrer Mürrmann reckte seinen Finger wie ein i-Männchen in den Abendhimmel: »Acht!«

Der Streifenführer nickte resigniert und kramte seinen Schreibblock wieder hervor: »Sie heißen?«

Mürrmann sagte es ihm.

Als Sauer den Block verstaut hatte, kam ihm noch eine Idee: »Ich fordere Sie hiermit auf, den Garten nicht zu verlassen und alles so stehen und liegen zu lassen, wie es ist. Vor allem die Gläser.«

»Der Kleine muss ins Bett!«, protestierte Friedchen Schnell. »Wie stellen Sie sich das vor?«

»Ich muss was trinken!«, meinte Klaus Drewniak.

»Kann ich mal pissen gehen?«, fragte Horst Lewandowski.

6

Noch während der Beamte versuchte, die verschiedenen Anträge mit seinen Dienstvorschriften zu vergleichen, knarrte Lewandowskis Gartenpforte erneut.

»Guten Abend, Herr Doktor!«, wiederholten die Schreber ihren Kanon. Ein glatzköpfiger Mann stellte seine schwarze Ledertasche neben dem Campingtisch ab.

»Tut mir leid«, sagte er. »Hausbesuche ...«

Ächzend kniete er neben dem Toten nieder – die vierte Abtastaktion begann.

»Wie ist das passiert, Achim?«

»Herzstillstand«, sagte der Sohn. »Arzneimittelvergiftung. Erst war es nur eine Vermutung – aber die ehrenwerte Gesellschaft hier hat's mir inzwischen bestätigt.«

Er hielt seinem Vater die fast leere Medizinflasche unter die Nase.

Der Alte warf einen kurzen Blick darauf: »Ein Teufelszeug. Er sollte es nur dann nehmen, wenn er wieder seine Krämpfe kriegt.«

»Wie wirkt das Zeug denn nun genau?«, fragte Mürrmann.

Beck stöhnte. Wie in der Sprechstunde: Diese Lehrer hielten mit ihren Fragen den ganzen Betrieb auf.

»Drei bis vier Tropfen stabilisieren den Kreislauf. Wenn man zu viel davon nimmt, hat es euphorisierende Wirkung. Aber eine ganze Flasche ... Bei Drahles Zustand tödlich ...«

Alle schwiegen.

»Was hatte er denn?«, fragte Mutter Lewandowski.

Der Senior sah sich unsicher um und zuckte mit den Schultern. »Ist ja jetzt auch egal. Er wurde vor vier Wochen in Düsseldorf operiert. Genauer gesagt: Sie haben ihn nur aufgemacht und sofort wieder zugenäht. War zwecklos. Vorige Woche kam der Bericht. Am Dienstag habe ich es ihm gesagt.«

»Krebs!«, vermutete Hannelore Krämer.

Der Arzt nickte traurig: »Er hatte höchstens noch ein paar Monate.«

»Wie hat er es aufgenommen?«, fragte der Junior.

»Zuerst sehr betroffen. Wir haben aber dann vereinbart, die Behandlung fortzusetzen ...«

Der Senior stockte.

»Aber gestern hat er mich angerufen und alle Termine abgesagt. Er war merkwürdig aufgekratzt. Sprach von einem ›Abgang‹, von dem man in Hörde noch lange reden würde.«

Niemand rührte sich. Polizist Sauer legte seine Stirn in Falten, aber er kam nicht drauf.

Doch Klaus Drewniak kapierte.

Er schrie vor Wut auf und trat gegen einen Gartenstuhl, dass er bis in Lewandowskis Johannisbeeren flog.

»Uns alle so hereinzulegen! Diese hinterlistige Sau!«

Reinhard Junge

Endstation Kettwig

1

»Beeil dich, Liebling! Paul ist vorgefahren!«

»Ja, Schatz ...« Fritz Schott küsste seine Frau, griff nach Mantel und Aktentasche und warf einen letzten Blick in den Spiegel: der graue Dreiteiler, das blaue Hemd mit dem gelben Binder, das makellos glänzende Schuhwerk – die Hülle eines dynamischen Mittfünfzigers, der im Leben noch einiges bewegen konnte.

»Siehst prima aus«, bestätigte seine Frau und schob ihn zur Tür. »Viel Erfolg auch. Ich hoffe, es klappt.«

»Wird schon«, nickte er zuversichtlich.

»Und vergiss nicht, Paul zu grüßen!«

Doch Schott war schon im Nieselregen verschwunden.

2

Die zehn Meter durch den Vorgarten legte Schott im Sprint zurück. Die Beifahrertür des schwarzen Benz schwang auf und Schott saß im Trockenen, bevor der Regen sein Outfit verderben konnte.

»Grüß dich, Paul!«

»Tag, Fritz. Alles klar?«

»Eisern!«, nickte Schott. Er bugsierte die Tasche auf den Rücksitz und ließ den Sicherheitsgurt einrasten, ehe er sich dem Fahrer zuwandte: »Hör mal, Alter! Dass du mich heute nach Kettwig kutschierst, finde ich einfach klasse.«

»Keine Ursache«, wehrte Paul Brenner ab. »Das wird der wichtigste Auftritt deines Lebens. Wenn du keinen Patzer machst, bist du bald Minister!«

»Dein Wort in Gottes Ohr«, seufzte Schott. »Aber ich bin mir noch immer nicht sicher, dass es klappt.«

»Alter Zweifler! Was soll schon schiefgehen? Die Große Koalition ist bald Geschichte. Wir liegen in den Umfragen so weit über zehn Prozent, dass kein Weg an uns vorbeiführt.«

»Das meine ich doch nicht. Aber kriegen wir überhaupt das Ressort? Tritt der Alte freiwillig ab? Er ist Profi, hat jede Menge Rückhalt und ist verdammt tricky.«

Brenner schüttelte den Kopf: »Nach der Wahl werden die Karten neu gemischt. Und der Alte hat sich so oft vergaloppiert – den kriegen wir locker weg. Sagt kein Geringerer als unser großer Vorsitzender.«

Schott schwieg und Brenner sah den Freund genauer an: »Was ist? Kalte Füße? Vergiss nicht – ich habe mich für dich stark gemacht.«

»Hast du«, bestätigte Schott. »Und deswegen ist das, was heute Abend passiert, auch dein Erfolg!«

»Unsinn«, widersprach Brenner, schaute in den Rückspiegel und startete den Wagen. »Du allein hast alles in der Hand …«

3

Während Brenner sie durch den Feierabendverkehr zur Autobahn jonglierte, blieb Schott stumm. Sie kannten sich seit über vierzig Jahren. In der ersten Woche am Gymnasium wegen störenden Quatschens gemeinsam in die letzte Bank verbannt, hatten sie sich angefreundet und diese Freundschaft hatte alles überdauert: die Flirts mit denselben Mädchen, die Konkurrenz bei den Wahlen zum Schülersprecher, die zwei Jahre der Trennung, als Schott Ersatzdienst schob und Brenner seinen Reserveleutnant machte, den Stress im Jurastudium und die Fehden auf den Vollversammlungen …

»Ist dir schon mal aufgefallen«, fragte Schott plötzlich, »dass wir uns noch nie im Gerichtssaal getroffen haben?

Mindestens dreimal habe ich deinen Namen in den Akten gefunden und danach hätte es eigentlich passieren müssen.«

»Dafür haben wir uns politisch umso stärker beharkt«, grinste Brenner. »Ich habe deine Vereine nie gemocht.«

»Weiß ich. Aber die haben dich immer rechtzeitig umgesetzt oder befördert, kurz bevor wir in einem Prozess aneinandergeraten konnten.«

Brenner feixte und zog den Wagen auf die Autobahn. Ein dichter Regenschleier hing über der Piste. Der Mann hinter dem Steuer schaltete das Licht ein.

»Du Intrigant!«, rief Schott, dem mit einem Mal die Zusammenhänge klar wurden. »Du hast daran gedreht, du Feigling.«

Der andere wurde ernst: »Nenn es nicht feige. Das war eine Prinzipienfrage. Denn ich hätte einige deiner Klienten abgelehnt, wenn ich auch Verteidiger geworden wäre. Aber ich bin Staatsanwalt geworden. Um genau diese Typen aus dem Verkehr zu ziehen, die du vertreten hast. Einen Zweikampf vor Gericht hätte unsere Freundschaft nicht überlebt.«

»Und darum hast du dich versetzen lassen?«

»Zwei Mal. Zuletzt war es wirklich nur ein Zufall.«

Schott steckte zwei Zigarillos an und schob dem Freund einen zwischen die Lippen. Brenner lächelte, als er das Plastikmundstück spürte. Diese Sorte hatten sie schon als Schüler geraucht, wenn es etwas zu feiern galt: die erfolgreichen Schummeltricks in einer Mathearbeit, einen Sieg mit der Hockeymannschaft ihrer Penne, die Eroberung zweier hübscher Schwestern auf einer Schmusefete.

»Jeder Angeklagte hat das Recht auf einen guten Anwalt«, stieß Schott nach.

»Ja. Aber du hast am liebsten die Eiskalten genommen. Die Anführer. Wolltest eine Art linker Bossi werden. Und manche Leute glauben heute noch, du hättest einigen dieser Vögel die Tauchstationen in der DDR vermittelt.«

»Völliger Blödsinn!«, meinte Schott. »Als die rübergingen, war ich erst Referendar.«

»Aber in der falschen Kanzlei.«

»Glaube ich nicht. Und überhaupt: Drüben haben sie was Nützliches getan. Hier aber hätten sie nicht aufgegeben, sondern weiter gemordet. Weil ihre Anführer sie sonst selbst umgebracht hätten.«

4

Draußen tauchte ein blaues Schild mit weißer Schrift auf – bald hatten sie das Kamener Kreuz erreicht. Noch ein paar Abfahrten, dann mussten sie in das Verkehrschaos des Ruhrgebiets eintauchen.

»Langsam werde ich doch nervös«, bekannte Schott.

»Wieso?«

»Der erste Auftritt in der neuen Partei, im neuen Wahlkreis – und die Leutchen sollen mich gleich zum Direktkandidaten wählen.«

Brenner zog die Schultern hoch: »Direkt kommen wir doch sowieso nicht durch. Ist reine PR heute Abend. Was dich nach Berlin bringt, ist ein sicherer Platz auf der Liste. Und den hast du.«

Er reichte Schott seinen aufgerauchten Zigarillo, damit der Freund das Mundstück entsorgen konnte. Dann sagte er: »Aber es wird klappen. Diese Provinzler sind richtig stolz, einen echten Promi küren zu dürfen.«

»Provinz?«

»Seit die Regierung wieder in Berlin sitzt, ist der Ruhrpott finsterste Provinz. Die Ruhris haben es nur noch nicht gemerkt.«

Schott drückte den Zigarillo aus und stopfte die Überreste zu den anderen in den Aschenbecher: »Nur gut, dass deine Prognosen so verlässlich sind.«

»Das ist mein Job.«

»Und das stellt dich zufrieden?«

Brenner sah ihn an.

»Ich meine: Warum gehst *du* nicht nach Berlin und wirst Minister?«

»Bloß nicht«, wehrte Brenner ab. »Ich habe keine Lust auf einen Platz vorne an der Rampe. Ist mir zu hell da. Nicht gut für die Augen. Darum sitze ich lieber hinter den Kulissen und ziehe an den richtigen Fäden.«

5

Der Wagen schob sich mühsam an einer Unfallstelle vorbei. Zwei, drei flotte Kilometer folgten, dann war es Zeit, Kurs auf die A 40 zu nehmen. Als das Dortmunder Nordwestkreuz hinter ihnen lag, ging Brenner wieder auf Tempo, blickte auf die Uhr und nickte zufrieden: »Es reicht …«

Er schaltete das Radio ein. Joe Cocker röchelte sein ewiges *Unchain My Heart* und wurde vom Nachrichtensprecher abgelöst: »In einem Vorort von Berlin ist der Bundesinnenminister ermordet worden. Kurz nach siebzehn Uhr fiel der Zweiundsechzigjährige einem Bombenanschlag zum Opfer.«

Brenner trat auf die Bremse. Zwischen zwei Lastzügen quetschte er sich auf einen Parkplatz und würgte den Motor ab. Der Lärm der Autobahn war schlagartig nur noch ein fernes Rauschen.

»Das gepanzerte Regierungsfahrzeug wurde völlig zerstört. Der Minister war sofort tot, sein Fahrer erlitt schwerste Verletzungen. Experten des Bundeskriminalamtes vermuten, dass der Wagen eine Lichtschranke passiert und dabei die Explosion der Bombe selbst ausgelöst hat. Wer als Täter infrage komme, sei noch unklar. Aber das Muster des Attentats entspreche einigen Verbrechen der früheren Rote-Armee-Fraktion …«

»Ach du Scheiße«, stöhnte Brenner. »Die gibt's doch gar nicht mehr!«

Gelassen sagte Schott: »Wer immer es war – den Minister zu erledigen, ist logistisch und technisch eine Meisterleistung. Da waren Experten am Werk.«

»Hör auf! So etwas kann man nicht billigen!«

»Mensch, das Ding geht in die Kriminalgeschichte ein! Genau den Mann auszuschalten, der alle Terroristen am liebsten liquidiert hätte, statt sie zu begnadigen.«

»Und der Schaden, den diese Gangster anrichten? Die Bayern werden wieder nach Sondergesetzen schreien. Die braven Bürger machen sich vor Angst in die Hosen. Unter diesen Bedingungen hat ein liberaler Typ wie du in der nächsten Regierung keine Chance. Die Leute wollen nach solch einem Anschlag einen ganz harten Hund an der Spitze sehen!«

»Abwarten.«

»Außerdem: Ich habe den Minister persönlich gekannt. Du schätzt ihn falsch ein.«

»Falsch?« Schott lachte auf. »Der hätte doch das Bundeskriminalamt am liebsten zu einem neuen Reichssicherheitshauptamt umgemodelt. Auf den Datenschutz hat er geschissen. Die Unverletzlichkeit der Wohnung war ihm doch nur ein Hemmschuh auf seinem Rachefeldzug.«

»Der Minister hat getan, was er für seine Pflicht hielt.«

»Pflicht?« Schott sah den Freund an. »Ein verbitterter, rachsüchtiger Mann. Er hat's nie verwunden, dass sein Sohn bei dieser Schießerei mit den Baader-Meinhof-Leuten auf der Strecke geblieben ist. Er hätte deshalb nie Minister werden dürfen. Früher – ja, da war er ganz vernünftig. Aber seit der Geschichte mit seinem Sohn war er vom Hass zerfressen und sah überall Gespenster. Hat das BKA zum Staat im Staate gemacht. Profikiller mit Beamtenstatus herangezüchtet. Mensch, ich weine dem Kerl keine Träne nach.

Der gehörte in die Klapse, aber nicht auf einen Ministersessel!«

Schott fingerte wieder nach den Zigarillos. Brenner zögerte, ehe er zugriff. Als die Dinger brannten, starrten sie düster in die Finsternis.

»Hör mal, Fritz«, mahnte Brenner schließlich. »Was du eben gesagt hast – wiederhole das nie in der Öffentlichkeit. Auch wir werden die Strategie der inneren Sicherheit nicht antasten.«

»Innere Sicherheit?«, höhnte Schott. »Das größte Risiko für die innere Sicherheit war dieser Mann doch selbst. Wie war das noch mal mit diesen Bahnsteigattentätern? Man hatte sie wochenlang unter Beobachtung und hat sie dennoch die Kofferbomben platzieren lassen. Damit Hardliner wie er ein Alibi für ihren Staatsterrorismus hatten.«

Er wartete einen Moment ab, bevor er sein Fazit zog: »Dass der Kerl weg ist, ist kein wirklicher Verlust für dieses Land.«

Brenner schüttelte verärgert den Kopf. Wütend warf er seinen Zigarillo aus dem Fenster, blickte in den Rückspiegel und fuhr los.

6

Bis Essen brauchten sie fast zwanzig Minuten länger als geplant: Eine endlose Autoschlange quälte sich von Baustelle zu Baustelle. Was einst unter dem Namen B 1 als Ruhrschnellweg geplant worden war, hatte sich als A 40 zum Ruhrschleichweg entwickelt.

Als sie in Essen die Autobahn verließen, hörte der Regen auf. Vorsichtig glitten sie mit dem Berufsverkehr zur Ruhr hinunter und passten kurz vor der Talsohle auf, dass sie nicht von dem bekanntesten Starenkasten der Stadt geblitzt wurden. Auf dem folgenden Kilometer bis zur Werdener Brücke drückte nicht nur Brenner noch einmal kräftig aufs Gas.

Unten setzte bereits die Dämmerung ein. Dennoch bog Brenner am Werdener Bahnhof zielsicher nach rechts ab und steuerte die Uferstraße nach Kettwig entlang. Ihre alte Heimat! Als Schüler kannten sie hier jeden Strudel und jedes Ufergebüsch. Wie oft waren sie im Sommer mit dem Rad zusammen nach Duisburg oder rund um den Baldeneysee gefahren. Waren von einer Staustufe zur nächsten gepaddelt oder quer durch die Ruhr geschwommen. Und wie oft hatten sie einfach nur unten am Wasser in der Sonne gelegen, von der Zukunft geträumt, Pläne geschmiedet – oder mit zwei anschmiegsamen Bikini-Mädels geknutscht.

»Weißt du noch? Thea und Iris?«, fragte Schott, um das Klima im Wagen zu verbessern.

Der Freund sprang auch sofort darauf an: »Mann, war das ein Skandal, als wir mit denen nackt durch den Fluss geschwommen sind!«

»Jau. Was aus denen wohl geworden ist?«

»Keine Ahnung«, meinte Brenner. »Brave Hausfrauen und Mütter?«

»Die doch nicht«, grinste Schott.

Ihr Ziel lag gleich hinter dem Ortseingang. Brenner stellte den Wagen ab, sie stiegen aus, reckten sich. Neugierig musterte Schott das alte Bahnhofsgemäuer. Rechts ein schickes Restaurant, links ein großer Saal und darüber mehrere Veranstaltungsräume und Büros.

»Sieht noch verdammt gut aus«, sagte Schott. »Ich dachte, dass sie den Bau schon längst abgerissen hätten.«

»Von wegen! Immerhin fährt hier noch die S-Bahn entlang. Und der Bahnhof ist ein angesagter Treff – nicht nur für die Alternativen, sondern auch für Leute, die mal ein gutes Häppchen essen wollen. Aber die Grünen waren trotzdem zuerst sprachlos, dass wir uns mit dieser Versammlung hierher gewagt haben. Sie haben immer gedacht, das wäre ihr Revier.«

Er blickte auf die Uhr. »Für einen schnellen Kaffee reicht's noch. Und dann geht's pünktlich auf die Minute ins Getümmel!«

7

Sie tranken den Kaffee vor der Tür, weil sie da noch eine rauchen konnten, bevor es losging.

»Gib mal deine Tasche«, sagte Brenner schließlich. »Dann hast du die Hände frei zum Winken.«

Schott betrat den Saal und Beifall brandete auf. Er schüttelte ein paar Hände und schritt, den Landeschef an seiner Seite und einige regionale Parteifürsten wie Schleppenträger hinter sich, in einem Blitzlichtgewitter durch den langen Mittelgang. So viel Publicity, durchzuckte es ihn, haben die hier seit Jahrzehnten nicht mehr gehabt!

Von der weihevollen Anmoderation bekam er nur die Einleitung mit: »Ein Sohn unserer Stadt kehrt heim.« Dann kletterte er selbst auf die Bühne.

»Genossinnen und Genossen …«, begann er und legte eine kleine Kunstpause ein. »Hätte ich fast gesagt.«

Zweihundert erstaunte Gesichter entspannten sich, einige Leute lachten erleichtert auf.

»Ja, das habe ich wirklich viele Jahre lang gesagt. Aber in dieser langen Zeit hat sich meine alte Partei verändert. Sie ist so rot geworden, wie ich es nie sein wollte. Und bei der nächsten Wahl wird sie die Quittung bekommen. Höchste Zeit, das sinkende Schiff zu verlassen, wenn man weiterhin für eine freiheitliche Demokratie eintreten will. Die kann aber nicht rot, sondern nur schwarz-rot-gold sein. Und wenn wir uns unsere Staatsflagge anschauen, wissen wir alle, worauf sich Schwarze und Rote ausruhen: auf dem Goldgelb, das uns gehört. Und wenn wir uns schütteln, fallen die anderen von ihrem hohen Ross herunter …«

Zustimmendes Lachen, eifrige Hände. Der Einstand ist gelungen, dachte Schott. Doch bevor er den programmatischen Teil seiner Rede abspulen konnte, musste er improvisieren. Er nahm alle Fröhlichkeit und allen Optimismus aus der Stimme, denn es galt, den Ministermord zu geißeln, und Schott tat das mit bewegenden Worten. Die Betroffenheit sprang auf den Saal über, eine Minute lang standen die Leute stramm und übten sich in schweigendem Gedenken.

Danach arbeitete er seine Stichwortliste ab: vierzig Minuten flüssiger Rede, scharf und locker zugleich, immer das Auge derjenigen suchend, die das jeweilige Thema besonders zu interessieren schien. Aber der Schlussapplaus war schwächer, als er es erwartet hatte. Was hatte er falsch gemacht?

Als er sich setzte, suchte sein Blick den seines Freundes. Brenner saß wie immer bescheiden im Hintergrund und nickte ihm unmerklich zu.

Die Aussprache begann. Vier oder fünf Fragen kamen aus dem Saal und Schott meisterte sie mit Wissen und Witz. Die Garde am Vorstandstisch atmete auf.

Da trat ein unscheinbarer Mann an eines der hinteren Saalmikrofone, in der Hand einen schwarzen Kasten, offenbar ein Kassettenrekorder.

»Herr Schott, Sie haben vorhin dargelegt, wie wichtig Ihnen das Prinzip der Gewaltlosigkeit und die Bekämpfung des Terrorismus sind. Dann werden Sie uns sicher auch folgende Äußerungen erläutern können …«

Er drückte auf die Playtaste und hielt das Gerät ans Mikro. Ein leises Rauschen, dann eine helle, erregte Männerstimme:

»Mensch, das Ding geht in die Kriminalgeschichte ein! Genau den Mann auszuschalten, der alle Terroristen am liebsten liquidiert hätte, statt sie zu begnadigen.«

Schott saß starr. Seine Stimme, seine Worte. Wie kamen sie aus Brenners Wagen auf ein Tonband? Wie kam der Mann in den Besitz dieses Tonbands?

»Der hätte doch das Bundeskriminalamt am liebsten zu einem neuen Reichssicherheitshauptamt umgemodelt. Auf den Datenschutz hat er geschissen. Die Unverletzlichkeit der Wohnung war ihm doch nur ein Hemmschuh auf seinem Rachefeldzug.«

Das Blut versackte Schott in den Adern. Reglos starrte er in den Saal und die Menschen starrten zu ihm herauf. Noch begriffen sie nicht, was geschah, so wie er selbst nicht kapierte, in welchem Film er gelandet war. Er spürte nur eines: Irgendetwas mit diesem Tonband stimmte nicht. Aber was?

»Ein verbitterter, rachsüchtiger Mann. Er hätte deshalb nie Minister werden dürfen. Früher – ja, da war er ganz vernünftig. Aber seit der Geschichte mit seinem Sohn war er vom Hass zerfressen und sah überall Gespenster. Hat das BKA zum Staat im Staate gemacht. Profikiller mit Beamtenstatus herangezüchtet ...«

Kein Zweifel: Das Band war geschnitten. Aus dem Dialog war ein Monolog geworden. Brenner fehlte und es gab nur noch ihn, Schott. Und wie in Trance hörte er sich seine letzten, schlimmsten Sätze sagen:

»Das größte Risiko für die innere Sicherheit war dieser Mann doch selbst. Wie war das noch mal mit diesen Bahnsteigattentätern? Man hatte sie wochenlang unter Beobachtung und hat sie dennoch die Kofferbomben platzieren lassen. Damit Hardliner wie er ein Alibi für ihren Staatsterrorismus hatten. Mensch, ich weine dem Kerl keine Träne nach. Der gehörte in die Klapse, aber nicht auf einen Ministersessel!«

Schott schloss die Augen und schüttelte den Kopf, als ob er einen bösen Traum verscheuchen wollte. Aber das hier war Realität.

Er stemmte sich hoch, sein Blick suchte Brenner, den alten Freund und Gegner, der mit siebzehn noch für Robespierre, den unbestechlichen Gerechtigkeitsfanatiker, geschwärmt hatte, aber zwei Jahre später bereits Machiavelli bewunderte – wegen der Kompromisslosigkeit, mit der dieser Mensch den Machtkampf bis zum letzten Blutstropfen pries.

Aber Brenner war weg. Mit ihm verschwunden war der Mann, der hinten am Mikrofon gestanden hatte. Schott war allein mit den Menschen im Saal und mit dem Rekorder, der die Aufnahme von vorn abspielte.

Da endlich regten sich die Journalisten. Und als sie losknipsten, begann der Tumult.

8

Nur weg hier! Aber zurück durch den Saal? Spießrutenlaufen? Nein, alles, nur das nicht!

So war Schott zu einem Ausgang gleich neben der Bühne gestürzt und schlichtweg geflohen. Ohne erst den Fahrplan der S-Bahn zu suchen, hatte er sich in ein wartendes Taxi geworfen und sich zum Essener Hauptbahnhof fahren lassen. Jetzt stand er schon über eine Stunde fröstelnd auf dem Bahnsteig und wartete auf den letzten Zug, der ihn nach Hause bringen sollte. Es war kalt und er hätte gerne einen Kaffee und einen Schnaps getrunken, aber der Bahnhof wurde gerade umgebaut. In dem entkernten Gebäude konnte man keine Zeitung, keinen Kaffee und erst recht keinen Schnaps bekommen. So stand er da, fror und grübelte unablässig darüber nach, was wohl passiert war – und wie es hatte passieren können.

Früh um sieben betrat er sein Haus. Seine Frau saß in der Küche, bleich, übernächtigt, die Morgenzeitung auf dem Tisch. Schott brauchte gar nicht hinzusehen: Die Schlagzeile und den Artikel hatte er schon bei der Ankunft am Bahnhof gelesen: *Der Schott-Skandal – Absicht oder Blackout? Das Ende einer Karriere.*

Daneben ein Foto des Ministers: alt und grau, aber sehr

lebendig und voller Zorn auf diesen Wahnsinnigen, der ihn wegen eines billigen Propagandaeffekts als Opfer eines Attentats hingestellt hatte.

»Wie konnte mich Paul nur so hereinlegen? Warum?«, jammerte Schott.

»Hör mal, Fritz, einen Mann mit deinen Ansichten können sie nicht zum Minister ernennen. Die gefälschte Meldung von diesem angeblichen Attentat – das war der letzte Test. Du hättest nur den Mund halten müssen, aber du wolltest wie immer recht behalten. Und damit hast du es vergeigt. Endgültig.«

»Aber warum gibt ausgerechnet Paul sich für so etwas her?«

»Wart ihr nicht schon immer verschiedener Ansicht?«, fragte seine Frau und warf die Tür hinter sich ins Schloss.

Schott zuckte zusammen. Grübelte weiter und griff schließlich zum Telefon. Wählte die Nummer des Oberlandesgerichts, an dem Brenner auf seinem Weg nach oben vor einem Jahr einen Zwischenstopp eingelegt hatte.

Als die Sekretärin hörte, was er wollte, lachte sie auf: »Herr Brenner? Der ist doch nicht mehr bei uns!«

»Sondern?«, fragte Schott.

»Herr Brenner ist in die Politik gegangen und arbeitet in Berlin.«

»Im Parteivorstand?«

»Ach was, seit zwei Wochen ist er Abteilungsleiter im Innenministerium. Zur Einarbeitung. Und je nachdem, wie die Wahlen ausgehen, wird er Staatssekretär – oder sogar Minister.«

Leo P. Ard

Tatort Grugahalle

Polizeipräsidium Essen
Mordkommission
z. Hd. Herrn Wulff
Büscherstr. 2
45131 Essen

Sehr geehrter Herr Hauptkommissar Wulff,

dies ist ein Geständnis, mein erstes. Eventuelle Formfehler bitte ich zu entschuldigen. Selbst im anschaulichen Buch *Schriftverkehr – leicht gemacht,* das ich in der Bibliothek der Strafanstalt studierte, gab es kein Formschreiben für Geständnisse. Die Untersuchungshaft ist hart, insbesondere für einen unbescholtenen Bürger wie mich.

Aber ich habe auch Verständnis für Ihr Verhalten, zumal Sie mir gegenüber immer fair gewesen sind. Wenn Sie mein Geständnis gelesen haben, werden Sie mit mir übereinstimmen, dass es sich im Fall Damilow nicht um Mord oder Totschlag handelt, nicht um vorsätzliche Körperverletzung mit Todesfolge, sondern um Notwehr infolge fortgesetzter seelischer Grausamkeit.

Gehen wir von den Fakten aus. Ich zitiere aus einem Artikel der WAZ:

Während der Liveübertragung von Wetten, dass ..? *aus der Essener Grugahalle wurde der Pressechef des Schallplattenlabels* Deutsch I *des Musikverlages EMO, Friedel Damilow (47), um 21.55 Uhr hinter der Bühne tot aufgefunden. Neben der Leiche hockte der Kaufmann Siegfried Probst (36) aus Rüttenscheid. Er hielt ein Messer in der Hand und war offensichtlich verstört. Neben dem Messer, das die Polizeitechniker später als Tatwaffe identifizieren konnten, wurden bei Probst eine Perücke und ein falscher Bart sichergestellt.*

Ich erinnere mich noch gut an Ihre Monologe während der Vernehmungen und die sichtliche Verzweiflung, da Sie weder ein Motiv für die Tat finden noch eine Beziehung zwischen mir und dem Verstorbenen nachweisen konnten. Ihr einziges Indiz war das Messer in meiner Hand. Aus der Perücke und dem falschen Bart schlossen Sie auf eine lang vorbereitete Tat.

Ich will Sie nicht langweilen, aber um den Hintergrund zu verstehen, muss ich Sie bitten, die nachfolgenden Zeilen genau zu lesen.

Ich war viele Jahre lang Redakteur bei einer großen Tageszeitung mit vier Buchstaben. Sie wissen schon: Exklusiv ist nur das, was man selbst erfindet.

Ich stolperte über die Wahrheit und wurde vor zwei Jahren entlassen. Während eines Stadtbummels in der Essener Innenstadt geriet ich an einem sonnigen Apriltag in eine Straßenumfrage, die ein WDR-Team durchführte. Es ging um das geplante Rauchverbot in Gaststätten. Vielleicht erinnern Sie sich: Die Wellen der Emotionen schlugen hoch, die Argumente gingen baden.

Als Kettenraucher hatte ich zum Thema natürlich eine Meinung. Und war mir nicht zu schade, sie zu sagen. Die Leute haben hinterher geklatscht, natürlich nur die Raucher. Ein Mann zog mich zur Seite. »Das haben Sie wunderbar gemacht, so überzeugend und selbstsicher«, sagte der gut gelaunte Mittvierziger mit einer Kippe im Mund. »Darf ich Ihnen eine Stange Zigaretten Ihrer Wahl schenken, ich habe Beziehungen!«

Auf seiner Visitenkarte stand: *Friedel Damilow, Pressesprecher des Verbandes der deutschen Zigarettenindustrie.*

Eine Woche später rief er an. Ob ich umgehend in die

Duisburger Innenstadt kommen könne, es sei ihm einen Hunderter wert.

In der Nähe des Duisburger Bahnhofs gab es einen Menschenauflauf. Damilow stand etwas abseits und beäugte ein Fernsehteam von RTL, das Passanten interviewte. Es ging wieder um das Pro und Kontra zum Rauchverbot. Ich versprach, mein Bestes zu tun.

Ich war der überzeugendste Redner im ausgestrahlten Beitrag, immerhin eine Minute lang. Ich war noch zweimal im Fernsehen, dreimal im Hörfunk und zweimal in der Zeitung. Insgesamt habe ich von Damilow eintausend Euro kassiert, schwarz natürlich.

»Was halten Sie von Zement?«, fragte mich Damilow eines Tages. Ich musste gestehen, dass ich zu Zement keine Meinung hatte. Damilow überzeugte mich, dass eine positive Einstellung zu Zement erstens sinnvoll und zweitens auch lukrativ sei. Sein bester Freund war nämlich Pressesprecher der Zementindustrie.

Ich las mich in die Materie ein und war am nächsten Tag ein brillanter Fürsprecher an einem Infotisch.

Allmählich merkte ich, dass jede Meinung echtes Gold wert sein kann, wenn man sie nur am richtigen Ort mit den richtigen Argumenten gegenüber den richtigen Leuten vertritt.

Damilow hatte viele Freunde.

Der Vogelschutzbund rief an, der Verband der Schmierfett-Industrie und der Züchter des arabischen Pferdes e. V. Ich sprach über das Reinheitsgebot des Bieres und die jungfräuliche Empfängnis der Mutter Gottes, legte mich für einen fernsehfreien Mittwoch und eine Johannes-Rau-Gedenkstätte ins Zeug und bestand öffentlich den Pepsi-Test. Danach wurde ich Profi, gründete eine Agentur und nannte mich *Produktpromoter und Medienberater.*

Es war nicht immer einfach. Ich war gerade erfolgreich für die Arbeitgebervereinigung für eine Erhöhung des Rentenalters eingetreten, als mich die Gewerkschaft *ver.di* engagierte, um das Gegenteil zu fordern.

Oft musste ich mir auch ein anderes Outfit zulegen. In diesem Job ist man alles: Schauspieler, Regisseur, Buchhalter, Rechercheur und Maskenbildner.

Sie werden mich fragen, ob ich Gewissenskonflikte hatte oder habe. Absurder Gedanke. Warum sollte ich? Immerhin leben wir in einem Land, in dem Millionäre Wasser predigen und ihre Gelder in Steueroasen verstecken, der Werbeetat eines Brühwürfels so hoch ist wie die Hilfsleistungen fürs hungernde Afrika, wo man mit hundertachtzig Sachen nach Hause düst, um die erschütternde Fernsehsendung übers Ozonloch nicht zu verpassen.

Dann kam die Landtagswahl. Ich ging in die Wahlkabine und wollte mein Kreuz machen. Aber wohin? Ich konnte mich nicht entscheiden, wem ich meine Stimme geben sollte. Ich hatte Kandidaten aller Parteien beschimpft, verfolgt und ihre Wahlreden auseinandergepflückt. Wenn mich nur eine einzige Partei bezahlt hätte, wäre die Sache vielleicht einfacher gewesen. Aber so?

Der nächste Schicksalsschlag folgte auf dem Fuß. In einem Supermarkt brach mir vor einem Weinregal der Schweiß aus. Ich war für deutsche Weine in die Bütt gegangen, konnte ich da zum spanischen Rioja greifen?

An der Fleischtheke zitterten meine Hände. Ich hatte industrielle Geflügelhaltung angeprangert, aber in einer Umfrage Hähnchen zu meiner Lieblingsspeise erklärt. Frustriert und mit leerer Einkaufstasche verließ ich den Laden.

Vor jeder Willensbekundung fing mein Kreislauf an zu flattern, der Blutdruck stieg, ein Adrenalinstoß nahm mir die Sinne. Mein Körper wurde eine Hülle, die nur dazu diente, mit meinen Innereien nicht die Straße zu versauen, mein Kopf diente als eine Kruste, damit der Regen mein Hirn nicht unter Wasser setzte. Wer bin ich? Was will ich?

Ich begann den Tag zu verfluchen, an dem ich Damilow zum ersten Mal über den Weg gelaufen war.

So viel zur Vorgeschichte – und jetzt kommt der Kernpunkt meines Schreibens. Am Tag vor der *Wetten, dass ..?*-Sendung kam Damilow in mein Büro. Er hatte den Job gewechselt, war Promotiondirektor beim Plattenkonzern EMO und hatte einen Spezialauftrag für mich.

Der ausgemusterte Schlagersänger Rainer König sollte am nächsten Tag seinen Wechsel zur EMO bekannt geben. Die Vertragsunterzeichnung war für den Vormittag vorgesehen. Der Auftrag lautete: Während der Livesendung, in der König drei Lieder singen wollte, sollte das Comeback des Herzensbrechers durchgesetzt werden.

Eine leichte Aufgabe, die ich nicht zum ersten Mal erfolgreich gemeistert hätte: Applaus forcieren, Blumen auf die Bühne werfen, Zugabe-Rufe und so weiter.

Aber diesmal nicht. Ich sagte Nein zu dem Job. Ich wollte nicht mehr. Lieber von Hartz IV leben, als in der Klapse enden.

Damilow grinste, als hätte er auf diese Weigerung gewartet, und machte mir ein Angebot, das ich nicht ablehnen konnte. Für das vierstellige Honorar wäre ich eine Zeit lang ohne Sorgen.

Am Nachmittag des nächsten Tages unternahm ich erst einen ausgiebigen Spaziergang an der Ruhr, um zur Ruhe zu kommen. Dann bestieg ich den Bus und fuhr zu meinem nächsten Job, der mein letzter werden sollte. Zur Grugahalle.

Als ich mich in die Schlange der Wartenden einreihte, war ich topfit. Ich bestach den Saalordner und bekam einen Platz in der ersten Reihe. Bei Königs Eröffnungslied klatschte ich laut mit, der Saal kam in Schwung. Nach dem letzten Takt schickte ich drei Frauen mit Blumen auf die Bühne. König war gerührt, der Saal raste. Auftrag erfüllt.

Gottschalk präsentierte anschließend einen Kandidaten, der mit fünfundzwanzig Messerwürfen aus dreißig Metern die unverwechselbaren Porträts bekannter deutscher Politiker skizzieren wollte.

Damilow zerrte mich aus der Reihe. Wütend fragte er mich, ob ich seine Nachricht nicht erhalten hätte. Er habe den Auftrag geändert. König hatte maßlose Geldforderungen präsentiert und den Vertrag nicht unterschrieben. Der neue Auftrag lautete, den Sänger so fertigzumachen, dass er auf den Brustwarzen angekrochen käme und um einen Vertrag bettelte.

Damilow forderte mich auf, den Auftrag umgehend auszuführen, sonst könne ich mein Honorar vergessen. Also nahm ich meinen Notfallkoffer mit Ersatzkleidung, Haartoupets, falschen Bärten und faulen Eiern und verschwand kurz auf der Toilette. Als ich zurückkehrte, scheiterte der Messerwerfer gerade beim Versuch, Westerwelle mit Messern zu skizzieren.

Dann war König wieder an der Reihe und gab sein Bestes. Ich auch. Direkt aus der ersten Reihe fiel ich ihm beim Refrain lautstark ins Wort. »Der hat den Text von Freddy Quinn geklaut!«, schrie ich. Und forderte: »Schmeißt den abgetakelten Opi raus!«

König kam ins Schwitzen und blickte mich unsicher an. Ich zog Fratzen und biss in eine Zitrone, sodass er den Ton nicht halten konnte. Das folgende Pfeifkonzert brauchte ich gar nicht mehr anzuheizen, das kam von allein. König kroch mit knallrotem Kopf hinter die Bühne.

Ich glaube, dieser Einsatz war der Höhepunkt meiner beruflichen Laufbahn.

Während Gottschalk irgendeiner aufgetakelten Blondine ans Knie fasste und seine Altherrenwitze riss, winkte mich Damilow backstage. Er präsentierte mir den von König unterschriebenen Vertrag. »Wunderbar gemacht!«

Was sich danach abspielte, vermag ich nur ungefähr wiederzugeben. Damilow bestand darauf, den schlechten Ruf seines neu verpflichteten Stars nun wieder ins Positive zu wandeln. Ich sollte unverzüglich mit der Arbeit beginnen. Er habe mich zu dem gemacht, was ich jetzt sei. Ich sei ihm zu Dank verpflichtet. Das Honorar würde erst gezahlt, wenn König mit Standing Ovations verabschiedet würde.

In diesem Moment muss aus mir herausgebrochen sein, was sich an Zerrissenheit und Aggressivität bisher in mir angesammelt hatte. Ich kann mich nicht mehr erinnern, wie ich an das Messer gekommen bin – vermutlich hatte es der gescheiterte Messerwerfer verloren oder weggeschmissen. Aber plötzlich war es vor meinen Augen – und was dann kam, entzog sich meiner Kontrolle.

So war's – und nicht anders. Ich versichere Ihnen, dass ich die Tat weder geplant noch in vollem Bewusstsein ausgeführt habe.

Hochachtungsvoll
Siegfried Probst
Untersuchungsgefangener
JVA Essen

Dieses Geständnis lag in den Ermittlungsakten und wurde dem Autor von einem Informanten zugespielt. Interessant ist die handschriftliche Notiz des Hauptkommissars Wulff. Sie lautet:
Weiterleitung an den Staatsanwalt. Ich empfehle Einstellung des Verfahrens, stattdessen Aufnahme des Herrn Probst in den Polizeidienst, Abteilung Öffentlichkeitsarbeit und Presse.

Leo P. Ard

Der Tote vom Baldeneysee

Der Mörder ist immer der Gärtner – Teil 2

1

»Ach, ist das schöööön!«

Trude Farle, 47, Ehefrau des Dortmunder Fleischermeisters Erwin Farle, 52 und zurzeit schnarchend, riss die Balkontür auf und reckte sich. Blauer Himmel und weiße Wölkchen spiegelten sich im Baldeneysee, dessen Wellen die Uferbefestigung vor dem Carolina-Hotel mit sanften Küssen verwöhnten.

Es war Ende August. Im Pool tummelten sich die ersten Gäste. Trude Farle zog sich ein wenig in den Schatten zurück – nicht etwa, um ihre erschlafften Brüste vor fremden Blicken zu schützen, sondern um das Treiben der Frühaufsteher am Wasser unbemerkt beobachten zu können.

Gerade kletterte eine junge Frau aus dem Becken und ging mit leichten Schritten auf die Liegestühle zu. Dabei drehte sie der Observiererin den Rücken zu, sodass Trude Farle Gelegenheit hatte, den Minitanga der Sportlerin von seiner besten Seite zu bewundern. Jemand warf der Tangafrau ein Badelaken zu.

Trude Farle duckte sich, um den edlen Spender unter dem großen Sonnenschirm identifizieren zu können. Dann breitete sich ein triumphierendes Grinsen auf ihren Pausbacken aus und sie trat den Rückzug an.

»Hör mal, Vatter, zwischen dem Struck und der Jutta – da tut sich was!«

Der Mann im Bett wälzte sich auf die andere Seite und gähnte. Das veranlasste seine Gattin, sofort wieder den gewohnten Feldwebelton einzuschalten: »Willse nich endlich aufstehn?«

Es wirkte. Erwin Farle übte Gehorsam. Er quoll aus dem Bett, wartete, bis sich sein Kreislauf stabilisiert hatte, und schleppte sich ins Bad. Geräuschvoll ließ er sein Wasser und einige böse Winde ab.

Seine Gattin seufzte und streifte sich das T-Shirt mit der Spielernummer von Mario Gomez über, das sie schon vor dem Ende der Europameisterschaft zum Sonderpreis in einem Dortmunder Kaufhaus erstanden hatte. Gespannt kehrte sie auf ihre Aussichtsplattform zurück.

Armin Struck hatte den Schutz des Sonnenschirms verlassen und übte Liegestütze. Fünfundzwanzigmal ließ er seine Muskeln spielen und stemmte seine achtzig Kilo dann so leicht hoch, als würde er ein paar Strohhalme wuchten. Lässig schüttelte er seine langen, blonden Haare und schlackerte mit den Armen. Die Tangafrau schickte ihm von ihrem Liegestuhl aus zur Belohnung eine Kusshand hinüber.

Trude Farle wusste nicht, ob sie empört oder amüsiert sein sollte. Immerhin hätte Struck mit seinem Standardlächeln ohne Probleme bei einer Dauerwerbesendung anfangen können – genau die Sorte Mann, bei der Mütter nicht wissen, ob sie die Türen ihrer Töchter von innen oder von außen verriegeln sollen.

Armin Struck, gebürtiger Düsseldorfer, war seit drei Jahren Masseur im Carolina-Hotel: abgebrochenes Studium der Betriebswirtschaft, Animateur auf Gran Canaria und Ibiza, erfolgreicher Absolvent eines Wochenendseminars über Hot-Stone-Massage Scen Tao. Je jünger die weiblichen Singles unter seinen Händen waren, desto traumhafter konnte er sich ins Zeug legen.

»Und er ist doch ein toller Mann!«, entschied sich Trude Farle.

»Wer?«

Trudchen warf ihrem Gatten einen genervten Blick zu. Der Fleischermeister hockte nun auf der Bettkante und versuchte, seinen Bauch in eine viel zu enge Unterhose zu zwängen. Er tat das mit der Geschicklichkeit einer Schildkröte, die man auf den Rücken gewälzt hatte.

»Du nicht!«, fauchte sie. »Aber er und Jutta – die könnten ein schönes Paar werden.«

»Von wem redest du eigentlich?«, fragte Metzger Farle endlich.

»Von Struck.«

»Die beiden? Nee!«

»Und ob«, beharrte Trude. »Da ist seit gestern was im Busch. Glaub's mir …«

»Du hörst mal wieder die Flöhe husten.«

»Und Jutta keuchen!«

»Wie bitte?«

Farle musterte seine Gattin: »Hast du etwa dein Ohr an der Tür gehabt?«

Seine aktivere Hälfte überhörte diese Frage und wandte sich wieder ganz dem Geschehen am Pool zu. Die Tangafrau hatte sich inzwischen erhoben und sammelte ihre Badesachen ein. Sie tat es langsam genug, damit Struck sie von allen Seiten bewundern konnte.

Auch Farle trat jetzt auf den Balkon und genoss die Aussicht. Jutta Röttger war einunddreißig, Sparkassenangestellte und Witwe. Zusammen mit ihrem Mann Stefan hatte sie vor Jahren die Nachbarparzelle im *Zum tollen Bomberg* bezogen und ihre nächtlichen Rammeleien hatte die halbe Kolonie mitbekommen. Aber seit Stefan Röttger bei einem wilden Motorradrennen die letzte Kurve unterhalb der Hohensyburg etwas zu schnell in Angriff genommen hatte, waren die Nächte im *Bomberg* wieder ruhiger geworden.

Anscheinend war das Trauerjahr vorbei – und es wäre,

fand Farle, wirklich schade, bliebe eine solche Frau auf Dauer ungeküsst.

Als Jutta Röttger den Fleischermeister auf dem Balkon entdeckte, winkte sie ihm freundlich zu und ordnete demonstrativ ihren prallen Busen in dem viel zu engen Behälter. Farle antwortete ohne Verzug.

Nebenan knarrte eine Balkontür. Ein Bademantel mit Kopf schob sich ans Tageslicht. Und der Kopf sagte: »Morgen, Erwin!«

Die Stimme verriet deutlich, dass ihr Besitzer an einem stattlichen Kater litt, aber Farle hatte mit der Identifizierung keine Probleme: Fritz Schnell, ziemlich lang und so mager, dass man sich fragen musste, wie er mehrere Jahrzehnte am Hochofen durchgehalten hatte.

»Moin, Fritz. Schöner Tach heute, was?«

»Jau. Watt machse da?«

»Die Blümkes pflegen ...«

»Anthurium scherzerianum?«

»Stimmt.«

»Kein Wasser?«

»Nee. Blattläuse.«

Vierhändig wühlten die beiden Männer in den Blüten herum und schüttelten seufzend ihre Köpfe. Schließlich meinte Schnell: »Musse ...«

»Weiß ich ...«

Die Sachkunde der beiden ungleichen Männer kam nicht von ungefähr. Sie und ein knappes Dutzend anderer Hotelgäste waren ein halbes Leben lang stolze Angehörige des Kleingartenvereins *Zum tollen Bomberg e. V.*, dessen Parzellen auf einem der schönsten Gebiete zwischen Hörde und Wellinghofen lagen. Sie hatten stets ihr Bestes getan, um das Ansehen des 1861 verstorbenen Leipziger Arztes Dr. Daniel Gottlob Moritz Schreber nicht in Vergessenheit geraten zu lassen.

Dass Schrebergärtner zusammenhielten, war sicher keine Ausnahme. Dass aber fast die gesamte Kolonie ihre Dortmunder Gärten im Stich ließ und sich für ein verlängertes Wochenende in einem Nobelhotel in der Fremde einnistete, war schon ungewöhnlich. Dass ihr Reiseziel aber nicht an Rhein oder Mosel lag, sondern in Essen, galt als eine Sensation, über die sogar ein Anzeigenfriedhof namens *Südkurier* berichtet hatte.

Bezahlt hatte die gesamte Reise ein Toter: Gartenfreund Heinz Drahle, der vor nicht allzu langer Zeit unter spektakulären Umständen verstorben war. Kinderlos ins ewige Erdbeerbeet verzogen, hatte Drahle sein bescheidenes Vermögen dem Verein vermacht – mit der Auflage, das Geld auf einer gemeinsamen Urlaubsreise zu verprassen.

Nachdem sich die Schrebergärtner von ihrer Überraschung erholt hatten, war lange und äußerst kontrovers diskutiert worden. Zuerst galt Mallorca als Favorit, bis sich Edeltraut Dröse zu ihrer Flugangst bekannte und das Lehrerehepaar Mürrmann ideologische Bedenken gegen die Fliegerei vortrug. Eine Busfahrt an die Mosel kam nicht infrage, weil sich alle daran erinnerten, wie Philip Kroll bei einem Busausflug ins Münsterland den Gang vollgekotzt hatte. Eine Zugreise nach Hamburg war kurz in Erwägung gezogen worden, aber Horst und Else Lewandowski wollten keineswegs auf ihren Anteil am Erbe verzichten. Sie mussten sich täglich um Elses Schwester Elsbeth kümmern, die in einem Dattelner Krankenhaus auf den Abgang aus ihrem Kassenpatientenleben wartete.

So einigte man sich schließlich darauf, dass das Urlaubsziel zwar exotisch, aber im Streckennetz Rhein-Ruhr liegen sollte.

Farle und Schnell hatten eine ›ultimative Kultur-Rundreise‹ ausgearbeitet. Doch der geplante Besuch von sechzehn Bierstuben und Brauhäusern in drei Tagen, von der Privatbrauerei Moritz Fiege in Bochum bis zum Brauhaus Stephanus in Coesfeld, fand bei der Abstimmung keine Mehrheit.

Im Gegenzug hatten die Schreberfrauen einen fünftägigen Beauty- und Wellness-Trip vorgeschlagen. »Einmal so richtig entspannen, den Alltag vergessen und die Seele baumeln lassen!« Auf dem anvisierten Programm standen Fußmassagen, Hamam, Seifenschaum- und Peelingbehandlungen, Hot-Stone-Körpermassagen, Algen-Körperpackung und andere Sauereien. Zum Abschluss winkte eine Heimpflegeberatung inklusive Beautypass.

Dass der Vorschlag bei einer Kampfabstimmung mit einer Stimme Mehrheit angenommen wurde, lag am schwerhörigen Ede Rodenstedt. Er hatte statt ›Wellness‹ ›Loch Ness‹ verstanden – und nach Schottland hatte er schon immer gewollt.

So versammelten sich an diesem Morgen außer den Ehepaaren Farle und Schnell auch Monika und Werner Mürrmann, Philip und Eva Kroll, Horst und Else Lewandowski, Ede Rodenstedt, Klaus Drewniak und seine Lebensgefährtin Edeltraut Dröse am Frühstückstisch. Außer diesen Paaren gehörten zwei Singles zum Team: Jutta Röttger, deren Ehepartner aus den oben genannten Gründen verhindert war, und Metin Demir, dessen Frau auf die vier Kinder aufpassen musste.

Drehte sich beim Frühstück sonst jedes Gespräch um die Milbenpest an Lewandowskis Stachelbeeren oder um den Maulwurf unter Krolls Rasen, so sorgte Trude Farle an diesem Morgen für ein neues Thema.

»Wisst ihr schon«, fragte sie, nachdem sie nach einem wachsamen Blick in alle Ecken festgestellt hatte, dass die Witwe noch fehlte, »wisst ihr schon das Neuste?«

Die üblichen Frühstücksgeräusche dämpften sich nur unwesentlich.

»Die Jutta ...«

Schlagartig wurde es still. Immerhin war Jutta unbemannt und solch eine Anomalie ließ die Frauen des Vereins schon die Gefahr eines Dauerpflegefalls wittern. Und dass die Männer auf das Stichwort sensibel reagierten, war auch kein Wunder: Mancher von ihnen hätte die junge Witwe gern über ihren Verlust hinweggetröstet. Bei den entsprechenden Annäherungsversuchen waren sie zwar samt und sonders gescheitert, hatten aber ihre Hoffnungen nie ganz aufgegeben.

»Was ist denn mit die Jutta?«, fragte Philip Kroll schließlich.

»Nun«, sagte Trude Farle, trank noch ein Schlückchen Kaffee, lächelte geheimnisvoll und konnte sich dann doch nicht länger beherrschen: Ohne Atempause ratterte sie ihren Bericht von der Witwenfront herunter.

»Na?«, fragte sie schließlich triumphierend.

Schweigen.

»Dem Struck geht es doch nur um das eine«, platzte Klaus Drewniak heraus. »Der sucht sich bestimmt jede Woche eine andere.«

»Wärst wohl auch gerne Masseur geworden«, vermutete Friedchen Schnell.

»Es guckt keiner hinter den Busch«, orakelte Eva Kroll, »der nicht schon selbst dahinter gelegen hat.«

Edeltraut Dröse wurde rot und Klaus Drewniak plusterte die Backen auf. Aber die anderen Männer ergriffen sofort für ihn Partei: »So sind die doch alle.«

»Nein«, sagte Else Lewandowski, die für ihr Leben gern Liebesromane las, »so einer ist der Struck nicht.«

Trude Farle nickte: »Gönnt den beiden doch das bisschen Glück! Ihr seid ja bloß neidisch.«

»Aber er passt nicht zu uns«, meldete sich ausgerechnet Monika Mürrmann. »Ich habe gestern schon sein Horoskop gestellt und ...«

Die Blicke der anderen wurden eisig.

»Wer hier nicht passt«, meinte Lewandowski und schaute Mürrmanns anzüglich an, »das ist noch gar nicht raus.«

Die Lehrer wurden rot. Außer ihnen hatten alle anderen mit der Hütte zu tun gehabt: Sie hatten dort malocht oder waren, wie Jutta Röttger, mit Stahlkochern verheiratet gewesen. Selbst Meister Farle hatte seine Wurst im Schatten der Hochöfen gepökelt und gehörte fast schon dazu. Aber Mürrmanns? Die hatten doch einst zusammen mit Cohn-Bendit Steine geschmissen und sammelten sie jetzt beim Subbotnik aus dem Rasen vor dem Vereinshaus. In ihrer Gartenlaube diskutierten sie über eine »ausbeutungsfreie, anarchistische Gesellschaft«, hatten aber zugleich ein eisernes Regiment inne, um die Hörder Schreber zum Sieg im Wettbewerb um die schönste Gartenanlage Dortmunds zu führen. Kurz: Sie gehörten zu einer Sorte von Leuten, für die Greenpeace bereits Artenschutz beantragt hatte.

»Ihr solltet«, sagte Werner Mürrmann, »langsam eure Vorurteile gegen Akademiker ablegen.«

Das gemeinsame Frühstück endete schließlich doch versöhnlich. Man wollte dem jungen Glück eine Chance geben.

2

»Unser Schiff ist 1985 gebaut worden und wiegt einhundertfünf Tonnen. Es ist achtunddreißig Meter lang und fünf Meter zwanzig breit. Habt ihr das gewusst?«

Philip Kroll und Klaus Drewniak starrten zuerst Werner Mürrmann an und dann weiter in ihre halb leeren Gläser. Sie hatten sich entschieden, dem Lehrer bei ihrem Bootsausflug von Kupferdreh bis zum Wasserbahnhof in Mülheim nicht zu antworten, denn jede Nachfrage wurde mit einem weiteren Kurzreferat bestraft. Die kleine Wasserreise führte nach der Schleusenfahrt in Baldeney und Kettwig in ein Gebiet, in dem das Ruhrtal breiter und der Fluss teilweise von Deichen begrenzt wurde, hinter denen sich weite Wiesen ausdehnten.

Für die Schreber stand heute das *Chocolate-Special* auf dem Programm. Die Aussicht, heiße Schokolade in Form von Gesichts- und Körpermassagen verpasst zu kriegen, hatte die männliche Fraktion dazu bewogen, aus dem Hotel zu fliehen und eine Schiffstour zu buchen.

Jutta Röttger hatte Struck, der heute seinen freien Tag hatte, dazu überredet, sie bei der Tour zu begleiten. Doch der machte schon kurz nach dem Ablegen nicht für sie den Liebeskasper, sondern für zwei braun gebrannte Blondinen aus Düsseldorf, die am Abend zuvor im Carolina eingezogen waren. Seitdem schmollte sie und ertränkte ihren Frust im Jägermeister.

»Habe ich doch gleich gesagt«, raunte Drewniak Philip Kroll zu, als Struck einer der Blondinen eine Strähne hinters Ohr strich. »Der vernascht erst die Jutta und sucht sich dann ein paar neue Opfer.«

»Düsseldorferinnen«, schmatzte Philip Kroll verächtlich, als ein paar Wortfetzen herüberwehten.

»Verstehe ich nicht«, meinte Werner Mürrmann. »Ich dachte, der meint es ehrlich mit Jutta. Vorhin hat sie mir noch erzählt, er wolle nach Dortmund ziehen.«

»Der?«, fragte Philip Kroll. »Der passt wirklich nicht zu uns.«

Rechtzeitig zum Abendessen war die Schiffsbesatzung wieder im Hotel. Es war ein wunderschöner Abend, wie Horst Lewandowski später auf den Farbdias beweisen konnte: Blende 4,8, 1/125 Sekunde, 100 ASA. Die Sonne ging als roter Ball unter, die Fichten warfen lange Schatten und das Wasser des Sees leuchtete geheimnisvoll. Alles war wie auf der Panoramatapete im Vereinsheim.

Nur eines passte nicht: Juttas Heulen.

3

»Ach, ist das schöööön!«

Trude Farle riss die Balkontür auf und reckte sich. Blauer Himmel und weiße Wölkchen spiegelten sich im Baldeneysee, dessen Wellen die Uferbefestigung vor dem Carolina-Hotel mit sanften Küssen verwöhnten.

»Wirklich schöööön«, seufzte Trude Farle ein zweites Mal, schob ihre Kompaktfigur auf den Balkon und lugte über die mit Handtüchern gespickte Brüstung. Am Pool pumpte Armin Struck seine obligaten Liegestütze und lächelte dabei zu den Campingstühlen herüber. Ein schlanker, braun gebrannter Körper löste sich aus dem Schatten der Sonnenschirme.

»Erwin, komma!«, zischte Trude Farle.

Die junge Frau küsste Struck auf die Stirn und kletterte dann auf seinen Rücken. Die Arme des Masseurs hielten die Last nicht aus. Er landete auf dem Bauch und rollte sich herum, um die Reiterin ins Wasser zu werfen. Das Platschen und das Gekreische trafen Trude Farle wie eine kalte Dusche.

»Willse etwa bis Mittach liegen bleiben?«, keifte sie, ohne den Pool aus den Augen zu lassen. Meister Farle wusste, wie die rhetorischen Fragen seiner Gattin gemeint waren, und wälzte sich aus dem Bett. Mühevoll rollte sich seine Regentonnenfigur heran: »Was ist denn jetzt schon wieder?«

Die Morgensonne blendete ihn und er schirmte die Augen mit seinen spatengroßen Händen ab. »Donner auch!«, rief er und sah genauer hin: Struck lag auf dem Rücken, hatte die Arme ausgebreitet und doch keinen mehr frei: Auf jeder Seite kuschelte sich eine der Düsseldorferinnen an ihn heran.

»Mehr hasse dazu nicht zu sagen?«, schimpfte Trude Farle. »Ach Gott, die arme Jutta!«

»Der glückliche Armin!«

»Erwin!« Die Gattin fuhr herum und blickte Farle fest in

die Augen. »Das kannst du doch nicht einfach so mit ansehen. Da musst du doch watt tun!«

»Ich?«

»Klar doch. Jutta ist unsere Gartennachbarin, du bist im Vereinsvorstand ...«

»Schatzmeister!«

»Eben! Da kannst du dich doch nicht ausse Verantwortung stehlen!«

»Was für eine Verantwortung?«

»Seid ihr nicht für unser Wohlergehen verantwortlich? Kannst du zusehen, wie ein Vereinsmitglied so behandelt wird? Schließlich geht es um die Ehre von uns allen!«

Farle stöhnte. Wenn es um die Vereinsehre ging, kannten die Frauen kein Pardon.

»Also gut«, sagte er schließlich. »Ich werde mal mit Horst und Fritz darüber reden ...«

Der Kaffee war an diesem Morgen so schwach, dass er ohne fremde Hilfe kaum aus der Kanne klettern konnte. Aber der Hauptgrund für die schlechte Laune am Tisch war ein anderer: Jutta Röttger fehlte.

»Ich habe alles versucht«, versicherte Trude Farle zum dritten Mal. »Aber sie hat gar nicht erst die Tür aufgemacht. Doch das Heulen konntest du bis auf den Flur hören!«

»Na ja«, meinte Lewandowski, »vielleicht will er sie nur ein bisschen ärgern, und Jutta ...«

»Ärgern nennst du das?« Else Lewandowski sah ihren Gatten kopfschüttelnd an: »Typisch Männer! Ihr und euer ewiges ›vielleicht‹! Ihr findet es vielleicht sogar noch ganz gut, was dieser Kerl mit unserer Jutta macht!«

Der Männerchor bekundete schärfsten Protest.

»Dann müsst ihr auch was tun!«

Erneutes Geschrei und Klaus Drewniak sprach aus, was alle dachten: »Wir? Was können wir denn schon tun?«

»Na«, meinte Edeltraut Dröse. »Wenn ich dran denke, wie wir damals mit Drahle fertig geworden sind ...«

Schweigen.

An jenen Sommerabend dachte keiner gern zurück. Als die Vernehmungen bei der Polizei beendet waren, hatten alle aufgeatmet – und niemand hatte mehr davon gesprochen.

»Vielleicht«, sagte Klaus Drewniak endlich, »vielleicht sollten wir mit Struck mal ein ernstes Wort reden. Und ihm Bedenkzeit geben.«

»Und wann redet ihr mit ihm?«

Die Männer sahen sich unsicher an.

»Heute Mittag!«, sagte Horst Lewandowski und alle nickten.

Der Morgen verging, der Mittag kam und es passierte nichts. Erst in der Abenddämmerung nutzte Klaus Drewniak die Chance und sprach den Masseur auf Jutta Röttger an.

»Ach, die ist noch da?«, antwortete Struck. »Ich dachte, die wäre abgereist.«

Nach einer Aussprache unter Männern, die mit vier Minuten außergewöhnlich lang war, fasste Klaus Drewniak vor den versammelten Schrebern den Inhalt zusammen: »Er will nix von sie wissen!«

Vor dem Abendessen traf sich die weibliche Trauergemeinde in Jutta Röttgers Zimmer, während der Vereinsvorstand auf Lewandowskis Bude Kriegsrat hielt. Nach einer halben Stunde erschien Trude Farle und stellte den Männern ein Ultimatum.

Als die Metzgersfrau die Botschaft ausgehändigt und sich wieder ins Frauenexil abgeseilt hatte, herrschte Funkstille im Vereinsvorstand.

Horst Lewandowski fand als Erster seine Sprache wieder: »Die spinnen doch, die Frauen.«

Farle schüttelte den Kopf. »Ich glaube, die meinen das ernst.«

Kroll war kreidebleich. »Aber wir können doch nicht schon wieder ...«

»Doch«, knurrte Farle. »Oder es gehen unsere Ehen in die Brüche.«

»Und den *Tollen Bomberg* können wir auflösen. Wenn das Drahle wüsste ...« Lewandowski goss sich einen Schnaps ein und kippte ihn hinunter.

»Vielleicht wollte er genau das erreichen.«

Kroll schnippte mit den Fingern. »Das ist Drahles Vermächtnis!«

Farle nickte. »Oder seine Rache.«

»Wie lange brauchst du bis nach Hörde und zurück?«, fragte Lewandowski Klaus Drewniak, der seine Honda im Parkhaus des Hotels stehen hatte.

»Stunde.«

»Bei den vielen Baustellen?«

»Ich fahr über Wattenscheid.«

Lewandowski griff nach seinem Schlüsselbund. »Der mit den drei Zacken ist von unserem Häuschen. Du weißt ja, in welchem Regal dat Zeug steht. Und bring auch die Pulle Aufgesetzten mit.«

Klaus Drewniak nickte bedeutungsschwanger, blickte in die Runde und zog die Zimmertür hinter sich zu. Zunächst sagte niemand ein Wort.

Dann erhob sich Erwin Farle. »Also, ich muss jetzt was zwischen die Backen kriegen!«

Die Schrebermänner trabten zum Abendessen.

4

Die Hotelbar war gut gefüllt. Der Barkeeper schüttelte sich im Takt eines uralten Rod-Stewart-Songs die Seele aus dem

Leib und platzierte mit dem Schlussakkord den dritten Mai Tai mit Kirsche direkt neben Strucks Ellenbogen. Der Masseur nickte zufrieden.

Struck war an diesem Abend solo. Bei Jutta Röttger hatte er ausgespielt und die beiden Düsseldorferinnen besuchten eine Vorstellung im Bochumer Schauspielhaus. Bis sie zurückkehrten, blieb dem Masseur genug Zeit, die erotische Bilanz aus drei Berufsjahren zu ziehen.

»Was trinken Sie denn da für ein Zeug?«

Struck sah auf. Klaus Drewniak hatte sich auf den Barhocker zu seiner Linken geschoben und starrte ihm neugierig ins Glas.

»Mai Tai. Auf Rumbasis.«

»Probiere ich auch mal«, nickte Drewniak und gab dem Barkeeper ein Zeichen. Einen Frank-Sinatra-Song später war der Drink fertig. Struck hatte seinem Nachbarn in dieser Zeit schon vier Bettgeschichten präsentiert.

»Aber jetzt erzählen Sie mal«, unterbrach der Masseur seinen Berufsreport. »Wie war das mit der Erbschaft?«

»Erbschaft?«

»Na ja – ihr seid doch alle hier auf lau.«

»Ach so …« Klaus Drewniak probierte und wusste nicht, ob er das Zeug gut finden sollte. »Wir erfüllen den Letzten Willen eines verstorbenen Vereinsmitglieds …«

Struck grinste: »Muss ein toller Typ gewesen sein, dieser – wie hieß er noch?«

»Heinz Drahle!«, dröhnte eine tiefe Stimme zu seiner Rechten.

Der Masseur blickte sich um: Philip Kroll hatte auf seiner anderen Flanke Position bezogen.

»Heinz Drahle. Und das war das größte Arschloch, das je in Hörde gesehen wurde. Ein Sadist.«

»Solche Sadisten mag ich«, grinste Struck. »Wenn sie Reisen verschenken …«

»Dafür musste er aber erst ins Gras beißen«, erläuterte Philip Kroll. »Und das nicht ganz freiwillig ...«

»Wieso das denn?«, wollte Struck wissen.

Drewniak und Kroll warfen sich einen verschwörerischen Blick zu, dann schüttelte Klaus den Kopf: »Geht nicht. Das können wir Ihnen nicht erzählen.«

»Unsinn!«, meinte Struck und legte seinen neuen Freunden je einen Arm um die Schultern. »Ich bin verschwiegen wie ein Grab. Mir könnt ihr alles erzählen.«

»Ich weiß nicht ...« Kroll verzog das Gesicht, aber der Masseur ließ nicht locker: »Hört mal, wir, unter Männern ...«

Zwei Runden später hatte er sie so weit und Kroll holte tief Luft: »Also, letztes Jahr, auf dem Sommerfest, da ist er uns wieder mal tierisch auf die Nerven gegangen ...«

»Ach, seid ihr wieder bei Drahle?«

Metin Demir stand hinter ihnen. Klaus Drewniak rutschte von seinem Barhocker und machte dem Türken Platz: »Erzähl du. Du hast ja am meisten unter Drahle gelitten ...«

Metin Demir bestellte sich ein Mineralwasser. »Ja, der Drahle«, sagte er. »Mich hat er auf dem Kieker gehabt, weil ich Türke bin. Und wer kein Türke war, gegen den hatte er was anderes. Eigentlich war sein Tod viel zu schön für ihn. Solch ein Abgang ...«

Metin Demir erzählte in allen Einzelheiten, wie Drahle den Vereinsmitgliedern jahrelang auf die Nerven gegangen war. Mittlerweile hatte sich auch Lehrer Mürrmann dazugesellt.

Struck leerte sein Glas. »Aber was ist mit seinem Tod? Ihr spannt einen ja ganz schön auf die Folter ...«

»Es geht um – Totschlag«, erläuterte Kroll und musste sich ob der Bedeutung dieses Wortes am Tresen festhalten. »Und die Bullen haben sich alle Mühe gegeben, um das zu beweisen ...«

Struck pfiff durch die Zähne: »Könnte spannend sein. Aber ihr müsst mit eurer Story mal zu Potte kommen.«

»Tut mir leid«, meinte Kroll. »Ich bin wirklich kein guter Erzähler. Aber Erwin – Erwin kann das!«

Er deutete auf Farle, der gerade herankam. Er hatte einen Gang, als trüge er sein Fleischermesser zwischen den Beinen.

Bevor er loslegte, bestellte er erst einmal Bier und Schnaps für sich und Struck.

»Sie müssen wissen, dass Drahle regelmäßig Herztropfen einnehmen musste. Richtig harter Stoff, der bei einer Überdosierung erst einmal euphorisch macht ...«

»... aber auch zum Tod führen kann«, ergänzte Fritz Schnell, der jetzt auch zu der Herrenrunde gestoßen war.

Farle nickte. »Und da jeder eine Rechnung mit Drahle zu begleichen hatte ...«

»... kam Tröpfchen zu Tröpfchen ...«

Klaus Drewniak sah Struck bedeutsam an.

Der Masseur bekam seinen Mund nicht mehr zu.

Fritz Schnell bestellte noch eine Runde Schnaps.

»Es war eine schöne Beerdigung!«

»Mein Gott«, stöhnte Struck und sah bedauernd zu, wie der Barkeeper die Gläser und Flaschen wegschloss und ein letztes Mal über die Theke wischte. »Kann nicht mal einer von euch Klartext reden?«

»Klartext?«, meinte Lehrer Mürrmann. »Reden wir doch die ganze Zeit ...«

»Ich verstehe wirklich nur Bahnhof«, meinte Struck. Er hatte jetzt Probleme mit der Aussprache.

»Dann müssen Sie mitkommen«, sagte Lehrer Mürrmann. »Wir gehen zu Lewandowski auf die Bude. Der erzählt den Rest ...«

Mit einer Flasche Schnaps bewaffnet zogen sie los. Kaum war Struck vom Barhocker gerutscht, zeigte das Besäufnis Wirkung: Es fiel ihm schwer, seinen Körper über den Beinen und mit all seinen Gliedern Kurs zu halten. Mit vereinten Kräften bugsierten ihn die Männer in Lewandowskis Bude.

Der Vereinsvorsitzende empfing sie mit Schulterklopfen und einer Flasche Aufgesetzten.

»Was ich nicht begreife«, meinte Struck, nachdem er mit allen angestoßen hatte. »Wieso … seid ihr nicht in den Knast … gewandert?«

»Denken Sie doch mal nach!«, meinte Lewandowski.

Struck schloss die Augen, um nachzudenken. Er hatte erhebliche Schwierigkeiten, sie wieder aufzukriegen.

Lewandowski legte ihm die Hand auf die Schulter und reichte ihm ein randvolles Schnapsglas.

»Weil niemand allein den Tod verschuldet hatte. Jeder war nur ein bisschen schuld!«

»Donnerwetter«, brachte Struck stotternd hervor. »Geniale Idee!«

Er nahm sein Glas und führte es mit zitternden Händen zum Mund. Der Aufgesetzte hatte eine leicht bittere Note. Der Masseur sackte vom Stuhl und blieb auf dem Teppich liegen, ohne sich noch einmal zu rühren.

Die sieben Männer schwiegen.

5

Eine Woche später erreichte das Hotel ein Einschreibebrief.

Sehr geehrte Damen und Herren!

Nachdem wir unter widrigen Umständen nach Hause gefahren sind, möchten wir unsere Regressansprüche geltend machen.
Durch das plötzliche Verschwinden Ihres Masseurs waren die letzten beiden Tage in Ihrem Hotel von einem erheblichen Verlust der Urlaubsfreude geprägt. Hatten wir doch Ihr Hotel insbesondere wegen der Hot-Stone-Massage gebucht, die wir aber nicht in Anspruch nehmen konnten.

Mehr noch: Unsere gesamte Reisegruppe hat sich intensiv an der Suche nach Herrn Struck und an der Bergung seiner Leiche beteiligt. Dies war nicht der Sinn unseres Aufenthaltes in Ihrem Hotel. Wir fordern Sie deshalb auf, uns zwanzig Prozent des Zimmerpreises zurückzuerstatten. Bitte überweisen Sie den Betrag auf das nachfolgend angegebene Konto des Kleingartenvereins Zum tollen Bomberg e. V.

Mit vorzüglicher Hochachtung
Horst Lewandowski, Vorsitzender
Erwin Farle, Schatzmeister

Reinhard Junge

Toter Hering – königsblau

1

»Was weißt du über das Opfer?«, fragte Hauptkommissar Lohkamp, als er mit seiner Kollegin Martina Langer einen endlos langen Flur betrat.

Sie grinste: »Selbstbewusst, aber beruflich nur mäßig erfolgreich. Hat eine Menge Freunde, aber genauso viele Feinde. Finanziell hängt der Laden am Tropf, aber das geht den meisten so. Einhundertfünf Jahre alt.«

Lohkamp blieb stehen: »Was redest du denn für einen Quatsch?«

Die Kollegin zog ein Blatt Papier aus ihrer Handtasche, das sie genussvoll auseinanderfaltete. Ganz oben prangte ein großes G, das Kernstück des Logos, das in dieser Stadt an jedem Auto und in jeder zweiten Fensterscheibe hing.

»Am 4. Mai 1904«, zitierte Langer, »gründete eine Gruppe vierzehn- bis fünfzehnjähriger Jungen einen Fußballverein namens Westfalia Schalke. Um zum offiziellen Spielbetrieb zugelassen zu werden, fusionierte der Verein 1912 mit dem Turnverein 1877 Schalke. Im Jahr 1924 trennten sich die Kicker wieder von den Turnern und nannten sich fortan FC Schalke 04. Die Vereinsfarben änderten sich von Rot und Gelb zu Blau und Weiß.«

»Sehr witzig!«, meinte Lohkamp und klopfte an eine messinggerahmte Glastür. Eine Dame Ende dreißig öffnete ihnen. Schlichtes Kostüm, unauffällige Perlenkette – und das Gesicht so verheult, dass die Reste ihres Make-ups auf die teure Bluse tropften.

»Sind Sie von der Polizei?«

»Ja.«

»Endlich …«

Lohkamp stellte sich und seine Kollegin vor, dann sah er die Dame mit der Perlenkette abwartend an. Es dauerte ein paar Sekunden, aber dann merkte sie, was von ihr erwartet wurde.

»Sabine Kirsch. Die Sekretärin«, sagte sie und schluchzte erneut auf. »Es ist ja so schrecklich!«

Sie führte die beiden Polizisten durch ihr Büro in einen Seitentrakt. Ein dicker, blauer Teppich schluckte jeden Schritt. Vor einer geöffneten Tür blieb sie stehen. Lohkamp blickte in einen Saal, der von einem riesigen Schreibtisch und einer bequemen Sitzgarnitur beherrscht wurde. Die Kronleuchter hätten ausgereicht, um in der Gerstensaft-Arena das Flutlicht zu ersetzen. Jetzt aber beleuchteten sie einen massigen Mann, der hinter dem Schreibtisch saß und sein Gesicht in dem breiartigen Gericht auf seinem Teller versteckt hatte.

»Beim Essen sterben«, raunte Lohkamp. »Ein schöner Tod.«

Martina Langer schob sich an ihm vorbei und trat auf den Schreibtisch zu: »Ich weiß nicht, Chef. Den Kopf im Heringssalat?«

»Glatze in Panhas sieht auch nicht besser aus«, bemerkte er trocken und sah die Sekretärin an: »Wie war noch der Name Ihres Präsidenten?«

Frau Kirsch sah ihn an, als wüsste Lohkamp nicht, was eine Wasserspülung ist: »Hans Wolke.«

»Wann haben Sie ihn gefunden?«

»Weiß nicht. Kurz bevor ich Sie angerufen habe.«

»Vor einer halben Stunde also«, konstatierte Lohkamp. »Haben Sie irgendetwas angefasst?«

»Nein.«

»War sonst noch jemand hier?«, schaltete sich die Oberkommissarin ein.

»Alle. Herr Rubljow vom Aufsichtsrat. Trainer und Manager. Die Gattin des Chefs ... Aber als ich ihn fand, war ich allein mit ihm.«

»Weiß außer Ihnen jemand, dass Herr Wolke tot ist?«

»Nein«, sagte die Kirsch. »Ich habe sofort die 110 angerufen.«

Sie zeigte in ihr Büro. Ihr eigener Schreibtisch war wesentlich kleiner und voller als der des Toten: »Ich habe da gesessen, die Tür offen, und geheult. Bis Sie gekommen sind.«

»Wann haben Sie Ihren Chef zum letzten Mal lebend gesehen, Frau Kirsch?«

Sie wusste es nicht.

»Überlegen Sie mal«, sagte die Langer warm.

»Vor ... ungefähr vor einer Stunde. Bei mir im Vorzimmer. Als ich gerade vom Einkaufen wiederkam.«

»Und was haben Sie geholt?«, fragte Lohkamp. »Den Heringssalat?«

Jetzt wirkte die Sekretärin beinahe empört: »Nein. Für den Chef mache ich den immer selbst.«

»Immer?«

»Ja. Mein Heringssalat ist im ganzen Verein berühmt. Altes westfälisches Rezept.«

»Wunderbar. Und was haben Sie dann gekauft?«

»Sekt. Wir haben morgen einen Vertragsabschluss. Und als ich zurückkam, stand Herr Wolke gerade am Kühlschrank und holte sich seinen Imbiss heraus ...«

»Wäre das nicht Ihre Aufgabe gewesen?«, klinkte die Langer sich wieder ein. »Ihm den Teller ins Büro zu bringen?«

Sie schluchzte: »Ja. Tu ich sonst ja auch. Jeden Mittag um eins. Aber heute war die Schlange an der Kasse so lang, dass ...«

»Verstehe«, sagte Langer und trat ein paar Schritte vor. Sah sich den Toten aus der Nähe an. Beugte sich schließlich über den Teller und sah überrascht auf: »Chef, der Heringssalat stinkt.«

»Wie bitte?«, fuhr die Kirsch auf. »Mein Heringssalat stinkt nicht!«

»Heringssalat stinkt immer.«

»Nein. Meiner duftet!«

»Er stinkt«, beharrte die Polizistin. »Und außerdem ...«

»Ja?«, fragte Lohkamp.

»Der Tote hat Schaum vor dem Mund, Chef.«

»Und – was heißt das?«, stammelte die Sekretärin.

»Herr Wolke wurde vergiftet, Frau Kirsch. Allem Anschein nach mit Ihrem Heringssalat.«

»Nein, unmöglich!«

Lohkamp legte der Sekretärin die Hand auf die Schulter: »Haben Sie Gift in den Heringssalat gerührt?«

Die Kirsch suchte nach Worten, fand aber keine. Lohkamp begriff und sagte: »Ich glaube Ihnen. Aber wer hätte einen Grund für die Tat?«

Die Frau zierte sich noch ein wenig, aber dann lieferte sie den ersten brauchbaren Hinweis: »Letzten Samstag, nach der Niederlage gegen Bochum. Da hat der Chef den Bas angebrüllt.«

Sie sah Lohkamps fragenden Blick und reagierte sofort: »Bas van Twente. Den Trainer. Also, Herr Wolke hat ihm angedroht, er würde ihn jetzt feuern. Das wäre van Twentes dritter Rausschmiss in vier oder fünf Jahren. Er wäre out gewesen.«

»Und wie ernst war die Drohung gemeint?«

Die Langer seufzte: »Chef, Schalke steht auf dem achten Platz. Hinter Dortmund. Es sind nur noch drei Spiele. Die internationalen Wettbewerbe können die Königsblauen sich jetzt abschminken. Haben Sie eine Ahnung, was das für den Verein bedeutet?«

2

Was das bedeutete, wusste selbst Lohkamp. Nur Trainer Bas van Twente schien sich darüber keinen Kopf zu machen. Nach einem Anruf auf sein Handy fanden sie den Graukopf ein paar Kilometer weiter im Restaurant von Schloss Horst. Der Mann saß an einem Fenster und sah den Brautpaaren nach, die sich gerade in dem berühmten Renaissanceschloss das Jawort gegeben hatten.

»Kriminalpolizei. Martina Langer. Und das ist mein Chef, Hauptkommissar Lohkamp!«

Vor dem Trainer stand ein fast leeres Kognakglas, und die feuchten Ringe in der Tischdecke verrieten, dass es nicht das erste war.

»Um was geht es denn?«, fragte van Twente und deutete unwirsch auf die freien Stühle.

»Ihr Boss ist tot!«

»Wolke?«

»Ermordet. Vor einer guten Stunde.«

»Ach du Scheiße …«

Ein junger Kellner mit einem unglaublich arroganten Zug um den Mund schwebte heran. Als die Polizisten zwei Fläschchen Wasser bestellten, verwandelte sich der Hochmut in Verachtung. Für den Rückweg zum Tresen brauchte er fast doppelt so lange wie für die Anreise.

Martina Langer beugte sich vor: »Eigentlich müssten Sie doch ganz froh sein.«

»Ich? Wieso?«

»Auf welchem Tabellenplatz steht Schalke?«

»Auf dem achten. Na und?«

»Fünf Punkte Rückstand auf einen Platz für den UEFA-Pokal.«

»Wir haben noch drei Spiele!«

»Gegen Bayern, Bremen und Hoffenheim«, grinste Langer.

»Aber ab Samstag haben wir Bestbesetzung. Vier verletzte und gesperrte Spieler laufen wieder auf. Kevin Kohlrabi ist wieder topfit. Neben ihm stürmt ein neuer Klassespieler, den wir bei unseren Amateuren entdeckt haben.«

»Experten glauben eher an einen neuen Trainer«, setzte die Polizistin nach.

Ohne zu antworten, leerte der Holländer sein Glas. Dabei folgten seine Augen einer jungen Frau, die angesichts des schönen Wetters ihren Kleiderschrank nur um das Notwendigste erleichtert hatte.

»Herr van Twente«, sagte Lohkamp, »es ist besser, wenn Sie jetzt erst mal einen Kaffee bestellen. Wir möchten mit Ihnen reden, solange Sie noch halbwegs nüchtern sind.«

Van Twente grinste: »Ich dachte, Sie wüssten schon alles!«

»Was zum Beispiel?«

»Na ja – dass ich es war, der ihn erschossen hat.«

»Er wurde aber nicht erschossen.«

»Sondern?«

»Vergiftet.«

»Wie bitte?«

»Mit Heringssalat.«

Einen Augenblick lang starrte van Twente sie ungläubig an, dann lachte er auf: »Das ist gut! Mit Sabines Heringssalat?«

»Sieht so aus.«

»Wunderbar.«

»Wieso?«

»Weil ich dann aus dem Schneider bin, wie man bei euch sagt«, grinste van Twente und streckte ihnen seine Hände entgegen: »Was sehen Sie?«

»Sie zittern«, sagte Lohkamp. »Offenbar haben Sie Ihren Pegel noch nicht erreicht.«

»Quatsch«, entgegnete der Trainer. »Ich bin kein Alki. Aber sehen Sie irgendetwas an den Händen, was da nicht sein sollte?«

Lohkamp und Langer wechselten einen Blick.

»Nichts?«, fragte van Twente und strahlte. »Dann rufen Sie meinen Doc an.«

Da kapierte Langer: »Chef, ich glaube, er will uns darauf aufmerksam machen, dass er eine Fischallergie hat.«

»Tut mir leid für Sie«, sagte Lohkamp. »Das muss für einen echten Niederländer die Höchststrafe sein. Aber es gibt auch diese schönen Plastikhandschuhe, mit denen die Ärzte operieren.«

»Ja«, sagte van Twente. »Und dann bin ich mit Tarnkappe zum Kühlschrank geschlichen, um Wolkes Heringe zu vergiften.«

Er kippte den Rest aus seinem Glas hinunter, als wäre es Zuckerwasser. »Geben Sie's auf: Ich war's nicht.«

»Und wer dann?«

Van Twente brauchte keine fünf Sekunden: »Klaus Kater. Der Manager.«

»Der hat doch den ganzen Tag herumtelefoniert, um für die nächste Saison einen neuen Brasilianer einzukaufen.«

»Ja«, sagte van Twente. »In Wolkes Nachbarbüro. Da hatte er alle Zeit der Welt und mindestens drei oder vier Gelegenheiten, um den Heringssalat zu vergiften.«

»Aber auch ein Motiv?«

Für den folgenden Wortschwall brauchte van Twente gleich mehrere Minuten. Kater stehe seit Monaten unter Dauerbeschuss, weil er mit den letzten Neueinkäufen fünf Millionen in den Sand gesetzt habe. Der Chef habe ihn gemobbt wie einen schlafmützigen Zeugwart. Nur eine einzige Gemeinheit habe er sich noch aufgespart: einen Teddybären aus der Sammlung des Managers zu klauen.

»Schön. Und wo finden wir Herrn Kater?«

Van Twente sah auf die Uhr: »Um diese Zeit? Bei seiner Krankenschwester.«

Die Langer schaute ihn überrascht an: »Was hat er denn?«

»Na ja, der Stress setzt ihm zu. Psychisch und physisch. Wenn Sie wissen, was ich meine.«

Van Twente grinste, als hätte er einen schweinischen Witz erzählt. Die Oberkommissarin verzichtete darauf, ihre Frage zu wiederholen.

3

Mühsam kämpften sich Lohkamp und Langer quer durch Gelsenkirchen nach Süden vor. Spätestens hinter dem Bahnhof begann das Elend. Links ein gesichtsloses Gewerbegebiet, hinter der Kreuzung geradeaus ein von Unkraut überwuchertes Freigelände, aus dem hier und da noch die Ruinen des letzten Krieges ragten. Dann folgten die vom sauren Regen zerfressenen Sandsteinfassaden von Ückendorf. Die Hauptstraße so schmal, dass selbst die Straßenbahn nach Bochum kaum hindurchpasste. Aldi, Dönerbuden, Handyshops, zwei türkische Gemüseläden, der mit Glassplittern übersäte Schulhof einer Gesamtschule …

»Die Bronx des Ruhrgebiets«, konstatierte Langer und Lohkamp knurrte: »Und hier soll sich der Manager eines Profiklubs verlustieren? Armes Schalke …«

Der Irrtum klärte sich auf, als sie kurz vor Wattenscheid waren. Auf der linken Straßenseite tauchte ein ehemaliges Zechengelände auf, das von einem wuchtigen Backsteinbau beherrscht wurde: zwei steinerne Fördertürme, die durch ein gemeinsames Maschinenhaus verbunden waren. Ein Baugerüst und eine riesige Informationstafel verrieten, dass sich hinter der alten Industriearchitektur die neue Schickeria der sterbenden Stadt verschanzen wollte.

»Donnerwetter!«, staunte Lohkamp und in seiner Stimme schwang deutlicher Neid mit. »Hier müssten wir sechs bis sieben Jahresgehälter für eine Eigentumswohnung opfern …«

Sie brauchten ganze zehn Minuten, bis sie herausgefunden

hatten, dass Katers Geliebte im südlichen der beiden Malakofftürme residierte. Ihr Türschild verriet, dass sie ihr Geld nicht als Krankenschwester, sondern als Physiotherapeutin und Heilpraktikerin verdiente.

»Mann«, sagte Langer. »Jetzt fällt der Groschen. Die Wunderheilerin von Ückendorf …«

Lohkamp glaubte, sich verhört zu haben, doch seine Kollegin nickte: »Du musst mal wieder zum Arzt gehen und im Wartezimmer all die Zeitschriften lesen, die du niemals kaufen würdest.«

Van Twente musste den Manager vorgewarnt haben: Als Kater die Tür öffnete, trug er zumindest wieder Hemd und Hose. Aber sein glattes Gesicht war so rot wie nach einem Dauerlauf.

»Kriminalpolizei.«

»Weiß ich. Aber ich war's nicht. Und wir stecken jetzt dick in der Scheiße: Morgen haben wir eine Vertragsunterzeichnung, aber ohne die Unterschrift des Präsidenten läuft da gar nichts.«

»Lassen Sie mich raten: ein neuer Trainer?«

»Unsinn. Bas steht nicht zur Debatte. Ich habe einen neuen Stürmer verpflichtet. Einen superklasse Brasilianer.«

»Der erst nach der Sommerpause kommt. Und zurzeit verletzt ist …«

Kater zog gleichgültig seine Schultern hoch und machte noch immer keine Anstalten, sie in die Wohnung zu bitten: Offenbar brauchte die Dame des Hauses ein wenig länger als er, um sich wieder in einen vorzeigbaren Zustand zu versetzen.

»Hören Sie!«, sagte Lohkamp. »Schalke hat das Ziel nicht erreicht, das Sie vor Saisonbeginn verkündet haben. Was macht ein Verein da in der Regel?«

»Den Trainer feuern. Aber nicht wir.«

Langer stöhnte auf und wiederholte den Vereinsklatsch, der am Montag in der BLUT-Zeitung gestanden hatte: »Ihr Präsident hat van Twente am Samstag was anderes gesagt, Herr Kater.«

»Stimmt schon. Aber ich war dagegen.«

»Ja?«

»Ja. Weil ich an Bas glaube. Außerdem habe ich ihm eine Menge zu verdanken. Er hat mich vor zwanzig Jahren als Jugendlichen nach Bremen vermittelt. Und da hatte ich meine besten Jahre.«

»Ich weiß«, nickte die Oberkommissarin. »Zwölf Länderspiele.«

»Dreizehn.«

»Na ja – das letzte zählt doch kaum. Gegen Albanien waren Sie nur noch für fünf Minuten auf dem Platz. Als es schon 6:1 stand.«

Kater starrte sie an: »Kompliment! Das hatte ich schon verdrängt.«

Eine schlanke Blonde schwebte herbei, ein Jahrzehnt jünger als der Manager, frisch geschminkt und angetan mit einem hauchzarten Sommerkleidchen, für das sie mindestens bis Düsseldorf gefahren war. Sie nickte den Polizisten zu und schenkte ihrem Verehrer einen vorwurfsvollen Blick: »Warum bittest du die Leute nicht herein?«

Kater starrte seine Geliebte einen Moment lang ausdruckslos an, griff aber endlich den Vorschlag auf: »Hast völlig recht. Ich bin mal wieder etwas zu unhöflich.«

Sie betraten eine Wohnung, in der nichts mehr daran erinnerte, dass sie sich in einem ehemaligen Förderturm mit meterdicken Ziegelwänden befanden. Große, hell gestrichene Räume, deren sparsame Einrichtung sorgsam ausgesucht war. Im Wohnzimmer versanken die Ermittler in einem teuren Ensemble aus samtweichem Leder.

Kater startete ohne jeglichen Übergang die zweite Strophe

seiner Hymne auf die Unvergänglichkeit einer wahren Männerfreundschaft: »Im Übrigen habe ich Bas van Twente vor einem Jahr hierher geholt, Herr Lohkamp. Aber nicht aus Dankbarkeit, sondern weil er ein Könner ist.«

»Was man von Ihnen als Manager schon lange nicht mehr sagt …«

»Wie bitte?«

»Die Sprechchöre im Fanblock sind nicht zu überhören. Sie haben fünf Millionen Euro in den Sand gesetzt. Für drei Spieler, die zusammen keine fünfhunderttausend wert waren. Die Bayern zahlen solch einen Verlust aus der Portokasse, aber Schalke?«

»Wir haben einen potenten Sponsor.«

»Ach«, machte Lohkamp.

»Hören Sie – ein Manager hat eigentlich gar nichts zu sagen …« Kater wartete brav ab, bis die Blonde den Kaffee eingeschenkt hatte. Sie tat das mit einer ungeheuren Grazie und ohne ihre lange, noch feuchte Mähne in die Tassen zu tunken.

Mein Gott, dachte Lohkamp, was findet so eine Frau an diesem Kerl? Und plötzlich stellte er sich vor, wie scharf solch ein Fußballprofi darauf sein musste, dass ihre feingliedrigen Hände ihm einen verhärteten Muskel weich kneteten.

Erschrocken rief sich der Polizist zur Ordnung und zwang sich, Klaus Kater genau zuzuhören.

»Also, auch der Präsident ist nicht der wichtigste Mann. Das sieht nur nach außen so aus. Viel wichtiger ist der Mann mit dem Scheckbuch. Der Vorsitzende des Aufsichtsrats …«

Ausgiebig schilderte er seine Sicht der Vereinshierarchie. Als er fertig war, wunderte sich Lohkamp, dass Kater sich selbst gerade noch vor die Jungs und Mädels in den Kassenhäuschen platziert hatte.

Aalglattes Arschloch, dachte der Hauptkommissar und wechselte den Kurs: »Herr Kater, wenn Sie und der Trainer keinen Grund hatten, Ihren Präsidenten zu vergiften – wer war es dann?«

»Vergiften?«, wunderte sich der Manager. »Ist das nicht eine typisch weibliche Mordmethode?«

»Nicht unbedingt«, sagte Langer und Lohkamp präzisierte: »Na ja – drei von vier Giftmorden werden von Frauen verübt.«

»Aber einer eben nicht«, beharrte die Oberkommissarin.

Kater schüttelte den Kopf: »Dieses Mal war's eine Frau, und ich kenne da auch eine mit einem vorzüglichen Motiv.«

Die Blonde gab einen Laut von sich, der wohl wie eine Warnung klingen sollte, aber Kater beachtete sie nicht. Stattdessen rückte er mit seinem Geheimtipp heraus: »Lydia Wolke.«

»Und weswegen?«

»Weil Wolke ein Verhältnis hatte. Mit Sabine Kirsch, seiner Sekretärin.«

4

»Cleveres Bürschchen«, sagte Lohkamp, als sie wieder ihren Wagen erreichten.

Die Sonne war weitergewandert und mit ihr der Schatten, in dem sie den Vectra geparkt hatten. Sie kurbelten die Fenster herunter, sobald sie eingestiegen waren, aber erst der Fahrtwind fächelte ihnen ein wenig Abkühlung zu.

»Ich glaube ihm gar nichts«, sagte die Langer, als sie wieder quer durch die Stadt fuhren – diesmal in Richtung Norden, nach Buer.

Obwohl Lohkamp ein alter Ruhrpötter war, hatte es ihn nur selten in diese Region verschlagen. Eigentlich wusste er von dieser Ortschaft nur eines: dass die Ureinwohner auch noch achtzig Jahre nach der Eingemeindung darunter litten, dass man sie ausgerechnet dem proletenhaften Gelsenkirchen in den Rachen geworfen hatte.

»Und warum glaubst du ihm nicht?«

»Intuition. Außerdem …«

»Ja?«

»Diese Vereins-Frickel sind alle so unglaublich cool und routiniert …«

Lohkamp starrte aus dem Fenster. Wieder nur Gebrauchtwagenhändler, Baumärkte und Fitnessstudios. Sie hätten genauso gut in Essen oder Wanne-Eickel sein können. Die alten Industriestädte sahen alle gleich aus. Doch dann leitete ihre Navigationsdame sie an Buer vorbei in besseres Gelände. Felder, Wiesen, ein kleiner Wald. Die Häuser wurden niedriger, während die Abstände zwischen ihnen größer und die Gartenzäune höher und teurer wurden. In einer stillen Straße stand der bescheidene Gebäudekomplex, in dem der Clan des Präsidenten residierte.

Seine Witwe saß im Bikini auf der Terrasse und lackierte sich die Fußnägel – und Lohkamp grübelte darüber, in welchem Chandler-Krimi er das schon gelesen hatte.

»Frau Wolke?«

»Ja?!«

Die Polizisten stellten sich vor und durften sich setzen. Ein Wink, und das Hausmädchen goss aus der fahrbaren Poolbar ein paar kühle Säfte ein.

»Frau Wolke – wir haben eine schlechte Nachricht für Sie.«

»Ist was mit meinem Mann?«

Lohkamp schluckte: »Frau Wolke, Sie müssen jetzt stark sein.«

»Hat ihn endlich jemand umgebracht?«

Bevor Lohkamp dieses ›endlich‹ verarbeitet hatte, hörte er sich sagen: »Wir versichern Ihnen, dass wir alles tun werden …«

Die Witwe lachte: »Bloß nicht!«

»Wie bitte?«

»Wer immer es war – ich bezahle ihm den Anwalt. Eine gute Tat muss belohnt werden. Nicht wahr?«

»Frau Wolke«, begann die Langer irritiert, aber die Dame im Bikini unterbrach sie: »Seine Angestellten hat er schikaniert, seine Kinder vernachlässigt und mich mit seiner einzigen Leidenschaft, dem Fußball, fast in den Wahnsinn getrieben. Als ihm klar wurde, dass ich ihm gar nicht mehr zuhörte, hat er angefangen, mit der Kirsch zu vögeln.«

»Woher wissen Sie das?«

»Das weiß jeder, der mit dem Verein zu tun hat.«

Lohkamp beugte sich vor: »Frau Wolke, was haben Sie vor zwei Stunden im Büro Ihres Mannes gemacht?«

»Ich habe ihm gezeigt, was eine Harke ist.«

»Das Resultat sieht man.«

Die Wolke sah die Oberkommissarin an und schüttelte ihre braunen Strähnen: »So doch nicht. Nein, heute Mittag hat mich ein Freund angerufen. Ein Makler. Ob ich von dem Penthouse wüsste, das mein Mann in dem Hochhaus an der Oper gemietet hat.«

»Wussten Sie?«

»Natürlich nicht. Damit war klar, für wen die Wohnung war. Und darum habe ich Klaus klargemacht, dass er so nicht mit unserem Geld umgehen kann.«

»Hat er es begriffen?«, fragte Lohkamp.

»Sicher. Ich habe unser Konto geräumt und unser Guthaben in Sicherheit gebracht. Er sollte sich sein Taschengeld bei mir abholen und Kassenbuch führen.«

»Und wie hat ihm das gefallen?«

»Gar nicht. Aber das Penthouse kann er nicht mehr unterhalten. Und damit hat er für dieses Mäuschen jeden Reiz verloren.«

Eine Weile schwiegen alle.

Die Sonne setzte Lohkamp zu. Neidisch dachte er daran, dass während ihres ganzen Gesprächs noch kein Auto an dem Grundstück vorbeigefahren war. Eine himmlische Ruhe.

»Wenn Sie's nicht waren«, sagte Langer schließlich. »Wer dann? Ihr Sponsor?«

»Alexander?«, fragte sie erstaunt. »Wegen der paar Euro, die er in diesen Verein gesteckt hat? Unsinn – daran geht *Neftprom* nicht kaputt. Aber fragen Sie ihn selbst. Er ist extra für die letzten drei Spiele nach Deutschland gekommen und müsste jetzt zu Hause sein ...«

Die Polizisten verabschiedeten sich und verließen das Anwesen.

Beim Einsteigen fragte Lohkamp: »Was meinst du dazu, Martina?«

»Na ja – die war's nicht.«

»Und wieso?«

»Mensch, Horst! Überleg mal! Ein toter Ehemann ist nur ein kurzer Genuss. Aber was ist mit einem Gatten, den man in die Pleite getrieben hat und den man richtig leiden lassen kann? Das ist die wahre Rache für Genießerinnen. Und ich schwör's dir – die hätte diesen Triumph gerne noch ein wenig ausgekostet!«

5

Alexander Rubljow residierte nur eine Straße weiter in einem dieser Niedrigenergiehäuser, die an drei Seiten so schmucklos und unscheinbar aussahen wie ein altrömisches Landhaus. Aber nach Süden bestand der Bau fast nur aus Glas und bot an schönen Tagen einen Weitblick bis nach Westerholt hinüber.

Sie wurden in die Wohnhalle des Hauses geführt – auf einen derart weichen Teppich, dass jeder Dackel sich auf Nimmerwiedersehen in den Schlingen verirrt hätte.

»Bitte, setzen Sie sich doch, Frau Langer. Und Sie auch,

Herr Lohkamp. Kann ich Ihnen etwas anbieten? Kaffee, Kognak? Oder einen sehr trockenen ...«

Der schlanke Mittvierziger sprach ein vorzügliches Deutsch und konnte es nicht fassen, dass seine Gäste einträchtig die Köpfe schüttelten: »Herr Lohkamp, ich bitte Sie! Eine Tasse Kaffee liegt doch klar unter der Bestechungsgrenze. Ein Glas Wein auch. Nur bei meinem Kognak bin ich mir nicht mehr so sicher ...«

»Es geht um Mord.«

»Ich weiß.«

»Woher, Herr Rubljow?«

»Nun, ich hätte im Leben weniger Erfolg gehabt ...«

»Von wem?«, fragte Lohkamp kalt.

Rubljow lächelte: »Wolkes Sekretärin hat mich angerufen.«

»Frau Kirsch?«

»Genau. Traurig, traurig, sage ich nur.«

»So sehen Sie aber nicht aus.«

»Nun, dicke Freunde waren wir nicht. Wolkes Art, den Verein zu leiten, war etwas antiquiert. Aber er war trotzdem ein guter Präsident. Das sehen Sie an den Abstimmungsergebnissen bei den Vorstandswahlen.«

»Haben die Sie nicht gestört?«

»Unsinn. In Deutschland herrscht Demokratie. Da muss man so etwas wegstecken können. Erst recht in einem Sportverein. Sie kennen doch unsere Fairnesskampagne ...«

Staunend beobachtete Lohkamp den smarten Mann, der in Jeans und T-Shirt lässig vor ihnen stand. Kaum zu glauben, dass Rubljow vor dreißig Jahren ein eifriger Pionier mit rotem Halstuch gewesen war, der jede Kopeke seines Taschengeldes für einen Sticker mit dem Bildnis des jungen Lenin geopfert hatte. Und noch unwirklicher war die Vorstellung, dass er ein Dutzend einst staatlicher Erdölfelder auf demokratischem Wege erworben und mit legalen Mitteln zu dem Milliardenunternehmen *Neftjannaja Promyschlen-*

nostj zusammengeschweißt hatte – was auf Deutsch schlicht und bescheiden *Erdölindustrie* hieß.

»Man sagt, Sie wären unzufrieden, weil Sie Schalke gerne zu einem deutschen FC Chelsea hochgepuscht hätten ...«

Rubljow schenkte sich ein Gläschen Champagner ein und nippte an der Schale: »Quatsch. Dann hätte ich doch St. Petersburg Konkurrenz gemacht. Nein, ich wollte *Neftprom* in Deutschland bekannter machen. Und dann habe ich von dem tiefen Kummer der Gelsenkirchener gehört: fünfzig Jahre ohne Meisterschaft. Das wollte ich ändern. Und die paar Rubel, pardon: Euro, die ich hier reingesteckt habe, waren billiger als ein halbes Jahr Fernsehwerbung. So fügt sich alles harmonisch zusammen.«

Eine elektronisch aufgepeppte Variante von *Carmen* zwitscherte durch den Raum.

»Entschuldigung!« Lohkamp griff hastig nach seiner Jacke und suchte in den Taschen nach seinem Telefon. Endlich presste er es an seinen Gehörgang.

Martina Langer war unwillkürlich näher gerückt und der Hauptkommissar flüsterte: »Das Labor!«

Einen Augenblick lang hörte er zu, nickte dann zufrieden und drückte das Gespräch weg. »Tut mir leid, dass wir Sie gestört haben. War aber interessant, Sie kennenzulernen. Und bleiben Sie Schalke gewogen. Der Verein braucht Sie noch mindestens fünfzig weitere Jahre.«

Kaum saß er hinter dem Steuer, stieß er Martina Langer an: »Ruf doch bitte die anderen, mit denen wir gesprochen haben, in die Geschäftsstelle des Vereins.«

»Willst du mir nicht sagen, was die herausgefunden haben?«

»Ach, lass mir doch das kleine Geheimnis ...«

6

Ein halbe Stunde später saßen sie alle im Besprechungsraum des Vereinsvorstands: Sabine Kirsch, Bas van Twente, Klaus Kater und Witwe Wolke, deren bunte Bluse so gar nicht zu ihrem neuen Familienstand passen wollte. Fast alle verbargen ihre Spannung und gaben sich gelassen – nur die Sekretärin fingerte nervös an ihrer Perlenkette. Ihre Augen waren noch immer so nass, dass sich Lohkamp fragte, wie ein solcher Vorrat an Tränen medizinisch erklärbar war.

Der Hauptkommissar ließ die Versammelten noch ein paar Sekunden schmoren, dann fragte er die Sekretärin: »Frau Kirsch, was kommt in einen guten westfälischen Heringssalat?«

Überrascht sah die Frau ihn an: »Was schon? Hering. Rote Beete. Gurke. Ein paar Gewürze …«

Beinahe empört mischte sich Klaus Kater ein: »Das Wichtigste haben Sie vergessen!«

»So? Was denn?«

»Das Kalbfleisch. Schön klein geschnitten, das gehört unbedingt hinein.«

»Kalbfleisch in den Heringssalat? Das ist Verschwendung!«, tönte die Sekretärin.

»Ja«, sagte Lohkamp. »Verschwendung auf Hanseaten-Art. Und genau damit haben Sie das große Rätsel gelöst, Herr Kater.«

Staunen im Rund. Martina Langer stemmte für alle Fälle ihre Füße fester gegen den Granitboden. Die Stunde der Fluchtversuche nahte.

»Wieso das denn?«, lächelte der Manager.

»Weil Sie soeben ein Geständnis abgelegt haben. Genauer: Sie haben sich verraten.«

»Ach ja – und womit?«

Lohkamp grinste und vermaß mit den Augen den Weg,

den der Manager zum Ausgang zurückzulegen hatte. »Ihr Präsident hat sonst immer Westfälischen Heringssalat bekommen. Aber wir haben ein gutes Labor und hervorragende Spezialisten. Und die haben herausgefunden, dass Herr Wolke diesmal Bremer Salat im Magen hatte. Mit Kalbfleisch – und ganz unhanseatisch mit einer Prise E 605.«

Er ließ die Worte ein paar Augenblicke sacken, bevor er auf den Punkt kam.

»Somit gibt es nur eine Schlussfolgerung: Jemand hat den Salat im Kühlschrank ausgetauscht. Jemand, der von dem Bremer Rezept wissen musste. Und von allen Leuten, die Zugang zu Wolkes Büro haben, hat nur einer lange genug in Bremen gelebt, um diesen Hering mit Kalbfleisch kennenzulernen: Sie.«

Kater senkte den Kopf. Seine selbstsichere Fassade verfiel und Lohkamp setzte noch einen Hieb hinterher: »Herr Kater, die aufgebrachten Fans werden zufrieden sein. Wir schicken Sie ein paar Jährchen zur Fortbildung. Im Gefängnis in Werl kriegen Sie jede zweite Woche Heringssalat. Aber westfälischen. Denn Kalbfleisch ist für eine Gefängnisküche viel zu teuer!«

Leo P. Ard

Protokoll eines geplanten Mordes

3. April

Olaf und ich sind wieder zu Hause. Vor zwanzig Jahren sind wir aus Witten in die neue Welt aufgebrochen, um unser Glück zu suchen. Wir haben es in Dresden gefunden. Unsere Firma macht einen Jahresumsatz von acht Millionen Euro, Olaf ist Vorsitzender der örtlichen Rotarier, ich sitze im Vorstand der Handelskammer. Eigentlich haben wir keine Zeit für eine Revival-Tour an der Ruhr, aber Olaf bestand auf den Kurzurlaub. Es kriselt zwischen uns. Eine gemeinsame Fahrradtour soll unsere Freundschaft erneuern, meint Olaf. Wie konnte ich mich da verweigern?

Olaf hat uns im teuersten Hotel eingebucht. Tennisplatz, Pool – Olaf ist in seinem Element. Ich auch. Zweihundertfünfzig Euro fürs Einzelzimmer. Ein Doppelzimmer hätte es doch auch getan. Aber Olaf gibt mit vollen Händen aus, was ich mühsam erarbeite. Noch!

Ich gehe ins Bett, lese den Geschäftsbericht der Konkurrenz. Olaf geht in die Bar.

4. April

Olaf kommt erst in den frühen Morgenstunden zurück, offenbar stinkbesoffen. Ich höre ihn an der Nebentür randalieren. Beim Frühstück brüte ich über unseren Bilanzen. Olaf ruiniert die Firma. Seine Ausgaben führen uns in den Konkurs. Er liebt das Risiko. Unser Kurzurlaub ist natürlich als Geschäftsreise getarnt. Kundenbesuche im Revier. Dabei hatten wir hier vor vier Jahren nur in Gelsenkirchen einen Kunden, aber der ist längst pleite. Wenn das Finanzamt davon Wind bekommt, hängen die Steuerprüfer wie eine Klette an uns.

Er schläft bis elf. Ich inspiziere die Fahrräder, die wir uns geliehen haben. Solide Fahrgestelle. Um zwölf Uhr fahren wir endlich los. Die historischen Bruchsteingebäude im Muttental erinnern an die Blütezeit des Bergbaus. Rund um den Kemnader See. Hattinger Altstadt. Am Ruhrufer entlang bis zum Baldeneysee. Mir tut der Hintern weh. Ich verfluche Olaf. Er hat die Route ausgewählt. Fünfzig Kilometer sind zu viel für den ersten Tag, vor allem, wenn man erst mittags losfährt. Es ist schon dunkel, als wir in Kettwig ankommen. Ich bin so wütend, dass ich auf das gemeinsame Abendessen im Nobelhotel verzichte und an einer Imbissbude einen Döner verschlinge.

Olaf hat im Hotelrestaurant eine Zeche in Höhe von zweihundertachtzig Euro gemacht. Er erfindet zwei Geschäftsfreunde, deren fiktive Namen er zusammen mit meinem auf die Bewirtungsquittung schreibt. Ich hasse ihn dafür.

5. April

Olaf ist erstaunlicherweise gut in Form, trotz seines Übergewichts. Er hält gut mit. Bei den Abfahrten habe ich Angst, dass die Bremsen versagen. Wir radeln nach Mülheim und von dort nach Duisburg. Kleine Hafenrundfahrt im größten Binnenhafen Europas. Bin total erschöpft. Abends essen wir beim Türken. Plaudern über alte Zeiten. Die Firmengründung. Die erste Umsatzmillion. Seine kaputte Ehe. Fast tut er mir ein bisschen leid. Heute bin ich gnädig gestimmt. Vielleicht sollte ich den Plan fallen lassen.

6. April

Heute Morgen ist er wieder das bekannte Ekel. Lässt seine Katerstimmung an mir aus. Wir radeln zum Gasometer in Oberhausen. Ich genieße den herrlichen Ausblick über das Ruhrgebiet. Heimatgefühle.

Olaf gesteht, dass er ernsthaft überlegt, sich eine Villa am Rande von Dresden zu kaufen. Ich wittere eine Chance. Beim Picknick biete ich ihm an, seine Anteile für eine halbe Million zu kaufen. Er lacht mich aus. Nicht für eine Million. Aber es gibt für ihn keine Alternative: Er wird aussteigen müssen.

7. April

Ich habe Muskelkater. Wir radeln am Rhein-Herne-Kanal entlang nach Bottrop. Am späten Nachmittag sind wir in Essen. Olaf hat im Restaurant der Zeche Zollverein einen Tisch bestellt. Das Essen ist vorzüglich, aber Olaf hängt mir in den Ohren mit seiner neuen Flamme. Ein Träumer. Sie wird ihn ausnehmen. Warum hat sie sonst einen zwanzig Jahre älteren Mann mit Bauch und Haarausfall genommen? Er will sie ins Geschäft nehmen. Nur über meine Leiche. Mein Widerstand passt ihm gar nicht. Ich solle auf seine Interessen Rücksicht nehmen. Als ob er jemals auf meine Rücksicht genommen hätte …

Ich kann nicht einschlafen. Meine Gedanken sind bei meinem Plan. Ich werde kein Risiko eingehen. Es wird nach einem Sportunfall aussehen. Ich werde trauern. O Gott, was werde ich gerne trauern. Alles spult sich vor meinem geistigen Auge ab – alle entsetzlichen Einzelheiten. Ich werde auf seiner Beerdigung sprechen. Seine guten Seiten hervorheben. Hat er überhaupt eine einzige gute gehabt? Ich höre ihn nebenan schlaflos hin- und hergehen. Ob er etwas ahnt?

8. April

Es regnet. Es gießt. Die Straßen stehen unter Wasser, der Himmel ist eine graue Pampe. Kein Gedanke an eine Radtour. Ich bin verzweifelt. So muss es einem Sportler gehen, der kurz vor dem nahen Sieg disqualifiziert wird. Ich fühle ein tiefes Loch in meinem Hirn, kann keinen klaren Gedanken fassen. Bestelle mir zum Frühstück schon einen Kognak. Olaf ist auf dem Zimmer geblieben. Auch ihm scheint der Wetterumschwung aufs Gemüt geschlagen zu sein. Was mache ich, wenn es bis zum Abreisetag nur noch regnet? Ich frage den Kellner nach dem Wetter. Er meint, dass es morgen bestimmt besser wird. Sein Wort in Petrus' Ohr.

Vielleicht ist der Regen ein Zeichen des Himmels. Beim Mittagessen mache ich Olaf ein neues Angebot: 700.000 Euro für seine Anteile. Er scheint gelangweilt. Ich bin nahe an einem Tobsuchtsanfall. Er bleibt cool. Ich solle an meine Gesundheit denken. Er habe nichts davon, wenn ich ins Gras beißen müsse, auch wenn er dadurch die fünfzig Prozent erbt. Allein könne er es nicht schaffen. Oder Monika müsse die Firma leiten. Er schüttet sich aus vor Lachen. Mir ist eiskalt.

Abends telefoniert er mit seiner Monika. Eine Stunde lang. Ich schaue mir die Räder im Fahrradkeller an. Die Schrauben am Vorderrad lassen sich leicht lösen. Ich stecke den Schraubenschlüssel in meine Sporttasche.

9. April

Der Kellner hatte recht. Heute Morgen ist der Himmel klar. Mein Herz klopft wie wild. Olaf ist schweigsam. Vorahnung des Todes? Um neun radeln wir los. Olaf kämpft verbissen mit dem Gegenwind. Er will mir zeigen, wie stark er ist. Als ob mir das imponieren kann. Erster Stopp in Bochum. Currywurst bei *Dönninghaus*. Den nächsten Stopp wollen wir auf der Hohensyburg machen. Dort wird es geschehen. Meine Gedanken sind nur noch auf diesen Moment ausgerichtet. Ich spüre nicht einmal die Anstrengung bei der Steigung. Ich bin zehn Minuten vor Olaf bei der Spielbank und sitze bereits auf der Terrasse, als er schwitzend die Anhöhe erreicht. Schnaufend blickt er zurück – klare Sicht über Hagen hinweg bis weit ins Sauerland.

Es klappt. Er stellt sein Fahrrad neben meins. Nicht einzusehen von unserem Platz auf der Terrasse. Schweigend trinken wir Kaffee und Wasser. Olaf schließt die Augen und genießt die Sonnenstrahlen auf der erhitzten Haut. Ich tue so, als ob ich zum Klo gehe. Die Schrauben sitzen verdammt fest. Gut, dass ich den Schraubenschlüssel dabeihabe. Ich drehe die rechte Schraube so weit auf, dass die Mutter sich bald lösen wird. Der Rest ist Schicksal.

Olaf sitzt unverändert. Ich bin ganz gelassen. Eine ungeheure Ruhe breitet sich in meinem Körper aus. Lange überlege ich, welche letzten Worte ich an ihn richte. Er kommt mir zuvor, indem er mich nach den Örtlichkeiten fragt. Er wird meine Unsicherheit nicht bemerkt haben. Ich zahle. Ein letztes Mal begleiche ich seine Rechnung. Er lässt lange auf sich warten. Er ist schon bei den Rädern, hält mir das Rad entgegen. Ich rede pausenlos, irgendein dummes Zeug, das ihn davon abhält, sein Rad zu checken. Ich blicke ihm in die Augen, entdecke darin kein Misstrauen, nur grenzenlose Arglosigkeit. Ich lasse ihn nicht aus den Augen, zwinge ihn durch Bemerkungen und Gesten, nicht den Blick von mir zu lassen. Es klappt. Wir sind so sehr in ein Gespräch vertieft, dass wir sofort aufsteigen und langsam lostrudeln. Noch im Fahren rede ich weiter, schon drei Meter hinter ihm.

Die Abfahrt beginnt.

Auf der Hohensyburg haben sich schon viele zu Tode gefahren. Es wird immer steiler. Ich habe nur noch Augen für Olaf. Die vorletzte Serpentine ist die gefährlichste. Scharfe Linkskurve auf einer Brücke, zwanzig Meter darunter läuft die Straße sanft zum Ruhrufer aus. Bordstein, Flug über die Brüstung, Absturz auf den harten Asphalt. Das überlebt niemand.

Die erste scharfe Kurve nehmen wir ohne Probleme, in der nächsten gerät Olaf ins Schlingern, bremst sie aber aus. Wäre auch noch zu früh – die Büsche dahinter würden den Aufprall dämpfen und abstürzen kann man hier sowieso nicht.

Jetzt die lange Gerade zur Brücke. Ich bleibe zwanzig Meter hinter ihm. Nur wenig Autoverkehr, wir haben die Straße fast für uns allein. Mir wird heiß. Der Sattel drückt zwischen den Schenkeln. Wir haben mindestens fünfzig, wahrscheinlich sogar sechzig Stundenkilometer drauf. Was ist, wenn die Mutter hält? Unwahrscheinlich. Vorher kommen ein paar Unebenheiten, die müssen sie lösen.

Er bremst die Kurve aus. Nichts passiert. Er wirft einen Blick zurück. Die Brücke mit der Linkskurve fliegt heran. Ich starre nach unten. Die Klingel! Sie sitzt links. Aber meine war rechts.

Ich höre das Klacken an den Speichen. Ein metallischer Gegenstand hoppelt über die Straße. Und ich – fliege.

Reinhard Junge

Das Wunder von Dortmund

1

Besser hätte der Überfall auch im Fernsehen nicht klappen können. Der dichte Regen hatte die letzten Nachtschwärmer vom Ostenhellweg vertrieben und der Streifenwagen der Polizei, der auf seine Runde durch die Fußgängerzone fuhr, war bereits in den Ostwall eingebogen. Jetzt surrte ein dunkelgrauer Lieferwagen dicht an der südlichen Häuserfront den Hellweg entlang. Das Prasseln der Regentropfen verschluckte das Motorengeräusch und der Wagen fuhr ohne Licht. Der matte Schimmer, den die Sicherheitsbeleuchtung hinter den Schaufenstern aufs Pflaster warf, war hell genug, um den Weg zu zeigen, aber zugleich so schwach, dass der Wagen auf hundert Meter Entfernung so gut wie unsichtbar blieb.

Als der Fahrer sein Ziel erreicht hatte, beschrieb er zunächst einen Halbkreis nach links und kam dicht vor der Fassade eines Bankhauses zum Stehen. Zwei prüfende Blicke in die Außenspiegel – dann legte der Mann den Rückwärtsgang ein, hielt das Lenkrad fest und trat aufs Gas. Sekunden später durchbrach das Heck des Fahrzeugs die gläsernen Türen des angepeilten Ladenlokals. Der Lärm im Wageninnern war so laut, dass die Insassen einen Augenblick lang glaubten, man müsse ihn bis zum Polizeipräsidium hören.

Der Splitterregen hatte sich noch nicht gelegt, da kletterten die Beifahrer aus dem Wagen, rissen die Seitentür auf und begannen damit, ihre Beute einzusammeln. Auch das geschah planvoll: Statt wahllos die beiderseits des Eingangs ausgestellten Waren in den Wagen zu werfen, liefen sie zielgerichtet zu bestimmten Theken und Regalen und drangen dabei sogar bis weit nach hinten in den Laden vor. Der Fahrer schaute indessen immer wieder in beiden Richtungen den Ostenhellweg entlang und achtete zudem genau auf alle Geräusche, die aus dem Scanner drangen. Sobald die Leitstelle der Polizei einen Streifenwagen losschickte, würden sie von hier verschwinden.

2

Am Morgen regnete es noch immer. Sarah Münster seufzte, als sie ihren Wagen auf dem Parkplatz vor dem Kindergarten abstellte, und zog die Kapuze des Anoraks über ihre Locken. Wie gut, dass in zwei Wochen Weihnachten war. Die freien Tage bis zum neuen Jahr konnte sie gut gebrauchen, um sich von dem Lärm zu erholen, der ihre Arbeit den ganzen Tag begleitete.

Als sie das rettende Vordach erreichte, stutzte sie. Mehrere große Pappkartons versperrten ihr den Weg. Der Lieferant hatte sie zum Schutz vor der Nässe so dicht an der Tür aufgestapelt, dass der Eingang blockiert war. Was für Kisten das waren, konnte sie in der Dunkelheit nicht erkennen. Aber auf der obersten stand unzweifelhaft ein grünes *bobby car* mit der Aufschrift *Polizei.*

»Was ist los, Sarah?«, fragte eine Frauenstimme hinter ihr. »Warum machst du nicht auf?«

Die Leiterin der Einrichtung deutete auf den Stapel Pappkartons.

»Du liebe Güte! Was ist das denn?«

»Keine Ahnung. Wir haben doch gar nichts bestellt. Aber hilf mir mal …«

Gemeinsam schoben sie die Kartons zur Seite und Sarah konnte sich endlich durch die Tür in die Eingangshalle quetschen. Sie schaltete das Licht ein und half, die Kisten über die Schwelle zu tragen. Die Beschriftung der Kartons machte klar, dass es sich samt und sonders um Spielzeug handeln musste. Und tatsächlich: Beim Auspacken kamen zwei weitere *bobby cars* zum Vorschein, diesmal im traditionellen Rot. Dann mehrere Eimer mit Bauklötzen und Legosteinen, ein Stapel Gesellschaftsspiele, Dutzende Packungen mit Filzstiften und Fingerfarben, ein Lerncomputer samt Zubehör …

»Mensch, Sarah«, staunte ihre Kollegin Julia. »Alles noch original verpackt. Das Zeug ist nagelneu!«

Ein paar Augenblicke lang bestaunten sie den unverhofften Reichtum.

»Wo kommt das her?«, fragte Julia. »Von der Gemeinde?«

Sarah Münster schüttelte den Kopf: »Die haben doch selbst kein Geld. Die diskutieren sogar schon darüber, ob sie unseren Laden dichtmachen müssen. Aber – da muss irgendwo ein Lieferschein sein. Oder sonst eine Nachricht, was es mit den Sachen auf sich hat …«

Noch einmal öffneten sie alle Kisten, fanden aber nichts, was ihnen einen Hinweis gab. Sarah fühlte, dass sie jetzt dringend höheren Beistand brauchte: »Ich rufe den Pfarrer an.«

»Vor acht? Mitten in der Woche?«

Julia hatte recht. Pfarrer Hagedorn hatte der Leiterin der Tagesstätte mehr als einmal verdeutlicht, dass er nichts so sehr liebte wie die Morgenruhe und das ungestörte Frühstück. Mit frischen Croissants und ausgiebiger Zeitungslektüre. Und da er diese Annehmlichkeiten im Gegensatz zu Menschen mit gewöhnlichen Berufen nicht sonntags genießen konnte, nahm er dafür die restlichen Tage. Eigentlich kein schlechter Tausch …

Bevor Sarah Münster ihren unchristlichen Neid ausleben konnte, klingelte das Telefon. Sie nahm auf. »Katholischer Kindergarten …«

»Sarah! Sarah!«, kreischte es ihr aus dem Hörer entgegen. »Das ist wie Weihnachten …«

Endlich erkannte sie die Stimme: Hildegard, ihre beste Freundin seit der Schulzeit. Gemeinsam hatten sie im weißen Kleidchen die heilige Kommunion empfangen und waren später, etwas weniger fromm gekleidet, zusammen in die Tanzschule gegangen. Und jetzt waren sie Kolleginnen. Hildegard leitete einen Kindergarten in Hombruch. Den katholischen natürlich.

»Was ist wie Weihnachten!?«

»All diese Geschenke!«, jubilierte Hildegard.

»Welche Geschenke?«

»Mensch, das müsstest du sehen. Als ich den Kindergarten aufschließen wollte, kam ich erst gar nicht bis zur Tür durch. Alles voller Kartons. Spielgeräte, Bausteine, Buntstifte. Und obendrauf ein Schild: *Fröhliche Weihnachten! Ein unbekannter Spender!*«

Sarah warf den Hörer auf die Gabel und stürzte zu dem Haufen Kartons. Zum dritten Mal durchsuchten sie und Julia alle Kisten, prüften die Pappen von außen und sahen sogar im Briefkasten nach. Nichts. Schließlich schalteten sie die Außenbeleuchtung ein und rannten vor die Tür. Und tatsächlich: Da hing, von einem Windstoß in die Büsche geweht und inzwischen klatschnass, ein Zettel. Die Schrift war fast völlig verwischt, aber das letzte Wort konnte sie noch entziffern: *Spende!*

Ein Wunder war geschehen.

3

Pfarrer Hagedorn war in dieser Hinsicht etwas skeptischer, als – lange nach dem Frühstück – sein Telefon anschlug und die Haushälterin ihm den Hörer an den Lehnstuhl brachte, in dem er gewöhnlich den Sportteil las. Da sich Sarah Münsters Aufregung in der Zwischenzeit ein wenig gelegt hatte, war sie in der Lage, einen halbwegs zusammenhängenden und verständlichen Bericht durchzugeben. Der Pfarrer hörte geduldig zu und unterbrach sie erst, als sie das Wort ›Wunder‹ laut aussprach.

»Sarah, mit diesem Begriff würde ich etwas vorsichtiger umgehen. Glauben Sie, dass der Herr höchstselbst diese Pakete gepackt und bei euch abgeliefert hat? Bestimmt nicht. Und ich kann mir auch nicht vorstellen, dass er einen Engel mit dieser Aufgabe betraut hat. Nein, ich vermute, dass irgendein guter Mensch vor Weihnachten unverhofft zu Geld gekommen ist und diesen Wohlstand nun – ganz im Sinne des Gebots der Nächstenliebe – mit uns teilen möchte. Wir sollten uns darüber freuen, dass es in dieser egoistischen Zeit noch so etwas gibt, und diesen guten Menschen in unser Gebet einschließen.«

»Und was machen wir nun mit all den Spielsachen?«

Der Pfarrer lachte: »Das fragen Sie, Sarah? Was macht man wohl in einem Kindergarten mit Spielsachen?«

Diese Frage hatten die sechzig Kinder der Einrichtung schon beantwortet. Sie malten, bauten und würfelten wie schon lange nicht mehr. Die größeren Jungs hatten in der Eingangshalle mit Stühlen eine Rennstrecke markiert, auf der sie nun die erste Kindergartenmeisterschaft auf *bobby car* austrugen.

Wunderbar, dachte Sarah. Alles, was sie für diesen Dienstag an pädagogischen Bespaßungsmaßnahmen geplant hatten, konnten sich die Erzieherinnen für einen späteren Termin aufsparen. Die Gelegenheit musste man nutzen. Sie ging in die Küche und warf die Kaffeemaschine an. Fünf Minuten später standen die Frauen beisammen, schlürften den heißen Kaffee und lächelten sich glücklich an.

»Nein!«, schrie plötzlich eine Jungenstimme. »Mit dem beschissenen Polizeiauto fahre ich kein Rennen. Bei der Formel 1 gibt es nämlich keine grünen Wagen. Ich will einen von den beiden Ferraris!«

»Dennis!«, rief Julia, doch Sarah hatte ihre Tasse bereits abgesetzt: »Ich geh schon.«

Es war höchste Zeit: Der kleine Dennis stand vor einem deutlich größeren Jungen und hielt ihm die Faust vors Gesicht. Mit der anderen Hand zog er an dem roten *bobby car*, das der andere nicht loslassen wollte.

»Dennis!«, rief nun Sarah und kniete sich neben den kleinen Rabauken. »Du bist die ganze Zeit mit einem der roten Wagen gefahren. Jetzt sind auch mal andere dran ...«

»Ich will aber nicht!«, schrie Dennis. »Warum hat uns dieser gute Mensch bloß das beschissene Polizeiauto geschenkt? Zu einem echten Rennen gehört doch auf jeden Fall ein Mercedes Silberpfeil.«

»Ja, das stimmt«, sagte die Erzieherin und streichelte dem Jungen tröstend die wuscheligen Haare. »Aber wir sind hier erst bei der Formel K. K wie Kindergarten. Um ein richtiger Rennfahrer zu werden, musst du noch etwas üben. Und dann darfst du bestimmt einen Silberpfeil fahren.«

»Meinst du das wirklich?«

»Ja«, nickte Sarah. »Und denk dran: Selbst der Michael Schumacher hat klein angefangen. Auf einem Gokart. Aber da war er schon acht ...«

Nach kurzem Zögern kletterte Dennis auf den grünen Wagen und fuhr polternd los: »Aus dem Weg, ihr Flaschen! Hier kommt Rennfahrer Kacke!«

Lieber Gott, dachte Sarah, wo hat der nur diese Ausdrücke her? Und warum schreit der immer so? Wann ist endlich Feierabend?

Sie hob den Arm, um auf die Uhr zu schauen. Dabei machte sie eine Entdeckung. Auf ihrem Handrücken krabbelte es. Und das war kein Wunder, sondern der Alltag. Eine Laus.

4

Stunden später kam Sarah Münster endlich nach Hause. Kaum hatte sie die Einkaufstaschen abgestellt, stürzte sie ins Bad und stopfte ihre Kleidung in die Waschmaschine. Ihre Hand hatte sie mittlerweile ein halbes Dutzend Mal gewaschen, aber allein der Gedanke, sie könnte noch eine von Dennis' Läusen geerbt haben, verursachte ein ständiges Kribbeln auf der Kopfhaut. Sie stieg unter die Dusche und drehte sie so heiß, wie sie es gerade noch ertragen konnte. Was tat das gut!

Durch das Rauschen hindurch hörte sie die Wohnungstür. Das musste Paul sein. Hatte wieder länger machen müssen, der arme Kerl. Seit er Hauptkommissar war, wuchs sein Überstundenkonto ins Unverschämte. Ob er die jemals abfeiern konnte?

»Hallo, Süße!«, sagte er, als er den Kopf ins Badezimmer steckte. »Ist ja die reinste Sauna hier. Wunderbar. Darf ich mit unter …«

Da entdeckte er die Flasche mit dem Läuseshampoo und grinste: »Ach, schon wieder? Und wieder dieser Dennis? Na, dann decke ich lieber den Tisch.«

Als sie in die Küche kam, hatte Paul alles fertig: Tomatensalat, ein kleines Steak auf Toast, für sie ein Glas Wein und für sich das Feierabendbier.

»Du bist ein Schatz«, lobte sie den Gatten. »Danke. Ich würde dich glatt noch mal heiraten …«

Er lächelte und läutete den Abendrapport ein: Jeder von ihnen bekam exakt fünf Minuten, um das Wichtigste vom Tage zu erzählen: »Außer den Läusen noch was Neues bei euch?«

»Erst du«, sagte sie, obwohl ihr ungestilltes Mitteilungsbedürfnis sie fast platzen ließ. Aber sie wollte sich die gute Nachricht über den edlen Spender für den Schluss aufsparen.

»Na gut«, sagte er. »Du weißt ja, es gibt fast nichts, was

nicht geklaut wird. Im Sommer dieser italienische Imbisswagen mit drei Rädern, letzte Woche von einem Bauernhof zwei Traktorengespanne, davor in Aplerbeck dieser gelbe Chevrolet Pick-up von 1958. Aber heute …«

Er schob ein Stück von seinem Steak in den Mund, kaute gründlich und goss einen Schluck Pils hinterher.

»Heute Morgen gab es wieder so einen Bruch, bei dem ein Auto als Rammbock eingesetzt wurde, um die Türen aufzubrechen. Wie früher beim *Media Markt*, bevor die diese dicken Betonklötze vor den Eingang gelegt haben: mit Gewalt rein ins Paradies, fünf Minuten lang Stereoanlagen und PCs einladen, und dann ab durch die Mitte.«

Er wischte sich den Bierschaum von der Oberlippe, bevor er zum Wesentlichen kam: »Letzte Nacht die gleiche Nummer. Diesmal auf dem Ostenhellweg. Bei Großenau …«

Sarah fiel die Gabel aus der Hand.

»Verstehst du das? In einem Elektronikladen oder beim Juwelier – da lohnt sich so etwas. Natürlich nur, wenn wir sie nicht erwischen. Aber Spielzeug? *bobby cars*? Buntstifte? Welcher Hehler verscherbelt denn mit Gewinn *Mensch ärgere dich nicht*-Spiele?«

Da rebellierte Sarahs Magen. Sie sprang auf, presste die Hand gegen den Bauch und rannte los.

»Süße, was ist denn?«, rief Paul ihr hinterher. Und dann, in jäh aufsteigender Begeisterung: »Bist du etwa schwanger?«

5

Am Mittwochmorgen hatte der Regen aufgehört, aber Paul Münster fuhr ohne große Begeisterung zum Dienst. Wenn alles planmäßig verlief, dann mussten sie heute das Diebesgut aus den beiden Tagesstätten abholen. Die Kinder würden heulen und jammern. Schrecklich. Aber bevor es so weit kam, hatten sie noch eine besondere Nuss zu knacken: Der

Besitzer des Spielzeugladens musste sein Eigentum zweifelsfrei identifizieren.

»Großenau kann sich das Zeug vor Ort ansehen«, schlug jemand vor.

»Bringt aber nichts. Schließlich sieht ein fabrikneues *bobby car* genauso aus wie das andere«, wandte Münster ein.

»Versuchen können wir es trotzdem«, meinte Verena, eine junge Kollegin aus der Ermittlungsgruppe. »Außerdem sind doch auf den Kartons immer solche Aufkleber. Mit Hinweisen darauf, wer sie wem geliefert hat.«

Münster schüttelte den Kopf: »Alle entfernt.«

»Die Kisten haben ein paar Stunden draußen gestanden. Durch die Feuchtigkeit können sich Spuren der Schrift auf der Pappe gebildet haben. Wenn die KTU mit ihren Speziallampen ...«

»Es gibt keine Pappen mehr«, knirschte Münster.

»Wieso?«

»Der Hausmeister hat sie entsorgt.«

»Dann muss man den Container ...«

»Er hat sie nach Hörde gebracht. Zur Müllsammelstelle. Dort wird das neu angelieferte Material gepresst und geschreddert. Ich habe mich gestern Abend selbst davon überzeugt, Verena. Von den Verpackungen ist nichts mehr übrig, was man wiedererkennen könnte ...«

»Und der zweite Kindergarten?«

»Da haben die Erzieherinnen die Kartons entsorgt. Weil sie keinen Platz haben, so viel Papiermüll zu lagern ...«

Die Runde schwieg.

»Und was ist mit den Tatortspuren?«, fragte schließlich jemand. Besonders hoffnungsvoll klang seine Stimme nicht.

»Nix!«, sagte die Kollegin von der Kriminaltechnik. »Wenn die da vor der Tat geputzt hätten, hätten wir eine Chance gehabt. Aber die Putzkolonne rückt dort erst um fünf Uhr morgens an. Zur Tatzeit war noch alles da, was ein paar hundert Kunden am Montag hinterlassen haben. Haare von Menschen und Hunden, Kleidungsfasern, Straßendreck, Pommesreste, Kaugummis. Aussichtslos.«

»Es sei denn, wir finden die Täter.«

»Selbst dann brauchst du einen Glückstreffer. Und wenn die Diebe dann behaupten, dass sie tagsüber im Laden waren? Mitten im Ansturm vor Weihnachten? Beweise dann mal das Gegenteil …«

Allgemeine Ratlosigkeit. Einer der Kollegen trommelte mit den Fingerkuppen auf dem Tisch herum, ein anderer nahm zum fünften Mal seinen Kugelschreiber auseinander, um ihn sofort wieder zu rekonstruieren, und die blonde Verena kratzte gedankenverloren eine Stelle an ihrem Hinterkopf. Münster fielen sofort die Läuse in Sarahs Tagesstätte ein. Im selben Augenblick kribbelte es auf seiner Kopfhaut. Er musste seine ganze Kraft aufbieten, um sich nicht zu kratzen.

»Was ist mit dem Tatfahrzeug?«, fragte Verena in das Schweigen hinein.

»Abgefahrene Conti-Reifen. Davon wurden ungefähr zehn Millionen hergestellt. Aber was für ein Fahrzeug war das?«

Keiner wusste es.

»Und Zeugen für die Tat gibt es auch nicht«, konstatierte der Kugelschreibermonteur.

»Bis jetzt nicht«, sagte Münster. »Also an die Arbeit! Am besten kümmern wir uns zunächst um das Fahrzeug. Genauer gesagt: ihr. Ich inspiziere mit dem Firmeninhaber das gespendete Spielzeug …«

»Ich dachte«, wandte Verena ein, »es handelt sich um Diebesgut.«

Münster zog die Schultern hoch: »Mal sehen, was Großenau sagt …«

6

Großenau, der Spielwarenhändler, wartete bereits vor Sarahs Tagesstätte und sah völlig übernächtigt aus. Zwanzig Stunden hatte es gedauert, das Erdgeschoss seines Ladens wieder herzurichten. Wenn die neuen Türen pünktlich geliefert wurden, konnte am späten Nachmittag der Verkauf weitergehen.

»Hier«, sagte er und überreichte dem Polizisten einen Schnellhefter. »Eine Auflistung der fehlenden Waren. Soweit wir das in dem Chaos überhaupt feststellen konnten.«

Münster nickte und warf lediglich einen Blick auf die Endsumme. Fünf Ziffern, aber vorn stand – zum Glück – nicht mehr als eine Eins.

»Dazu kommen noch die Reparaturkosten. Und die Einnahmen, die uns entgangen sind. Und die sind deutlich höher«, erläuterte der Mann mit einem schmerzlichen Lächeln. »Aber, wie gesagt: Ob das wirklich alles ist, was man uns gestohlen hat …«

»Verkaufen können Sie die Sachen sowieso nicht mehr.«

Großenau sah Münster fragend an.

»Alles ist ausgepackt und benutzt. Würden Sie Weihnachten gebrauchtes Spielzeug verschenken?«

Der Händler schwieg und ließ den Polizisten vorangehen. Sarah Münster öffnete. »Wenn Sie das alles wieder mitnehmen«, raunte sie, »gibt es hier ein Drama.«

Schweigend lief der Spielwarenhändler durch die Räume und begutachtete die verdächtigen Gegenstände. Auf den ersten Blick sahen die meisten noch nagelneu aus. Aber beim zweiten Hinsehen entdeckte man so manches: Die Deckel von zwei Spieleschachteln waren eingedrückt, das Etikett auf dem Behälter für Legosteine hatte ein unbekannter Künstler mit verschiedenen Buntstiften verschönert, an einem der roten *bobby car*s fehlte bereits der Druckknopf für die Hupe.

»Nun?«

Der Mann sah auf: »Kann sein – kann aber auch nicht sein. Ich weiß es nicht. Außerdem haben Sie recht.«

»Womit?«, fragte Münster.

»Das alles ist sowieso nicht mehr zu verkaufen.«

»Was soll ich zu Protokoll nehmen?«

»Dass ich die Waren nicht wiedererkannt habe.«

In der zweiten Tagesstätte war das Ergebnis ähnlich. Großenau hatte sich offenbar entschlossen, die Sachen abzuschreiben. Münster atmete insgeheim auf.

Als sie wieder auf der Straße standen, meinte der Spielwarenhändler: »Jetzt haben wir beide ein Problem.«

»Wieso?«

»Wenn ich grob überschlage, was ich gesehen habe – dann handelt es sich jeweils nur etwa um ein Drittel von dem, was mir entwendet wurde. Es muss also noch einen dritten Kindergarten geben, der gestern eine solche Spende bekommen hat.« Großenau grinste und kletterte in seinen Audi.

Als er weg war, zückte Münster sein Mobiltelefon und rief Sarah an: »Hör mal, Süße, Großenau hat nichts wiedererkannt. Und solange wir nicht beweisen können, dass es keine Spende ist …«

Der Jubelschrei war unüberhörbar. Und dann sagte sie: »Hör mal, Paul, vielleicht ist ja dieser Großenau der gute Mensch, von dem unser Pfarrer gesprochen hat.«

»Ja. Vielleicht.«

7

Der nächste Tag begann für Paul Münster mit einem Schock. Genauer gesagt: Dieser Schock traf ihn, als er fünfzig Liter Benzin gezapft hatte und bezahlen wollte. Doch es waren nicht die Spritpreise, die ihn erschütterten, sondern die Schlagzeilen der Tageszeitungen. Hatte man am Mittwoch noch im Lokalteil von dem dreisten Einbruch in das Spielwarengeschäft geschrieben, so schaffte das Ereignis es am Donnerstag bis auf die Titelseiten: *Robin Hood im Ruhrgebiet?*, fragte die WAZ. Die *Rundschau* behauptete, der Seeräuber Klaus Störtebeker sei auferstanden, während die *Ruhrnachrichten* eine Verwahrlosung der politischen und sozialen Sitten beschrieben.

Münster überflog alle Artikel, bevor er den Wagen wieder startete. Irgendjemand, der im Präsidium saß und von den ominösen Spenden wusste, hatte sein Insiderwissen gleich vierfach versilbert. Die drei Dortmunder Zeitungen hatten zumindest noch im Schlussabsatz ihrer Berichte darauf verwiesen, dass Großenau die ›Spenden‹ an die Kindertagesstätten nicht wiedererkennen konnte.

Wie so oft hatte das Blatt mit den vier großen Buchstaben für dieses Feingefühl keinen Platz oder kein Verständnis. Und so titelte BLUT unbekümmert: *Können RAF-Methoden Kinder glücklich machen?*

Arschgeigen, dachte Münster und machte sich auf den Weg, um seinen Kollegen die Gretchenfrage zu stellen: Wie steht es bei euch mit der Wahrung von Dienstgeheimnissen?

»Ich war's nicht!«, versicherte die blonde Verena und wich seinem prüfenden Blick nicht aus. Auch die anderen Mitglieder seiner Ermittlungsgruppe schworen, sie hätten dichtgehalten.

»Und beim Mittagessen – in der Kantine? Habt ihr da über die Sache gequatscht?«

Jetzt taten gleich mehrere Leute so, als wären sie plötzlich mit dem intensiven Studium ihrer Aufzeichnungen beschäftigt.

»Mann, Leute! Was seid ihr naiv!«, brauste Münster auf, aber da schaltete sich Verena ein: »Hör mal, Paul, in der

Nachbarschaft saßen ausnahmslos Polizisten. Beamte, die einen Diensteid geschworen haben.«

»Ja. Aber die meisten von ihnen sind im mittleren Dienst und verdienen deutlich weniger als wir. Und die haben auch Weihnachten. Meint ihr, dass unter zweieinhalbtausend Polizisten nicht mindestens einer ist, der dieser Versuchung nicht widerstehen kann …«

Ein paar Sekunden ließ er seine Mitarbeiter noch mit ihrem schlechten Gewissen allein, dann winkte er ab, um zur Tagesordnung überzugehen: »Nun gut, jetzt ist es sowieso egal.«

Diese Meinung wurde aber ein paar Etagen höher nicht geteilt. Der Polizeipräsident ließ die Leiter der fünf Kriminalinspektionen sowie den Hauptkommissar Münster in sein Besprechungszimmer bitten. Nachdem er Münster abgeschwartet hatte, wollte er wissen, ob das für Raub und Kfz-Diebstahl zuständige Kriminalkommissariat 13 den Fall nicht besser an das KK 23 abgeben sollte.

»Wieso das denn?«, fragte der Chef der Kriminalinspektion 2, dessen Leute – wie alle anderen auch – völlig überlastet waren.

»Weil das KK 23 für die organisierte Kriminalität zuständig ist!«

»Stimmt. Aber wenn drei oder vier Leute etwas klauen, ist das noch lange keine …«

»Und die Hintermänner?«

»Welche Hintermänner?«, fragte Münster erstaunt.

Der PP blies die Backen auf, als müsste er dem Hauptkommissar das kleine Einmaleins erklären: »Für sich selbst klauen – das machen Leute noch aus eigenem Antrieb. Aber in Robin-Hood-Manier für andere klauen, dahinter stecken doch ganz bestimmt irgendwelche politischen Aktivisten.«

»An welche denken Sie dabei?«, fragte Münsters Chef.

»Na, würde das nicht zu den Kommunisten passen?«

Schweigen. Dann meldete sich der Chef der für Wirtschafts- und Computerkriminalität zuständigen Inspektion 3. »Wie Sie sicher aus meiner Personalakte wissen, habe ich in meinem ersten Leben Wirtschaft und Philosophie studiert. Und dabei auch ein- oder zweitausend Seiten Marx gelesen ...«

Der PP sah unwillig auf.

»Da stand eine Menge über die Enteignung von Banken und Produktionsmitteln. Also *Opel*, *ThyssenKrupp* oder *Bayer*. Aber dass Spielzeug in Gemeineigentum überführt werden soll ...«

»Wir wollen doch hier keine Haarspalterei betreiben«, knurrte der Präses.

»Außerdem«, fuhr der Chef der Dritten unbeeindruckt fort: »Nehmen wir mal an, das wären am Montagmorgen wirklich die Kommunisten gewesen. Hätten sie die Buntstifte wirklich der Kirche geschenkt? Ich nehme an, die hätten zuerst die Arbeiterwohlfahrt beliefert.«

Das Gesicht des PP verfärbte sich ein wenig: Solch massiven Widerstand war er nicht gewohnt. Aber der Chef der Dritten lächelte nur höflich zurück: Der Boss würde bald im Ruhestand verschwinden – und er selbst wäre noch da.

»Nebenbei bemerkt«, meldete sich nun ausgerechnet der Chef der 5. Kriminalinspektion. Dieser unterstanden nicht nur das Kommissariat Vorbeugung und das Puppentheater mit dem Polizeikasper, sondern auch der gesamte übrige Staatsschutz: »Nach unseren Erkenntnissen beläuft sich das Durchschnittsalter der Dortmunder Kommunisten auf 71,3 Jahre. Halten Sie die Leute für fit genug, solch einen Überfall zu starten?«

Ein leichtes Kichern – von wem auch immer – sirrte durch den Raum. Abrupt stand der PP auf: »In Ordnung. Wenn Sie meinen, der Fall sei beim KK 13 in den besten Händen ... Das wäre es dann, meine Herren!«

Als die Herren ein paar Schritte hinter ihrem obersten Chef den Raum verließen, schob sich der Marx-Experte an Münsters Seite und berührte ihn leicht an der Schulter: »Sehen Sie, jetzt wissen Sie, warum unsere Jungs bei NPD-Kundgebungen immer die Gegendemonstranten verprügeln müssen. Der Mann steckt mit seinem Feindbild noch mitten im Kalten Krieg.«

8

Unten wartete auf Münster die nächste Überraschung: Nach Lektüre der Morgenzeitung hatte sich eine Kindergartenmutter aus Dortmund-Brackel bei der Polizei gemeldet. Auch die Tagesstätte, in die ihr Sohn ging, hatte am Dienstagmorgen eine anonyme Spielzeugspende erhalten.

»Und wem gehört der Kindergarten?«, fragte Münster.

»Raten Sie mal, Chef!«

»Auch katholisch?«

Der Kollege nickte.

»Gut. Ruf unsere Leute zu einer Dienstbesprechung zusammen.«

Die Ergebnisse des Meetings waren entmutigend. Noch immer gab es keine Zeugen, die weitere Auswertung der Tatortspuren hatte nichts gebracht – und auch das Tatfahrzeug blieb verschwunden. Niemand hatte eine brauchbare Theorie über den möglichen Täterkreis.

»Aber vielleicht gibt es doch noch eine Chance«, sagte Münster. »Immerhin sind drei katholische Kindergärten die Begünstigten …«

»Aber vielleicht sind es ja wirklich Spenden. Großenau hat doch gesagt, das wären nicht seine Sachen.«

»Falsch. Unterschrieben hat er die Aussage, dass er diese Spenden nicht als sein Eigentum *erkannt* hat. Für uns heißt das gar nichts. Und wir haben derzeit keinen anderen Anhaltspunkt. Deshalb werden wir alle Mitarbeiter der drei Kirchengemeinden und ihr persönliches Umfeld untersuchen müssen …«

»Glaubst du etwa, die drei Pfarrer hätten sich zusammengetan und den Überfall durchgeführt?«

»Für Glaubensfragen bin ich nicht zuständig. Aber ich weiß: Auch Pfarrer sind Menschen. Und sogar welche ohne Alibi.«

»Wie das denn?«, fragte Verena.

»Weil sie immer alleine schlafen – müssen!«

Seufzend machten sich alle an die Arbeit.

»Warum lasst ihr die Sache nicht einfach auf sich beruhen?«, fragte Sarah Münster ihren Mann beim Abendessen. »Es gibt doch so viele Diebstähle, die ihr nicht aufklären könnt …«

»Erstens die Schadenssumme. Weitaus höher, als wenn jemand nur in eine Wohnung einbricht und den Videorekorder mitnimmt. Und zweitens die kriminelle Energie: Es ist doch ein Unterschied, ob man eine einfache Balkontür aufhebelt oder ein Auto als Rammbock einsetzt.«

»Okay. Und ihr untersucht jetzt alle Mitarbeiter der drei Tagesstätten?«

»Genau«, grinste er.

»Mich auch?«

»Dich vor allem. Das Fell eines Unschuldslamms ist immer noch die beste Tarnung.«

»Darf ich in diesem Zusammenhang eine kleine Bitte äußern?«, fragte sie, während sie bereits nach dem Saum ihres Pullovers griff.

»Aber ja. Welche denn?«

»Nun – ich möchte, dass mich der Leiter der Ermittlungsgruppe persönlich untersucht. Und zwar sofort …«

Selten bereitete ihm eine Überstunde so viel Vergnügen

wie diese. Und ebenso selten bescherte ihm ein Freitag eine solch tiefe Enttäuschung wie der folgende Tag: Gegen Mittag sickerte durch, dass drei weitere Tagesstätten eine umfangreiche anonyme Spielzeugspende erhalten hatten. Und diese Tagesstätten waren alle evangelisch.

»Verdammte Hacke!«, fluchte Münster, als er die Meldungen nach und nach auf den Schreibtisch bekam. »Und wo stammen die Spielsachen her?«

Keine Antwort – aus Dortmund war keine passende Einbruchsmeldung eingegangen. Also setzte Münster zwei Leute ans Telefon, um in den Nachbarstädten nachzufragen. In Kamen wurden sie fündig. Dort hatten Unbekannte einen Lkw entführt, der drei große Warenhäuser im Ruhrgebiet mit Spielzeugnachschub für das Weihnachtsgeschäft beliefern sollte. Der entführte Lkw wurde am Abend gefunden. Auf dem Parkplatz vor dem Deutschen Bergbaumuseum in Bochum. Keine hundert Meter vom dortigen Polizeipräsidium entfernt.

9

Der folgende Sonntag war der dritte Advent. Der Himmel über dem Ruhrgebiet war blau und klar und die Temperatur stieg mittags in den zweistelligen Bereich. Kaum hatte er alle seine Predigten gehalten und die Messdiener entlassen, legte Pfarrer Hagedorn seine Soutane ab, streifte den Jogginganzug und die Laufschuhe über und fuhr hinüber ins Olpketal, wo er seinen Wagen auf dem Parkplatz vor dem Altersheim abstellte.

Von seinen Kumpels war noch nichts zu sehen, also steckte er sich, in die Sonne blinzelnd, eine jener leichten Mentholzigaretten an, die er sich an besonders schönen Tagen gönnte. Und wann immer er deswegen ein schlechtes Gewissen bekam, dachte er an jenen Alt-Bundeskanzler, der mit dieser

Sorte immerhin über achtzig geworden war und sich noch immer des Lebens erfreute.

Noch bevor Hagedorn aufgeraucht hatte, wurde ein zweites Fahrzeug gleich neben seinem Wagen eingeparkt. Zwei Männer stiegen aus, Mitte vierzig wie er und ebenso muskulös und sportlich: »Na, du alter Sünder!«

Hagedorn lächelte: Es war immer angenehm, seine beiden besten Freunde aus dem Priesterseminar zum Joggen oder zum Skatspielen zu treffen. Und jetzt waren sie sogar Leidensgefährten geworden: Die Kindergärten ihrer Gemeinden hatten die beiden anderen Spendenlieferungen bekommen.

»Na, wie war eure Woche? Auch so ein Schlafdefizit?«

Die beiden anderen Priester grinsten. Und einer sagte: »Keine Ahnung, wovon du redest. Lass uns lieber loslaufen. Wir müssen auch mal an unser eigenes Wohlergehen denken.«

Leo P. Ard

Zwerg mit Lunte

Der Mörder ist immer der Gärtner – Teil 3

1

Für Horst Lewandowski war es ein großer Tag. Borussia Dortmund hatte Bochum mit 3:1 abgeschrubbt. Ein gutes Omen. Aber Lewandowskis Euphorie hing in erster Linie mit den klimatischen Bedingungen auf der Erde zusammen, genauer gesagt mit dem blauen Himmel über Dortmund-Hörde. Tagelang hatte der auf Rente gesetzte Stahlkocher vor dem Fernseher gefiebert – Tiefdruckgebiete verwünscht, Kaltfrontzonen verflucht. Die Maisonne ließ auf sich warten.

Heute war es so weit. Die Sonne jagte das Thermometer an der Laube auf satte zwanzig Grad.

Die Vorarbeiten hatte Lewandowski schon lange abgeschlossen; seit elf Uhr waren seine Gedanken auf den entscheidenden Moment ausgerichtet.

Als das letzte lang gezogene »Hhhhoooo!« aus dem nahen Stadion verklungen war und seine Gartennachbarn Jupp Schröder und Philip Kroll am Zaun vorbeihetzten, um in der Sportschau den grandiosen Sieg noch einmal zu erleben, ging Lewandowskis Atem schneller.

Um fünf vor halb sieben schlich er in die Laube zurück, nahm einen Schluck Kaffee aus der Thermoskanne und gönnte sich ein Schnäpsken.

Dann warf er einen letzten Blick auf seine Schützlinge, streichelte sie und flüsterte: »Die Freiheit ruft!«

Mit zittrigen Händen nahm er die beiden kräftigsten und trug sie in den Garten.

Sein Aufmarsch wurde mit Argwohn von einem Mann

beobachtet, dem offenbar jeder Sinn für feierliche Momente fremd war.

»Tach, Lewandowski!«, tönte Gerd Hasselbrink. »Wird ja auch Zeit!«

Lewandowski unterbrach die Zeremonie. Trotz der ungebetenen Unterbrechung wollte er nicht unhöflich erscheinen. »Für mich beginnt damit immer der Sommer!«

Das schien ihm genug der Erklärung. Er kniete sich neben die bereits gesetzten Rotkohlpflanzen und befreite vorsichtig die fast handgroßen Tomatensetzlinge in seinen Händen von ihren Töpfen.

Liebevoll platzierte er die fingergroßen Stecklinge in die vorbereiteten Mulden, bemüht, das zarte Wurzelwerk nicht zu beschädigen. Er bohrte zwei fast meterhohe Bambusstöcke neben die Setzlinge und schaufelte mit den Händen den vorbereiteten Kompost in die Lücken. Mit kleinen Kiessteinen stützte er die Stöcke ab.

Er stand auf, begutachtete sein Werk und sah, dass es gut war.

»Daneben – sind das Kohlköpfe?«

Erschrocken fuhr Lewandowski herum.

Gerd Hasselbrink lehnte noch immer an der Gartenpforte. Lewandowski fühlte sich von den voyeuristischen Blicken Hasselbrinks nachhaltig belästigt. Genauer gesagt: Er fühlte sich durch Hasselbrink *überhaupt* belästigt.

Der pensionierte Biologielehrer vom Clarenberg hatte die Nachfolge von Heinz Drahle angetreten, der unter mysteriösen Umständen unter die Erde gekommen war. Lange Zeit hatten die Schreber der Anlage *Zum tollen Bomberg* erfolgreich verhindert, dass irgendein Möchtegernschreber Unruhe in die Idylle brachte. Die Bewerbung des Biologielehrers hatten sie schließlich angenommen, weil sie sich von ihm manchen nützlichen Hinweis erhofften. Doch Hasselbrink wurde eine Plage. Er wusste alles besser. So empfand es Lewandowski und er wusste, dass er mit dieser Auffassung nicht allein war. Schließlich hatte er als Vereinsvorsitzender das Ohr an der Basis.

»Ja, das ist Kohl«, sagte Lewandowski.

»Schlecht!«

Lewandowski legte die Stirn in Falten.

»Wieso?«

»Schon mal was von Kohlgallenrüssler und Erdschnaken gehört?«

»Natürlich!«

»Und Sie glauben, die würden Ihre Tomaten verschonen?«

Lewandowski rammte gereizt einen weiteren Bambusstab in den Boden. »Ich pflanze seit zehn Jahren Tomaten neben Kohl. Und bislang haben die Erdschnaken meine Tomaten immer in Ruhe gelassen!«

Gerd Hasselbrink war ein hochgewachsener Mann mit fahlem Gesicht und weißem Haar. Als er sich aufrichtete und seine braunen Augen gegen die Sonne blinzelten, fühlte sich Lewandowski an alte Dr.-Mabuse-Filme erinnert.

»Es muss nicht zwangsläufig sein«, setzte Hasselbrink seine Attacke fort. »Aber der Kohlgallenrüssler liebt die Abwechslung. Außerdem werden Sie zugestehen, dass die Erdraupe beide Pflanzen gleichermaßen mag. Wenn sie erst einmal den Stiel der Kohlpflanze durchgenagt hat, sucht sie im Umfeld nach neuem Futter. Und dann gute Nacht, Tomaten!«

Lewandowski kochte innerlich vor Wut. Dieser Scheißkerl versaute ihm mit seinem Vortrag den schönsten Tag im Jahr.

»Kümmern Sie sich um Ihren eigenen Garten!«, sagte er leise.

Hasselbrink schüttelte den Kopf. »So haben wir nicht gewettet. Eine Vermehrung von Erdraupen hat auch Konsequenzen für meine Aufzucht …«

Lewandowski prustete los. »Sie glauben doch nicht, dass sich meine Erdraupen zu einer Formation aufstellen und losmarschieren, vorbei an Krolls und Farles Garten und dann bei Ihnen einfallen!«

Hasselbrink schüttelte erneut sein weißes Haupt. »Die Spatzen! Vermehrtes Kriechgetier lockt die Vögel an. Und denen gefallen vielleicht meine Kirschen!«

Lewandowski fiel die Kinnlade herunter. Er schwieg.

Hasselbrink reckte sich. »Der Grund meines Kommens ist übrigens ein anderer. Am nächsten Samstag will ich in meinem Garten eine kleine Einweihungsparty geben. Dazu möchte ich natürlich alle Nachbarn einladen.« Hasselbrink hob die Hand zum Gruß. »Das Wetter wird sicher schön!«

Lewandowski war sich nur in einem sicher: Am nächsten Samstag würde er lieber die Schwiegereltern in Huckingen besuchen, als diesem Arsch seine Aufwartung zu machen.

2

Die Tagesordnung der Vorstandssitzung am Sonntag war nicht sehr lang. Die Formblätter für den Dortmunder Wettbewerb *Naturschöner Garten* wurden ausgeteilt, die Modalitäten für die Pflege des gemeinsamen Weges und der Restaurierung der Pforte besprochen, die Urlaubsvertretungen andiskutiert.

Lewandowski versorgte die Vorstandsmitglieder mit kühlem Bier und heißen Würstchen.

Auf seiner Terrasse genossen sie die Maisonne: der ehemalige Stahlarbeiter Fritz Schnell, der Metzgermeister Erwin Farle *(Farle – wenn's um die Wurst geht)*, der Kriegsveteran Ede Rodenstedt, der Lehrer Werner Mürrmann und der Ex-Hoesch-Feinmechaniker Philip Kroll.

Klaus Drewniak hatte sich aus Langeweile dazugesellt. Der leidenschaftliche Motorradfahrer war als Vertreter der jungen Generation stets willkommen.

»Verschiedenes!«, verkündete Mürrmann und zwirbelte

seinen Oberlippenbart. Im Vorstand rotierte man – heute war der Pauker Schriftführer.

»Das Geschenk für Hasselbrink«, knurrte Ede Rodenstedt und fünf Männerkehlen gaben brummende Geräusche von sich.

»Ohne mich!«, sagte Lewandowski. »Keine zehn Pferde kriegen mich zu diesem Satan!«

»Er ist unerträglich«, bestätigte Farle. »Gestern habe ich mir einen Vortrag über Tiefkultur nach Prinzipien eines Tommys namens Kackfick anhören müssen …«

»Chadwick«, verbesserte Mürrmann, dem biodynamischer Anbau nicht fremd war.

»Zwanzig Minuten hat er mich vollgelabert«, fuhr Farle fort. »Zum Schluss wusste ich nicht mehr, wie herum man einen Spaten anpackt!«

Der dicke Kroll öffnete seinen Gürtel und ließ den kugelrunden Bauch herausspringen. »Mich will er anzeigen!«

»Was?«

»Wegen meiner zwei Tauben!«

»Das gibt's doch nicht!«

»Die Haltung von Tauben im Schrebergarten sei genehmigungspflichtig, meint er.«

»Der spinnt doch!«

»Zwei Jahre habe ich Emma und Trude schon. Und niemand hatte etwas dagegen …«

Ede Rodenstedt schüttelte empört den Kopf. »Die beiden sind doch lieb.«

»Mir hat er die Bullen auf den Hals gehetzt!« Klaus Drewniak stützte die Arme in die Seiten. »Nächtliche Ruhestörung. Ich habe vor drei Wochen mit vier Freunden eine kleine Party gemacht. Um halb elf war die Polizei da!«

»Das ist ja unerhört. Das klärt man doch untereinander!«

Erwin Farle schlug mit der Faust auf den Tisch. »Der ist ja schlimmer als Drahle!« Einmütiges Kopfnicken.

»Können wir dem nicht kündigen?«, fragte Mürrmann und die Augen der anderen blitzten vor Freude.

Lewandowski schüttelte den Kopf. »Ich habe die Verträge studiert. Wenn er sich nichts zuschulden kommen lässt, gilt der Nutzungsvertrag für fünf Jahre.«

»Fünf Jahre?!« Ede Rodenstedt schlug die Hände über dem Kopf zusammen. »Das überlebe ich nicht!«

Vom Gartenzaun näherte sich Friedchen Schnell. Sie machte ihrem Nachnamen alle Ehre. Abgehetzt und wutschnaubend baute sie sich vor der Männergesellschaft auf. »Ich will mich beschweren!«

Lewandowski schob ihr einen Korbstuhl hin. »Was ist passiert?«

»Psychoterror! Hasselbrink ...«

Bei dem Namen warfen sich die Männer vielsagende Blicke zu. Drewniak köpfte eine neue Flasche Bier.

»Hasselbrink will uns anzeigen, weil wir unseren Komposthaufen nicht sechs Meter entfernt von der Grundstücksgrenze errichtet haben. Es stinkt, meint er ...«

Friedchen Schnell nahm Klaus Drewniak das Bier aus der Hand und stürzte einen großen Schluck hinunter.

Mürrmann kicherte plötzlich in sich hinein. »Wir beraten gerade über das Geschenk für Hasselbrink ...«

»Gift!«, zischte Friedchen Schnell.

Es wurde still in Lewandowskis Garten. Man hörte das Gurren von Krolls Tauben und das Schaben einer Harke in einem benachbarten Garten. Ein Cabriolet, in dem offensichtlich neue Lautsprecherboxen ausprobiert wurden, fuhr die Wellinghofer Straße entlang. Irgendwo ertönte die Erkennungsmelodie der *Tagesschau.*

»Nein!«, sagte Mürrmann und senkte den Blick. »Ich habe nach unserer letzten Aktion ein paar Wochen nicht ruhig schlafen können. Der tote Masseur hat mich in meinen Träumen aufgesucht.«

Friedchen Schnell wischte sich den Schweiß von der Stirn. »Ich habe es nicht so gemeint.« Die Männer atmeten auf.

Vom Kiesweg hörte man schlurfende Schritte.

»Wenn man vom Teufel spricht«, flüsterte Klaus Drewniak.

Das bleiche Gesicht Hasselbrinks erschien an der Gartenpforte. »Gehe ich recht in der Annahme«, dozierte der Biologie-Experte, »dass es sich hier um eine Vorstandssitzung handelt?«

Lewandowski nickte.

»Handelt es sich etwa um eine öffentliche Sitzung?«, bohrte Hasselbrink nach.

Ede Rodenstedt schoss einen giftigen Blick ab. »Was wollen Sie?«

Hasselbrink lehnte sich auf die Pforte. »Nach meinen Informationen gehören Frau Schnell und dieser Motorradrowdy nicht zum Vorstand!«

Mürrmann kramte in seinem Erfahrungsschatz von stundenlangen Lehrerkonferenzen. »Die beiden sind vom Vorstand zu einem besonderen Tagesordnungspunkt eingeladen worden – als Experten!«

»Experten für Körperverletzung?«, höhnte Hasselbrink.

Klaus Drewniak schoss aus seinem Stuhl.

Lewandowski hielt ihn am Arm fest. »Was wollen Sie?«

»Ihre Sitzung ist satzungswidrig!«

Lewandowski machte ein Gesicht, als habe er eine Erdraupe beim Stabhochsprung beobachtet. »Bitte?«

Hasselbrink nestelte ein zusammengefaltetes Papier aus seiner Jackentasche und warf einen Blick darauf. »Laut Paragraf 8 müssen der Termin einer Vorstandssitzung und ihre Tagesordnung mindestens vierzehn Tage vorher schriftlich angekündigt worden sein, damit die Vereinsmitglieder Anträge stellen können.«

Hasselbrink musterte die Gesichter der Vereinsmitglieder. »Ich habe keinen Aushang im Kasten bemerkt!«

Ohne eine Antwort abzuwarten, stakste er von dannen.

Erwin Farle war der Erste, der seine Sprache wiederfand. »Friedchen? War das vorhin ein Antrag?«

3

Am Dienstag war die recht heruntergekommene Laube von Klaus Drewniak Ziel eines Massenauflaufs.

Nach und nach betraten einzeln oder zu zweit Schreber des *Tollen Bombergs* den Bretterverschlag, der mitunter – Drewniak hatte es nie bestritten – auch zum Hehlerlager für geklaute Ersatzteile diverser Motorräder umfunktioniert wurde.

Drewniak hatte eine Batterie Bierflaschen vor sich aufgebaut und sich auf einen langen Abend vorbereitet. Er genoss es, mal im Mittelpunkt zu stehen.

In der Mitte seines Getränkevorrats stand ein Bowlenglas, dickbauchig und aus geschliffenem Kristall. Friedchen Schnell hatte es als Ehrensache angesehen, ihr Hochzeitsgeschenk zur Verfügung zu stellen. Nun diente es dem Verein als Wahlurne. Acht weiße Zettel lagen bereits auf dem Boden des Gefäßes.

Knarrend öffnete sich die Tür und das Ehepaar Farle machte seine Aufwartung. »Sind wir die Letzten?«

»Iwo!«

Ehrfurchtsvoll hielt das Metzgerehepaar seine zusammengefalteten Zettel in den Händen.

»Hier rein!« Mit großer Geste nahm Drewniak den Bowlendeckel ab.

Zwei Zettel segelten auf den Boden des Kübels.

Erwin Farle räusperte sich verlegen. »Gibt's schon 'ne Hochrechnung?«

Drewniak schloss behutsam die Urne und schüttelte den Kopf. »Ist 'ne geheime Wahl!«

»Wie erfahren wir das Ergebnis?«

Trude Farle fuhr sich aufgeregt durchs Haar. »Man muss sich doch innerlich vorbereiten!«

»Wenn eine Zweidrittelmehrheit erreicht ist, hisse ich die Borussia-Fahne, sonst das Dortmund-Wappen.«

»Und wann?«

»Wenn alle Stimmen abgegeben worden sind.«

»Tja, dann gehen wir wieder«, knurrte Farle, der am liebsten bis zur Auszählung ausgeharrt hätte.

»Noch eins«, meinte Drewniak. »Sollte eine Mehrheit zustande kommen, dann wird's ein bisschen teurer. Jeder muss dann noch 'nen Fuffi in die Vereinskasse legen!«

»So viel?«

»Ist aber Qualitätsarbeit.«

»Dafür ist mir jeder Betrag recht!«

Erwin Farle schob seine Frau aus der Tür. »Glück auf!«

Um zwanzig nach zehn – es war stockdunkel – wankte Drewniak nach draußen.

Horst Lewandowski erwartete ihn schweigend am Zaun.

Drewniak pinkelte an die Johannisbeersträucher und suchte dann mit einer Taschenlampe den Weg zum Fahnenmast.

»Waren alle da?«, fragte Lewandowski.

»Achtundzwanzig abgegebene Stimmen. Alle gültig!«

Gemächlich entfaltete Drewniak eine Fahne und befestigte sie würdevoll an der Schnur.

Zug um Zug schwebte die Fahne nach oben.

Am Gartenzaun wurde es plötzlich lebhaft.

Vier Taschenlampen begleiteten den Stofflappen auf dem Weg zur Spitze des Mastes.

Eine Brise blähte das Tuch auf.

Die Vereinsfarben der Borussia flatterten im Wind.

»Einstimmig!«, verkündete Drewniak.

4

Der kommende Samstag bescherte der Borussia eine Auswärtsniederlage, den Hörder Schrebern aber einen strahlend schönen Tag. Am Vormittag wurde gegraben und gejätet, geharkt und gepflanzt, was das Zeug hielt.

Über den Gartenzaun kommentierten die Kleingärtner fachkundig die Wachstumserfolge ihrer frisch ausgesäten Blumen, die Stabilität der Endiviensalate und schätzten bereits den Ertrag der diesjährigen Kirschernte.

Ein Thema wurde vermieden: die bevorstehende Feier bei Hasselbrink.

Erst als Schatzmeister Farle durch die Parzellen zog und den Tribut einforderte, machten sich Nervosität und Anspannung breit.

Parallel zum Beginn der Bundesligaübertragungen – Friedchen Schnell hatte einen Käsekuchen spendiert – erschien in Drewniaks Garten eine Ledergestalt und trug mit beiden Händen ein Paket in die Laube.

Das graue Bündel hatte das Ausmaß einer der üblichen Lautsprecherboxen.

Neugierig warteten die Hörder Gärtner, bis die Ledergestalt Drewniaks Laube wieder verlassen hatte.

Sowohl Lewandowski als auch die Farles konnten ihre Ungeduld nicht mehr zügeln und eilten zu Drewniak. Behutsam wickelte der Motorradfan das Paket aus.

»Ist 'ne Spezialanfertigung.«

Lewandowskis Augen blinzelten nervös.

»Mach nix kaputt!«

Mit spitzen Fingern öffnete Drewniak den Karton. Ehrfürchtig wich er einen Schritt zurück.

Erwin Farle legte andächtig die Hände vor seinen Bauch. »Ist er nicht wunderschön?«

5

Hasselbrink war um das leibliche Wohl seiner Gäste besorgt. Es gab Mettbrötchen vom Vortag, Bier aus Dosen und Salzstangen aus der Tüte.

Hasselbrink selbst war bester Laune. Er brüskierte das Lehrerehepaar Mürrmann bereits nach zehn Minuten, indem er für die Wiedereinführung der Prügelstrafe in der Schule plädierte. Mit den Farles legte er sich an, weil er die hygienischen Zustände ihrer Metzgerei als vorsätzliche Körperverletzung bezeichnete. Lewandowskis trieb er durch eine detaillierte Darstellung der Vermehrung der Erdraupen zur Weißglut.

»Ich halte das nicht mehr aus«, raunte Friedchen Schnell ihrem Tischnachbarn Ede Rodenstedt zu. »Dieser Mann ist unerträglich. Wie haben das nur seine Schüler überlebt?«

Ede Rodenstedt schielte auf die Uhr. »Durchhalten! Wir haben es bald geschafft.«

»Wo bleibt denn nur unser Geschenk?«, knurrte Friedchen Schnell und sah sich vorsichtig nach allen Seiten um.

»Auf Klaus ist Verlass. Es läuft alles nach Plan!«

»Hoffentlich.«

Um Viertel vor neun kam Klaus Drewniak. Mit bedächtigem Schritt trug er einen braunen Karton mit einer roten Schleife auf beiden Händen.

Sofort scharten sich die Partygäste um den Neuankömmling.

Hasselbrink warf ihm lediglich einen verächtlichen Blick zu.

Schließlich trat Lewandowski aus der Runde und räusperte sich. »Sehr geehrter Herr Hasselbrink. Im Namen des Kleingartenvereins *Zum tollen Bomberg* möchte ich mich für die Einladung bedanken.«

Hasselbrink verschränkte lässig die Arme vor der Brust.

»Wie das bei uns so üblich ist, haben wir zusammengelegt, um Ihnen ein passendes Geschenk zu machen. Ich hoffe, Sie freuen sich!«

Dann trat Lewandowski zur Seite und gab den Blick frei. Auf dem kleinen Holztisch unter dem Kirschbaum stand ein Gartenzwerg. Er war etwa fünfzig Zentimeter groß, trug eine blaue Latzhose, ein gelbes Hemd und eine rote Zipfelmütze. Die Hände hatte er über dem Kopf zusammengelegt und hielt darin eine kleine weiße Kerze. Der Docht ragte fünf Zentimeter hervor.

»Sehr originell!«, sagte Hasselbrink und wandte sich Ede Rodenstedt zu, um mit seinem Vortrag über moderne Schädlingsbekämpfung fortzufahren.

Doch der Rentner starrte ehrfürchtig auf das Gemeinschaftsgeschenk. Hasselbrink sah sich deshalb genötigt, noch einen Satz über die Gabe abzusondern.

»Einen Gartenzwerg als Kerzenständer habe ich wirklich noch nie gesehen.«

»Eine Spezialanfertigung«, erläuterte Klaus Drewniak.

Hasselbrink packte den Gartenzwerg an den Hüften und hob ihn wie den DFB-Pokal über den Kopf.

»Sehr schwer – Porzellan?«

»Eine Spezialanfertigung!«, wiederholte Drewniak.

Hasselbrink stellte den Zwerg ab und nestelte in seiner Hosentasche. Er förderte ein Feuerzeug zutage.

Lewandowski trat dazwischen. »Nee, Herr Hasselbrink. Dat is jetzt nicht der richtige Augenblick. Wenn Se nachher alleine sind, dann sollten Se die Kerze anzünden und den Augenblick genießen.«

»Sehr richtig«, schloss sich Erwin Farle der Empfehlung an. »In aller Ruhe genießen!«

Hasselbrink zuckte mit den Schultern. »Wenn ihr meint.«

Er wandte sich Mürrmann zu, um ihn für den angeblichen Samenflug in sein Gemüsebeet zur Rechenschaft zu ziehen.

Die Party näherte sich nach dem Aushändigen des Geschenkes schnell dem Ende. Pärchenweise zogen die Gartennachbarn ab. Jeder hatte plötzlich noch etwas Wichtiges zu erledigen.

»Viel Spaß mit dem Zwerg!«, meinte Klaus Drewniak und eilte schnellen Schrittes davon.

6

Horst Lewandowski machte es sich in seinem Liegestuhl bequem. Die Mainacht war lau, die Sterne über Hörde blitzten frisch poliert.

»Noch 'nen Bier, Horst?«, fragte seine Frau.

Bevor Lewandowski antworten konnte, gab es einen ohrenbetäubenden Knall.

Sekundenlang summte es in seinen Ohren, dann hörte er das Prasseln von Splittern auf dem Dach seiner Laube. Nur ein paar Zentimeter vom Liegestuhl entfernt landete ein fingergroßes rotes Etwas.

Ein Teil der Mütze eines Gartenzwerges.

»Kein Bier!«, meinte Lewandowski und lehnte sich zurück. »Mach den Sekt auf!«

Leo P. Ard

Mord im Rathaus

Sie bringen mich um!

Lange habe ich es nicht glauben wollen, aber jetzt bin ich mir sicher: Sie bringen mich um. Und ich habe keine Chance, dem Tod zu entgehen.

Es ist nicht das Alter, keine unheilbare Krankheit, kein Liebeskummer, an dem ich sterben werde, es sind die Langweiler und Ignoranten hinter ihren Schreibtischen, die mir die Luft zum Atmen nehmen. Es ist diese schreckliche Eintönigkeit, dieses monotone Dahinvegetieren, dieser Grauschleier, der bleiern über diesem Büro liegt. Kein Lachen, kein Scherz, keine freundlichen Gesten. Es liegt ein Hauch von Endlosigkeit in der Luft.

Das war nicht immer so. Als ich in dieses Büro kam, war es ein wunderbarer Ort. Das lag an dem Kollegen Friedrichs. Er hatte mich hierher geholt. Ach, der Kollege Friedrichs …

Immer ein Lächeln auf den Lippen, immer eine Aufmerksamkeit parat. Er hat mir auch hin und wieder ein paar Dienstgeheimnisse anvertraut. Ich war immer auf dem neuesten Stand – Intrigen, Beförderungskarussell, Affären. Friedrichs wusste, dass er sich auf meine Diskretion verlassen konnte.

Das waren Zeiten! Oft haben wir nach Feierabend noch zusammen einen getrunken, er sein Bierchen, und für mich hatte er immer ein Wasser.

Natürlich haben die Kollegen darüber geredet. Sie haben ihn meinetwegen oft genug gehänselt und ihre dummen Witze über mich gemacht. Besonders der Kollege Schirrmacher. Als ob ich was dafür kann, dass er nicht befördert wurde.

Schirrmacher – dieser überkorrekte, kleinliche Pedant. Aber einmal im Jahr lässt sogar Schirrmacher die Sau raus, am

Karnevalsfreitag. Da wird bereits um vierzehn Uhr der Kugelschreiber fallen gelassen und die Pappnase aufgesetzt, es wird getanzt und geflirtet, dann kneift Kollege Schirrmacher der Kollegin Berger in den Po.

Ich bin ein stiller Beobachter dieses Treibens, ich mach mir nichts aus Karneval. Aber ich genieße die Stimmung, den Lärm und die Nähe, die plötzlich im Büro herrscht.

Hin und wieder nötigt man mir einen Schnaps oder ein Bier auf. Ich vertrage Alkohol nicht gut. Es dauert Tage, bis ich mich erholt habe. Aber immerhin beachtet mich mal jemand.

Seit der Kollege Friedrichs vor zwei Jahren in Pension gegangen ist, wird es immer stiller um mich. Anfangs machten die Kollegen noch ihre Witze und ihre boshaften Bemerkungen. Inzwischen nicht mal mehr das. Dabei sehne ich mich geradezu nach ihrem Spott, nach ihren Spitzen. Aber sie beachten mich nicht. Ich gehöre nicht dazu. Man übersieht mich. Es ist, als wäre ich schon tot.

Nur durch eine Fensterscheibe getrennt, liegt draußen eine andere Welt. Eine grüne Parkanlage mit Rhododendren und Rosen, ein Teich mit Seerosen und schnatternden Enten. Eine Liegewiese, auf der Kinder herumtollen und Liebespaare gurren. Dort das pralle Leben, hier das langsame Versickern der Zeit …

Ich schaue zu den Kollegen hinüber. Keiner hat einen Blick für mich, seit Wochen hat niemand das Wort an mich gerichtet. Zuerst hatte ich noch den Verdacht, es wäre ein Komplott, sie hätten sich abgesprochen, mich zu erledigen. Aber inzwischen weiß ich, es sind nur kollektive Gedankenlosigkeit und Ignoranz.

Meine Widerstandskraft ist dahin. Wenn ich sterbe, wird sich für mich nichts ändern. Aber für die Kollegen, vielleicht empfinden sie meinen Tod als Strafe, vielleicht bereuen sie ihre Lieblosigkeit.

Ich bin sicher, dass sie mich vermissen werden. Sie werden rührende Worte finden. Vielleicht wird die Kollegin Berger weinen. Sie hat nah am Wasser gebaut.

Aber es wird zu spät sein. Sie hätten sich eher um mich kümmern müssen. Wenn die Kollegen einen Hauch Menschlichkeit haben, dann werden sie mich unten im Park beerdigen. An einer Stelle, von der ich auf meinen alten Arbeitsplatz blicken kann. Der Berger trau ich diese Sensibilität zu. Die anderen: Forget it!

Es geht dem Ende zu.

Goodbye, Büro! Das war's!

Frau Berger trat an die Fensterbank und blickte auf den Ententeich.

Schirrmacher gesellte sich zu ihr. »Schöner Tag heute, was?«

Die Berger nickte. Sie stutzte. »Was ist denn mit Ihrem Kaktus?«

Der Kaktus lag neben dem Topf. Seine verkümmerten Wurzeln ragten wie ein Mahnmal gen Himmel. Die Erde im Topf war knochentrocken.

»Mir gehört der nicht. Den hat der alte Friedrichs hiergelassen, als er pensioniert wurde.«

Die Augen von Frau Berger füllten sich mit Wasser. Sie seufzte. »Schade!« Mit spitzen Fingern nahm sie den Kaktus und beerdigte ihn in ihrem Papierkorb.

Reinhard Junge

Planstelle frei

1

»Schon gehört?«, fragte Nehl, als er das kleine Lehrerzimmer des Hattinger Schulenburg-Gymnasiums betrat. »Sommer ist tot!«

Studiendirektor Brücken, ein Lehrerleben lang Mitglied im konservativen Philologenverband, fiel fast die Kaffeetasse aus der Hand.

»Die Ministerin?«, fragte er hoffnungsfroh. Dreißig Jahre lang hatte er im Deutschunterricht der Oberstufe versucht, mit echten Klassikern wie Lessings *Nathan* und Goethes *Faust* humanistische Grundwerte zu vermitteln. Aber dann kam das Zentralabitur und Sommers Kofferträger zwangen ihn, im Unterricht nur noch perverses Zeug zu behandeln: feministische Verfälschungen des Trojanischen Krieges, die Leiden schwuler Internatszöglinge im österreichischen Kaiserreich, die Bettgeschichten alternder KZ-Aufseherinnen. Seitdem zählte Brücken die Sommer zum Heer seiner Lieblingsfeinde und hätte sie am liebsten auf dem Schulhof als Hexe verbrannt.

»Babsi?« Nehl schüttelte den Kopf: »Nein, die doch nicht. Egon Sommer. Unser Kollege.«

Seine Stimme klang mit einem Mal brüchig, als wäre ihm erst jetzt aufgefallen, dass im ehemaligen Raucherzimmer ein Platz frei geworden war.

»Nicht zu fassen«, seufzte Fritz Brücken und tupfte sich die Kaffeespritzer von der Krawatte. Für eine gute Nachricht hätte er den Schlips geopfert, ohne mit der Wimper zu zucken. Aber jetzt war das Seidentuch hin und die Ministerin noch immer im Amt.

»Mensch – der war doch erst achtunddreißig!«, fuhr er plötzlich auf. »Was hatte er denn?«

»Keine Ahnung. Ich hab's unten gehört, aber keiner weiß Genaueres. Der Chef ...«

Der Dreiklang des Schulgongs dröhnte los und dann verkündete der heisere Lautsprecher über der Tür, was der Chef des Schulenburg-Gymnasiums entschieden hatte: »Aus außerordentlichem Anlass bitte ich alle Kolleginnen und Kollegen in das große Lehrerzimmer. Der restliche Unterricht fällt heute aus ...«

Als der Jubel der in Richtung Altstadt abziehenden Schülermassen verhallt war, probte das Kollegium für die Trauerfeier. Selten hatte sich der Raum so schnell gefüllt wie an diesem Montagmorgen – und so lautlos noch nie. Schweigend strebten die Ankommenden einem der acht rechteckigen Tische zu; selbst Stammplatzinhaber rutschten für die Gäste aus dem Exotenzimmer ohne Protest zur Seite.

Auch Brücken, Philosoph aus Berufung und Elefant von Gestalt, entfaltete den mitgebrachten Klappstuhl ohne das übliche Theater, ehe er seine zweieinhalb Zentner ächzend einen halben Meter tiefer sinken ließ. Die Fensterfront im Rücken, blickte er vom Philologentisch aus zwischen den drei Schrankwänden umher, die den Horizont des Lehreralltags begrenzten.

Alle waren da. Die Damen mit den Faltenröcken hatten auf ihrem Tisch bereits eine Totenkerze angezündet. Die Gewerkschaftsfraktion zählte die sinnlosen Sonderaufträge, mit denen die Bezirksregierung die Lehrerschaft in Richtung Herzinfarkt trieb, während die Philologen über den Sinkflug ihrer Opel-Aktien trauerten. Die Mathematiker dachten an die lasche Versetzungsordnung und die Sportler an die Millionen, die sie als Fußballprofis verdient hätten. Besonders betroffen wirkte der erlesene Kreis der Boutiquentanten, denen der frisch verordnete Ganztagsunterricht die Zeit für so manche schöne Shoppingtour raubte. Kurz gesagt: Keiner hatte Mühe, die angemessene Folie über Stirn und Augen zu ziehen.

Oberstudiendirektor Uhlmann, der Chef des Hauses, hatte seine schwarze Krawatte aus der Schreibtischschublade hervorgekramt und sie wie ein Schiffstau um den Hals gewunden; dazu trug er sein Standardgesicht, mit dem er morgens die Kinder erschreckte. Ächzend fläzte er seine Hammerwerferfigur über das Rednerpult, ließ den Stellvertreter leise zischeln und holte Luft.

»Meine Damen und Herren – ein trauriger Anlass ist es, der uns hier zusammenführt. Wie wir soeben erfahren haben, ist unser Kollege Egon Sommer verschieden. Wir müssen nun, um den Ruf der Schule zu wahren, dafür sorgen, dass kein Unterricht ...«

Die grauhaarige Vorsitzende des Lehrerrates hob die Hand: »Mir will scheinen, dass es angesichts des betrüblichen Umstands, dass ein von allen geschätzter Kollege seinen letzten Weg angetreten ist, eine Frage des Anstands und der Pietät wäre, wenn wir alle uns zuerst zu einer Minute stillen Gedenkens ...«

»Die Totenfeier findet auf dem Friedhof statt, liebe Frau Brockhaus«, unterbrach der Chef die alte Dame und richtete sich demonstrativ zu voller Größe auf. »Zuerst sollten wir doch klären, wie wir das Loch, das Herr Sommer im Stundenplan hinterlässt ...«

Zwei Finger stachen in die Luft – die tödliche Waffe des Vorsitzenden der Fachkonferenz Sozialwissenschaften. Anträge zur Geschäftsordnung waren seine Paradedisziplin, seit er im Mai 73 auf einer Studentenvollversammlung in Frankfurt Cohn-Bendits Rekord von 68 gebrochen hatte – und diese Leistung war noch immer gültig.

»Es macht mich zutiefst betroffen«, bekannte er und ließ zum Beweis dafür die Gläser seiner Eric-Clapton-Brille aufblitzen, »dass wir hier wie Technokraten einfach zur Tagesordnung übergehen sollen. Wir alle haben ein Recht darauf, zunächst über die genauen Umstände ...«

»Herr Kollege Maeder!«, bölkte der Chef. »Sie sollten sich, weiß Gott, Ihren Soziologensermon ...«

Das war Brückens Startsignal: Er stemmte seine einhundertzwanzig Kilo so energisch empor, dass sein Stuhl die Balance und der Chef den Faden verlor, nestelte an der Krawatte, um den Kaffeefleck zu kaschieren, räusperte sich und sprach, wie immer ohne Rücksicht darauf, dass ihm niemand das Wort erteilt hatte.

»Lieber Herr Uhlmann«, begann er, »so sehr ich Ihre Bedenken gegen das Gewäsch teile, mit dem uns diese angeblichen Soziologen seit mehr als zwanzig Jahren eine Wissenschaftlichkeit vorgaukeln, die sie, bei Lichte und mit gesundem Menschenverstand besehen, nie und nimmer werden nachweisen können, so will doch selbst mir scheinen, dass dies nicht der Ort und die Stunde sein kann, um ...«

Knarzend öffnete sich die Tür. Ein Mittfünfziger betrat die Szene: nicht sehr groß und nicht sehr schlank, grauer Anzug und graue Haare, Beamtengesicht und Kassenbrille, eine Pfeife in der Hand. Bevor jemand feststellen konnte, ob sie wirklich brannte, sprang die Vorsitzende der Fachkonferenz Biologie auf, um den Eindringling auf das Rauchverbot in Dienstgebäuden aufmerksam zu machen. Doch der Chef würgte sie nach dem dritten Wort ab. »Wer sind Sie denn?«, belferte er.

»Verzeihung«, sagte der Grauhaarige, nickte ihm zu und gönnte sich den Anflug eines Lächelns. »Steigerwald mein Name. Mordkommission ...«

Sechzig Blicke durchsiebten den Leib des Mannes. Dann kam Unruhe auf und pflanzte sich, über alle Gräben hinweg, vom Gewerkschaftstisch bis zu den Mathematikern fort.

»Meine Damen und Herren!«, übertönte der Chef das Raunen. »Ruhe bitte!«

Das Kollegium verstummte und Uhlmann nickte zufrieden: »Damit haben Sie, wie ich sehe, das Wichtigste ja schon erfasst. Kollege Sommer wurde ermordet ...«

Ein Eishauch wehte durch den Raum. Die Vorsitzende des Lehrerrats zog fröstelnd ihre Schultern nach vorn, Brücken schüttelte fassungslos seinen mächtigen Schädel und Maeder rieb mit zusammengekniffenen Augen seine Brillengläser blank. Ein Augenblick völliger Stille.

»Ermordet«, bestätigte der Polizist. »Ihr Hausmeister hat ihn vor einer Stunde gefunden. Im Atombunker Ihrer Schule, bei den Requisiten der Theatergruppe ...«

Erneutes Raunen. Der Kommissar hob den Stiel seiner Pfeife wie einen Rohrstock: »Wir werden Ihnen nachher einige Fragen stellen. Die wichtigste lautet: Wann, wo und mit wem wurde Herr Sommer am Samstag auf dem Schulfest zuletzt gesehen? Darüber können Sie schon mal nachdenken. Aber ich muss Sie bitten, sich nicht darüber zu unterhalten.«

Maeders Hände stachen zwei Löcher in die Ozonschicht über dem Ruhrpott: »Soll das heißen, dass Sie uns vorschreiben wollen, worüber wir reden dürfen?«

»Nein«, korrigierte Hauptkommissar Steigerwald und nahm einen Zug aus seiner Pfeife. »Ich schreibe Ihnen vor, den Mund ganz zu halten ...«

2

»Unfassbar!«, behauptete der Schulleiter. Uhlmann saß dem Kommissar gegenüber in dem stickigen Kabuff, das offiziell als kleines Lehrerzimmer galt. Erstens war es sowieso besser, die Leute ohne Zeugen zu vernehmen, zweitens bot sich dem Polizisten hier die Chance, zwischendurch ein Pfeifchen anzuzünden. Ohne Tabak konnte er nicht denken und die Gefahr, dass jemand etwas merkte, war gering: Der Nikotinduft in den Tapeten und Sesseln schien die Halbwertszeit von Plutonium zu besitzen.

»Ich möchte Sie bitten«, fuhr der Oberstudiendirektor fort, »die tragische Angelegenheit so diskret und behutsam wie nur möglich anzufassen. Wir halten zwar bei den bildungsbewussten Eltern dieser Stadt jeden Vergleich mit dem Unterschicht-Gymnasium im Schulzentrum aus, aber jetzt kommen die geburtenschwachen Jahrgänge auf uns zu. Und wenn unsere Anstalt plötzlich als Mordstätte …«

Steigerwald stoppte die Rede, mit der Uhlmann dem Kollegium sonst die unbezahlten Vertretungsstunden begründete: »Thema Sommer! Können Sie ihn in drei Sätzen charakterisieren?«

Der Hammerwerfer schluckte. »Ja. In drei Worten sogar: Innovativ, einsatzfreudig, belastbar.«

»Ehrgeizig?«

»Auch. Er hat in den letzten Jahren immer wieder Sonderaufgaben übernommen. Schulbuchbestellungen, Raumverteilung, Stundenpläne – er hat für alles Computerprogramme entwickelt, mit denen wir optimal arbeiten können. Wenn unsere Schule heute in der Öffentlichkeit unserer Stadt so gut dasteht, dann ist es nicht zuletzt …«

»Wer waren seine Mitbewerber für die letzte Beförderungsstelle?«

Uhlmann plusterte seine Backen auf: »Es wäre das erste Mal, dass in der Schule jemand deswegen umgebracht wird.«

»Manche bringen für fünf Euro ihre Großmutter um.«

»Ja. Aber Studienräte nicht. Hundert oder hundertfünfzig Euro Gehaltserhöhung können sie verschmerzen. Größer ist der Unterschied zwischen A 13 und A 14 netto doch sowieso nicht …«

»Namen!«

»Meine Sekretärin sucht Ihnen die Akte heraus.«

»Gut. – Wie lange waren Sie denn am Samstag auf dem Schulfest?«

Der Chef dachte kurz nach: »Bis halb acht. Danach musste ich nach Bochum. Wir hatten Sommerball.«

»Wer ist …?«

»Der Radsportverein *Sturmvogel Langendreer.* Ich bin Vorsitzender.«

Steigerwald hob die Brauen und musterte den Mann. Moderne Rennräder waren, soweit er wusste, sensible Hightechgeräte, deren Rahmen nicht mehr aus Stahl, sondern aus Karbon gefertigt wurden. Kaum vorstellbar, dass sie unter solch einem Haufen Fleisch noch fahrtüchtig waren.

»Und wie lange?«

»Sieben Jahre …«

Der Polizist schüttelte den Kopf: »Wie lange Sie auf Ihrem Sommerball waren!«

Der Koloss grinste: »Keine Ahnung. Bis zwei, halb drei vielleicht. Wenn Sie's genau wissen wollen, müssen Sie meine Frau fragen – oder den Taxifahrer. So ganz nüchtern war ich nämlich nicht mehr …«

Die Tür öffnete sich und eine Kollegin von den Kriminaltechnikern kam herein. Abwartend blieb sie stehen, aber Steigerwald winkte sie heran. Die Hände auf Tischkante und Stuhllehne gestützt, flüsterte sie dem Hauptkommissar etwas ins Ohr. Die Ohren des Radlers blähten sich zu metergroßen Parabolantennen auf.

»Herr Uhlmann«, wandte sich der Polizist an den Koloss. »Hat Herr Sommer außer im Lehrerzimmer noch andere Fächer oder Schränke, in denen …«

»Klar«, nickte der Pädagoge. »Im Flur vor dem Büro. Zwei Leute teilen sich einen Schrank für Mäntel, Schirme …«

»Und die Schlüssel?«

»Beim Hausmeister.«

Die Kollegin entschwebte und Steigerwalds Augen visierten wieder den Leiter der Anstalt an. Der Mann sah demonstrativ auf seine Armbanduhr und schniefte. Er hatte ein dringendes Ferngespräch mit dem Organisationschef der Hessen-Rundfahrt zu führen und so etwas erledigte er am liebsten über das Diensttelefon, bevor er seinen Sohn zum Nachmittagstraining über die Bergstrecke nach Sprockhövel und Langenberg hetzte.

»Danke«, nickte Steigerwald. »Sie können gehen. Schicken Sie mir die Vorsitzende des Lehrerrats.«

3

»Erschütternd«, bekannte Studiendirektorin Brockhaus und ließ ihre grauen Dauerwellen andächtig zittern. »Am letzten Samstag hat der Kollege Sommer uns mit seinem Literaturkurs noch diese schöne Inszenierung des *Romulus* geschenkt und jetzt liegt er …«

»Mitten zwischen den ausgestopften Hühnern und der Maske des Ämilian«, präzisierte der Polizist.

Die Pädagogin stutzte: »Sie kennen Dürrenmatt?«

Der Kommissar schenkte sich die Antwort. »Haben Sie eine Ahnung, wer ein Motiv …«

Entsetzt über die Unterstellung, sie könnte einen Mörder kennen, schloss Brockhaus die Augen. Sie stand kurz vor der Pensionierung und träumte ein, zwei glückliche Sekunden lang von der idyllischen Zukunft in ›ihrem‹ Damenstift bei Bad Kissingen. Als sie wieder aufsah, war der Polizist noch immer da.

»Ich stehe noch völlig unter dem Eindruck dieser schrecklichen Nachricht«, sagte sie endlich mit deutlichem Zittern in der Kehle. »Solch ein Vorfall ist geeignet, unsere jahrelangen pädagogischen Bemühungen im Ansehen der Öffentlichkeit …«

Steigerwald hob seufzend den Pfeifenstiel: »Ich muss Sie bitten, auf meine Frage einzugehen, Frau Brockhaus. Wer könnte Herrn Sommer so gehasst haben, dass …«

»Aber an unserer Schule doch nicht!«, empörte sich die Pädagogin.

»Der Gegenbeweis liegt unten im Keller!«, sagte der Hauptkommissar scharf. »Und Sie wollen uns doch sicher helfen, seinen Mörder zu finden.«

Sie nickte – aber antwortete nicht.

»Welche Meinung haben Sie denn persönlich von Ihrem Kollegen Sommer?«, schlug Steigerwald den weitesten aller Umwege ein.

Die Frau wich seinem Blick aus und seufzte. Sie gab seit fünfunddreißig Jahren Latein und Katholische Religion. Weisheiten wie das berühmte *De mortuis* … und die Kunst des Verzeihens gehörten inzwischen zu ihrem genetischen Code.

»Er war ein anerkannter und geachteter …«

Steigerwald atmete tief durch und warf einen genervten Blick auf Feldhoff, der das Duell seines Chefs mit der Seelenhirtin interessiert verfolgte.

»So kommen wir nicht weiter, gnädige Frau. Ich versichere Ihnen, dass ich Ihre Erschütterung verstehe und außerordentlichen Respekt gegenüber Ihren moralischen Bedenken empfinde. Aber ich bin nicht im Staatsdienst, um über die Regeln der Pietät zu philosophieren. Ich jage Mörder.«

Die Frau schaute konsterniert aus dem Fenster. Das Böse in dieser Welt lag eigentlich tief unter ihr – in den Wohngebieten der einfachen Leute am Rande der Altstadt, aber doch nicht hier oben auf dem Berg, wo so viele Ärzte und Rechtsanwälte …

»Bitte, Frau Brockhaus!«, mahnte Steigerwald sanft.

Ihre Kostümjacke hob und senkte sich wie ein Blasebalg – sie rang mit ihrem Gewissen, als stünde ihr der Weg ins Fegefeuer bevor.

»Was mich aber an ihm gestört hat«, bekannte sie schließlich, »nun, Kollege Sommer war mir, wenn ich es recht bedenke, etwas zu geschäftstüchtig, zu sehr auf das Geld aus und auf den äußeren Schein bedacht.«

»Können Sie das erläutern?«, fragte Steigerwald und hoffte, dass die Dame endlich über ihren Schatten sprang.

»Er hat wohl einen recht flotten Handel betrieben. Seine Frau arbeitet bei einem Unternehmen für Sportartikel, und wenn sie einen günstigen Posten Pullover ... Ich war immer der Meinung, dass die Schule für solche Geschäfte nicht der richtige Ort ist.«

»Und sonst?«

Sie zerrte am Kragen ihrer Kostümjacke, als ob sie ihn abreißen wollte. »Nun, mir ist zu Ohren gekommen ... Er hatte einmal, das muss ein gutes Jahr her sein, einen heftigen Streit mit der Kollegin Patzke ...«

Der Dämme brachen. Fünf Minuten lang redete sie wie ein Wasserfall. Als sie den Raum verließ, taten Feldhoff die Finger weh.

»Wenn Sie mich fragen«, begann der lange Hauptmeister, aber sein Chef dachte gar nicht daran.

»Kaffee!«, schnauzte er und deutete auf die Maschine, die auf einem Gestell in der Ecke stand.

Feldhoff nahm die Kanne auf und schaute sich suchend um. Ein Wasserhahn war nirgends zu entdecken.

Steigerwald griff zum Telefon, studierte die aufgeklebte Liste mit den Nummern der Hausanschlüsse und wählte das Sekretariat an: »Wo gibt's hier oben Wasser?«

Sekunden später flog der Hörer wieder auf den Apparat: »Typisch Gymnasium. Nach außen vornehm bis zum Kotzen, aber das Kaffeewasser musst du dir auf dem Scheißhaus holen.«

4

»Hören Sie, das sind doch alles Gerüchte. Verleumdungen. Ich möchte mich entschieden dagegen …«

Steigerwald schnitt dem Mann mit den Geheimratsecken das Wort ab: »Herr Holtmann, wir können das in einer halben Stunde überprüfen: Die Platten vor Ihrem Hauseingang und in der Garagenzufahrt sind exakt die gleichen wie die hier auf dem Schulhof. Wie sind sie dahin gekommen? Mit der Krötenwanderung im Frühjahr? Über sieben Berge bis nach Hasslinghausen?«

Der Oberstudienrat kratzte sich das glatt rasierte Kinn. Hinter der hohen Stirn suchte ein lebender Computer nach einer passenden Antwort.

»Nun ja«, wechselte er schließlich die Taktik. »Da sind ein paar Pflasterplatten übrig geblieben. Sie lagen tagelang herum, ohne dass sich jemand um sie gekümmert hat. Als die Schüler in den Pausen anfingen, sie zu zerschlagen, habe ich sie in Sicherheit gebracht …«

Steigerwald brauchte ein paar Atemzüge, bis er den letzten Satz halbwegs verdaut hatte. Dann setzte er seine Pfeife wieder in Brand. »Und bei dieser Rettungsaktion«, sagte er fast beiläufig, »hat Ihr Kollege Sommer Sie beobachtet.«

»Sie dürfen hier nicht rauchen«, begehrte Holtmann auf.

»Mord ist schlimmer«, grinste der Polizist und sah den Lehrer an.

Holtmann schwieg. Aber seine Kiefer zermahlten ein paar unsichtbare Kiesel.

»Egon Sommer! Haben Sie eine Erklärung dafür, dass Sie Ihre Bewerbung um den Stufenleiterposten eine Woche vor der Lehrprobe zurückgezogen haben? Dieselbe Stelle, auf die auch Sommer scharf war? Was war damals mit Ihnen? Nicht mehr interessiert an dem Job? An der Gehaltserhöhung? Bei drei Kindern und den Zinsen für das Haus?«

Holtmann hob die Arme und zeigte dem Polizisten seine Handflächen.

»Hier!«, keifte er und spreizte die Finger. »Mit diesen Händen habe ich die Bude hochgezogen!«

»Stimmt!«, nickte Steigerwald. »Aber in derselben Zeit haben Sie sich viermal einen Krankenschein geholt, damit Sie schneller fertig wurden. Ein Maurer mit A 14. Toll, was mit meinen Steuern alles finanziert wird!«

Der Oberstudienrat knurrte wie ein gereizter Schlachterhund. Seine blauen Augen musterten den Hauptkommissar mit unverhülltem Hass.

»Und Ihr Kollege Sommer hat alles aufgeschrieben. Für den Fall, dass Sie sich auf dieselbe Stelle bewerben wollten wie er. Stimmt's?«

Holtmann sprang auf und beugte sich, die Fäuste auf der Platte, über den Tisch: »Wenn Sie glauben, ich hätte irgendetwas mit dem Tod dieses Schweinehunds zu tun, dann sind Sie aber schiefgewickelt. Fragen Sie lieber den sauberen Gewerkschaftskollegen Maeder. Ihm hat Sommer doch mit einem schmutzigen Trick die letzte A-14-Stelle weggeschnappt. Der Maeder hat ein viel besseres Motiv!«

Er schlug die Tür hinter sich zu, ohne dass ihn jemand entlassen hätte. Feldhoff wollte aufspringen, aber Steigerwald stoppte ihn mit einem kurzen, heftigen Kopfschütteln: »Lass. Bin gespannt, auf wen der Herr Maeder die Schuld schiebt …«

5

Der Trick, mit dem Sommer seinen Kollegen ausgebootet hatte, war denkbar einfach. Als der GEW-Mann seine Unterlagen für die Bewerbungslehrprobe kopierte, schaute ihm der Konkurrent über die Schulter. Und stellte zu seiner Freude fest, dass Maeder Hitlers Propagandarede vom

1. Mai 1933 als Musterbeispiel der Demagogie analysieren lassen wollte – ein Text, der sich mit anderen Fragestellungen genauso gut als geschichtliche Quelle bearbeiten ließ.

»Und das tat die Sau dann auch«, erzählte der Mann mit der Hornbrille und dem leicht zerknitterten Fischerhemd. »Am selben Morgen, als ich meine Lehrprobe hatte. Nur: zwei Stunden früher als ich. Im selben Raum, in derselben Jahrgangsstufe und in einem Geschichtskurs, der zur Hälfte aus Schülern bestand, die ich in Deutsch hatte. Er verteilte so viele Texte, dass einige übrig waren und unter den Bänken liegen blieben.«

Er rümpfte die Nase, blickte auf die Pfeife des Polizisten und begann damit, sich freihändig eine Zigarette zu rollen. Geschickt verteilte er den Tabak auf dem Blättchen, pfriemelte an dem Papier herum, bis es sich zu einem torpedoähnlichen Gebilde verformt hatte, und leckte behutsam über die Gummierung. Das Feuer ließ er sich von Steigerwald geben.

»Meine eigene Stunde lief dann wie geschmiert. So gut, dass sich die Dezernentin hinten in der Klasse fragte, ob ich ihr eine eingeübte Show mit bekanntem Text vorführte. Und das fragte sie nicht nur sich selbst und den Chef, der neben ihr saß, sondern auch einen Schüler aus der letzten Reihe. ›Haben wir schon behandelt‹, bestätigte der Knilch. Mehr wollte die Tante gar nicht wissen …«

Maeder verstummte und betrachtete prüfend die Glut seiner Zigarette.

»Sommer, diese karrieregeile Sau«, wiederholte er seine Würdigung des Verblichenen und sah den Polizisten plötzlich offen an: »Und jetzt wollen Sie wissen, ob ich es war, der hier eine Planstelle freigeschossen hat.«

»Falsch«, sagte Steigerwald und grinste. Der Mann hatte mit seinen Vermutungen wenig Glück. »Ich will wissen, *wer* es war …«

Der Bebrillte grinste zurück: »Da gibt es bestimmt mehrere Kandidaten …«

»Und wer ist Ihr heißester Favorit?«

»Au Backe …« Maeder wurde ernst. »Ein hervorragendes Motiv hat Kollege Basten: Sommer hat letztes Jahr nach dem Schulfest versucht, Bastens Nichte anzugraben. 'ne Schülerin. Basten kam dazwischen.«

»Und hat sich nach einem Jahr gerächt?«

Maeder zog die Schultern hoch.

»Passt nicht ganz, ich weiß. Aber Sommer war geil. Geld, Karriere, Frauen. In dieser Reihenfolge. Wer garantiert, dass er es nicht noch mal versucht hat? Daniela Basten ist ein ausgesprochen hübsches Kind …« Erneut zuckte er mit den Achseln: Ich sag euch nur, was ich weiß, macht ihr daraus, was ihr wollt.

»Sagen Sie«, meldete sich Feldhoff. »In meiner Liste steht, dass Herr Basten dreiundsechzig ist. Meinen Sie, der hätte eine Chance gegen einen, der fünfundzwanzig Jahre jünger ist?«

»Ja«, sagte Maeder, ohne lange nachzudenken.

»Und wieso?«

»Der Mann ist topfit. Läuft jedes Jahr beim Köln- und Berlin-Marathon mit. Degenfechter mit zwei Olympia-Einsätzen. Offizier bei den Fallschirmjägern. Und die lernen noch ganz andere Sachen als die Rekruten bei den Panzergrenadieren …«

6

»Klar hätte ich ein Motiv«, gestand Basten ohne Umschweife. Der Chemielehrer wirkte noch fitter, als der Sozialwissenschaftler ihn beschrieben hatte. Kerzengerade, die Hände auf den geschlossenen Knien, saß er hinter dem Tisch und blickte den Hauptkommissar aufmerksam an. An seiner graublauen Anzugjacke glänzte es golden. Es sah nicht so aus, als hätte er das Abzeichen beim Karneval in der Dortmunder Westfalenhalle erobert.

»Der Sausack …«

»Sie meinen Sommer?«, vergewisserte sich Steigerwald.

»Jawohl. Der Sausack hat meine Nichte befummelt. Und keiner weiß, wie das ausgegangen wäre, wenn ich nicht noch einen Rundgang durch die Schule gemacht hätte …«

»Gehört das zu Ihren Pflichten?«

»Nein. Aber ich wollte Daniela nach dem Fest nach Hause bringen. Und als sie nicht zum Parkplatz kam, habe ich sie gesucht. Im Theaterkeller fand ich sie – und Sommer ging ihr gerade an die Botanik.«

Einen Augenblick lang überlegte Steigerwald, was der Träger des Goldenen Sportabzeichens unter Botanik verstand. Doch dann fragte er: »Und was haben Sie unternommen?«

Die Goldrandbrille des Chemikers bewegte sich leicht von rechts nach links und zurück: »Was schon – ihr habe ich ein paar gefegt und ihn habe ich verwarnt … Damit keine Missverständnisse aufkommen: Mit wem dieser Mensch ins Bett geht, ist mir egal. Aber Schülerinnen sind tabu. Und wenn es sich dazu noch um meine Nichte handelt …«

»Was haben Sie ihm angedroht?«

Basten hob leicht seine Brauen: »Das Einzige, was bei ihm zog: ihm die Karriere zu verhageln. Er hat sich ja lange genug den Arsch aufgerissen, um befördert zu werden. Eine einzige Meldung nach Arnsberg an die Bezirksregierung – und er hätte alle Träume vom Aufstieg zum Schulleiter vergessen können.«

»Hat Sommer es noch einmal versucht? Vielleicht bei anderen?«

»Mir ist nichts bekannt.«

»Und wer könnte noch ein Motiv haben?«

»Hier?« Der Chemiker lachte spöttisch. »Fast jeder zweite. Sommer war ein Schwein. Er hat alle über den Tisch ziehen wollen. Und er war hinter den Weibern her wie Nachbars Lumpi. Einmal …«

Steigerwald zwang sich, nicht nachzufragen.

»… da hat er mit Nehls Frau angebändelt. Nach einem Kollegiumsfest, als ein paar Leute privat weitergefeiert haben. Sozio-empirische Forschungen nennt man das heutzutage wohl. Nehl hat die beiden aus dem Schlafzimmer geholt und Sommer ein blaues Auge verpasst …«

Basten verstummte. Er sah an dem Kommissar vorbei durchs Fenster, als würde er sich die Situation in Nehls Schlafzimmer auf seiner inneren Leinwand ausmalen. Jedenfalls lächelte er plötzlich und nickte zufrieden.

»Ich will Ihnen noch eins sagen!«, meinte er dann. »Vor hundert Jahren hätte man Typen wie Sommer herausgefordert und das Problem mit Degen, Säbel oder Duellpistole geklärt …«

»Florett!«, korrigierte Steigerwald.

»Wie bitte?«

»Der Täter bevorzugte Florett …«

Der Chemiker schwieg verwirrt.

»Genauer gesagt: In Ermangelung eines Floretts bediente er sich eines rostigen Skistocks. Die Winterausrüstungen stehen ja im Nachbarraum.«

Basten grinste. Sommers Ende war ganz nach seinem Geschmack.

»Noch eins. Die Sache mit dem Veilchen. Woher wissen Sie davon?«

»Von Nehl selbst. Sie können ihn ja fragen …«

Steigerwald schaute zu Feldhoff hinüber – manchmal fielen dem Burschen ganz kluge Sachen ein. Aber der Lange schüttelte kaum merklich den Kopf.

»Gut, Herr Basten. Sie können gehen.«

Der Lehrer stand auf, nickte dem Polizisten zu, beschrieb

eine exakte Kehrtwendung und marschierte zur Tür. Auf der Schwelle drehte er sich noch einmal ganz unvorschriftsmäßig um: »Falls Sie den Täter fassen, Herr Kommissar – einen schönen Gruß von mir! Bei mir hat er Dispens ...«

7

»Sie heißen Nehl?«

»Ja«, sagte der Mann mit den blauen Augen und dem kräftigen Schnauzbart. Er war fast so lang wie Feldhoff, aber vor allem in den Schultern eine ganze Ecke breiter. Der Trainingsanzug, in dem er wie viele Sportlehrer herumlief, betonte seine athletische Figur. Ungezwungen stellte er sich einen Stuhl zurecht und nahm Platz, sprang aber noch einmal auf, widmete der Tabakspfeife des Polizisten einen missbilligenden Blick und öffnete das Fenster.

»Wie war das eigentlich mit dem Veilchen, das Sie Sommer verpasst haben?«

Die blauen Augen lächelten amüsiert: »Dachte ich's mir ...«

»Weswegen?«

»Es gibt kaum einen Ort, an dem mehr geklatscht wird als an der Schule. Und an dem Mücken so schnell zu Elefanten werden ...«

»Aber diese Geschichte stimmt?«

Der Schnauzbart nickte, die Augen lächelten noch immer: »Ausnahmsweise.«

»Erzählen Sie ...«

Die breiten Schultern hoben sich: »Da ist nicht viel zu erzählen. Wir haben nach dem letzten Kollegiumsfest, das war Anfang Mai, bei mir zu Hause weitergefeiert. Rund zwölf Kolleginnen und Kollegen, von einigen waren die Frauen oder Männer dabei.«

»Eine feste Clique?«

»Ja!« Nehls Arm beschrieb einen Halbkreis durch die

Rumpelkammer, in der sie saßen: »Das alte Raucherzimmer. Der Name stimmt nicht ganz. Hier trifft sich alles, was süchtig, amoralisch oder politisch unzuverlässig ist. Und wir hängen manchmal auch privat zusammen.«

»Sommer gehörte dazu?«

»Als Raucher. Ansonsten hat er sich mehr und mehr abgesondert. Er wollte ja Karriere machen.«

»Das Veilchen …«

Der Sportler nickte: »Ja. Also, wir haben noch gefeiert. Viel Wein und Sekt, zum Schluss fast nur noch Armagnac … Als ich mal Nachschub aus der Küche holte, hörte ich es im Schlafzimmer kichern. Ich rein, da sitzt Sommer mit meiner Frau auf der Bettkante. Heftige Knutscherei, aber alles spielte sich noch oberhalb der Gürtellinie ab. Ich habe ihn beim Schlafittchen gepackt und ihm eine getickt. Zielen konnte ich schon nicht mehr, das Auge war mehr oder weniger zufällig im Weg. Ich hab ihn dann vor die Tür gesetzt und ihm ein Taxi bestellt.«

»Und Ihre Frau?«

»Na ja, die war auch nicht mehr ganz nüchtern. Sie meinte, das alles wäre eigentlich nur ein Versehen gewesen. Nichts von Bedeutung. Wir … wir haben uns noch in derselben Nacht verziehen, wie das die Scheidungsrichter früher ausgedrückt haben.« Nehl sah Steigerwald an und breitete beide Arme aus: »Das ist alles. Und jetzt glauben Sie, ich hätte ihm deswegen den Hals umgedreht?«

»Habe ich so etwas gesagt?«

»Weswegen fragen Sie sonst danach?«, konterte der Sportler und ließ wieder seine blauen Augen leuchten.

»Wer könnte denn noch ein Motiv haben?«

»Alle – und keiner. Sommer hat es sich nach und nach mit fast allen verdorben. Aber ob das für einen Mord reicht?«

»Vielleicht nicht«, meldete sich Feldhoff aus seiner Ecke. »Aber um ihn trauern wird wohl auch keiner?«

»Nee. Glaube ich nicht. Wenn Sie mehr über Sommer wissen wollen – fragen Sie Brücken. Die beiden haben seltsamerweise einmal im Monat zusammen Schach gespielt.«

»Wieso seltsamerweise?«

»Vergleichen Sie doch: Brücken, der brave Ackergaul, ein wenig weltfremd, aber liebenswert, und auf der anderen Seite Sommer, der hochgezüchtete, bissige Renner. Außer Schach hatten die nichts gemeinsam. Doch – dass sie beide im Philologenverband sind. Beziehungsweise: waren.«

8

Feldhoff nutzte die Pause zwischen den Vernehmungen, um auf Kosten der Belegschaft des Kabuffs der Aussätzigen eine zweite Kanne Kaffee aufzubrühen. Steigerwald blätterte inzwischen in dem orangefarbenen Ordner, der die Tipps der Schulministerin zum Verhalten bei Amokläufen enthielt. Falls sie Schüsse hörten, sollten die Lehrer die Klassentür abschließen und den Schülern versichern, dass Hilfe unterwegs sei.

»Mein Gott, sind die bescheuert!«, stöhnte Steigerwald und klappte den Hochglanzkatalog wieder zu. Wenn ich Lehrer wäre, dachte er, würde ich nicht mehr ohne Colt zum Dienst gehen …

Als Feldhoff endlich den Kaffee einschenkte, stapfte Brücken in den Raum. Schnaufend sank der Elefant auf einen der unbequemen Stühle und wischte sich mit einem bunten Taschentuch den Schweiß von der Stirn.

»Schrecklich ist das, ganz schrecklich«, stöhnte er ungefragt los und ließ zunächst offen, ob er den Mord an seinem Schachpartner oder den Kaffeediebstahl durch die Polizei meinte. Der misstrauische Blick, mit dem er Feldhoffs Aktionen verfolgte, ließ den Kriminalbeamten eher auf die zweite Möglichkeit tippen.

»Sie auch?«, fragte dieser.

Der Studiendirektor nickte und hatte zum Dank sofort einen wichtigen Hinweis parat: »Die Milch ist im Kühlschrank.«

Feldhoff öffnete den altersschwachen Kasten und pfiff überrascht durch die Zähne: Die kleine Konservendose mit dem Pelztier auf dem Etikett stand verloren in einem stattlichen Arsenal von Flaschen, die alles andere als Milch enthielten. Nehl hatte mit seiner Bemerkung, in diesem Raum säßen Süchtige, kaum übertrieben.

»Das Bild, das Ihre Kollegen von Ihrem toten Kollegen zeichnen, ist nicht eben freundlich …«

»Ich weiß, ich weiß«, unterbrach Brücken den Polizisten. »Aber ich kann Ihnen sagen, das ist alles Quatsch und kalter Kaffee. Oder blanker Neid. Es gibt hier ein paar Leute, die wollen Karriere machen, ohne etwas dafür zu tun. Und wenn dann einer kommt, der vor ihnen befördert wird, *weil* er etwas leistet … Aber das ist ja die Krux in diesem Land und dieser Wohlstandsgesellschaft. Alle wollen alles, aber keiner will mehr arbeiten. Ich will gar nicht erst irgendwelche Philosophen bemühen, denn dann sind wir gleich bei Platon, und der hat bereits den Sokrates sagen lassen, dass …«

Irgendetwas in Steigerwalds Blick ließ den Lehrer für einen Moment verstummen. Doch dann fuhr er fort: »Was ich sagen will: Schon ein Mann wie Adenauer hat diese Entwicklung klar und deutlich vorausgesehen, als er, das war, wenn ich mich recht entsinne, während einer Rede im Bundestag im Frühjahr neunzehnhundertfünfund…«

Als er sie nach einem halbstündigen Monolog abrupt verließ, weil er noch vor der Mittagspause ein Kilo Lammfilet aus Witten abholen musste, saßen die beiden Polizisten wie erschlagen. Sie hatten einen umfassenden Einblick in die Geschichte der deutschen Politik, der klassischen Philosophie und der französischen Literatur von den Anfängen bis ins Jahr 2009 erhalten, aber nicht eine einzige konkrete Antwort auf eine der gestellten Fragen, geschweige denn etwas, was einer verwertbaren Information ähnelte. Brücken war gegen alle Verhörtechniken, die Steigerwald je gelernt hatte, immun.

»Pauker!«, stöhnte Feldhoff.

»Schnaps!«, sagte Steigerwald.

»Wie bitte?«

Der Kommissar deutete auf den Kühlschrank: »Such mal was Passendes heraus …«

9

Steigerwald eilte, Feldhoffs Atem im Nacken, zwei Treppen tiefer und suchte zuerst das andere Vernehmungsteam auf, das im Dienstzimmer des Stellvertreters untergekommen war. Er fand den zweiten ›Mann‹ der Truppe, eine kräftig gebaute Kommissarin, die die dreißig noch nicht erreicht hatte, allein vor. Sie nippte an einem Glas Tee und starrte gedankenverloren auf den gigantischen Stundenplan, der fast die Hälfte einer Wand einnahm.

»Schwerstarbeit?«

Die Kollegin nickte so heftig, dass sich der dreieckige Hänger an ihrem linken Ohrläppchen erst nach etlichen Pendelschlägen wieder beruhigte.

»Diese Lehrer – die haben alle einen Schuss«, sagte sie und seufzte. »Wir haben in diesen drei Stunden gerade mal sechs Leute geschafft. Bevor sie einem die Uhrzeit verraten, erklären sie die Geschichte der Zeitmessung seit den alten Babyloniern …«

»Stimmt genau!«, meinte Feldhoff und verdrehte die Augen. »Ein paar Zwischenergebnisse?«

»Wie man's nimmt. Dieser Herr Sommer muss ein sehr netter Kollege gewesen sein. Traurig über seinen Abgang ist höchstens die Schulleitung. Aber bei den anderen hatte er gründlich verschissen. Scharf aufs Geld, auf die Karriere und auf …«

»Frauen«, ergänzte Steigerwald. »So weit sind wir auch, Frau Kottkamp. Aber Konkretes haben Sie nicht?«

»Nur, dass er bis …« Sie blickte auf ihre Notizen, ehe sie fortfuhr: »… zehn Uhr abends noch gelebt hat. Da hat er den Beginn der Aufräumaktion nach dem Schulfest kommandiert. Außer ihm waren noch fünf andere anwesend. Ausnahmslos männlich. Die Namen habe ich.«

Sie schob dem Kommissar einen Zettel hinüber. Mit vier der Herren hatte Steigerwald bereits Freundschaft schließen können: Basten, Brücken, Maeder, Nehl. Der letzte auf der Liste war der Hausmeister.

In einem Klassenraum neben der Loge des Hausmeisters hatten die Techniker drei Kartons gestapelt. »Das sind die Sachen aus dem Schrank im Lehrerzimmer. Den hat er übrigens mit Herrn Nehl geteilt. Der Mann war so freundlich, uns beim Auseinandersortieren zu helfen …«

Steigerwald betrachtete die Sammlung: Ein Klassensatz *Industrielle Revolution und soziale Frage*, ein angebrochenes Paket Abzugspapier, zwei Tennisbälle, ein Rundschreiben der Schulleitung *(Betr.: Pausenaufsicht auf dem Hof)*, ein zerfledderter Kriminalroman mit einer Teufelsmaske auf dem Titel, eine Zigarrenkiste.

Der Kommissar öffnete den Behälter. Ein Stapel gefalteter, zum Teil geknitterter Blätter, alle mit Texten nach dem Muster: *Sehr geehrter Herr Sommer! Mein Sohn Stefan konnte gestern nicht zur Schule kommen, weil …*

Er wollte die Zigarrenkiste schließen, als er unter den Papieren etwas Glitzerndes entdeckte. Es war eine unbeschriftete DVD. Steigerwald fischte sie heraus und schaute sich um.

Auf dem nächsten Tisch war das Hab und Gut aufgebaut, das Sommer in der Schule gelagert hatte. Im Requisitenraum der Theatergruppe hatten in einem Blechspind zwanzig nagelneue Pullover mit dem Bild eines springenden Raubtiers gelegen, im Wandschrank des Informatiksaals mehrere Stapel mit Programm-CDs für verschiedene Computersysteme, im Kofferraum seines verwaisten Volvo ein Laptop.

»Gestohlen?«

Die Technikerin, die Steigerwalds Plauderstunde mit dem Schulleiter gestört hatte, verneinte: »Sein Bruder betreibt in seiner Garage in Blankenstein eine Art Hi-Fi-Laden. Der hat auch die Schulcomputer und sämtliche Videogeräte geliefert.«

Der Kommissar nahm den Laptop vom Tisch und setzte sich. Er fuhr den Rechner hoch und wartete darauf, die DVD einschieben zu können. Doch das Fach war bereits belegt und die runde Scheibe kam ihm entgegen. Diese hier war beschriftet: *Höllennächte in Bredeney.*

Steigerwald legte sie zur Seite und schob die unbeschriftete DVD in den Schacht. Doch die freudige Erwartung, etwas zu entdecken, was ihm bei der Aufklärung des Mordes helfen könnte, legte sich bald. Es handelte sich um Aufnahmen von Proben der Theater-AG, die es nicht wert waren, mehr als fünf Minuten Lebenszeit damit zu vergeuden.

Enttäuscht ließ er die DVD auswerfen. Dachte nach. Starrte auf die beschriftete CD. Bredeney! Das war, wenn ihn nicht alles täuschte, eine der Gegenden in Essen, in denen die feineren Leute wohnten. Mit einer Doppelgarage neben dem Haus und einem Swimmingpool im Garten. Was konnte an diesem Leben höllisch sein?

10

»Die Kripo hat etwas gefunden!«

Wer die Nachricht als Erster verkündet hatte, war später nicht mehr aufzuklären. Auf jeden Fall verbreitete sie sich auch ohne Dreiklanggong und Lautsprecherdurchsage in weniger als fünf Minuten. Die Mitglieder des Kollegiums strömten aus allen Ecken der Schule zusammen. Vor der weit geöffneten Tür des Biologiesaals herrschte ein Andrang, als ob dort das vierzehnte Monatsgehalt ausgezahlt werden sollte.

Drinnen verteilte sich die Meute tuschelnd auf die Sitzreihen, die wie in einem Hörsaal stufenweise nach hinten anstiegen. So alt diese Bänke auch waren – mit Fernseher, Computer, DVD-Player und Beamer war der Raum bestens ausgestattet.

Steigerwald musterte die Anwesenden, während er sich dünne, durchsichtige Plastikhandschuhe überstreifte. Selbst die bereits vernommenen Damen und Herren waren wieder aus der Versenkung aufgetaucht. Basten und Brücken saßen Schulter an Schulter vorn auf den Rasierplätzen, Adelheid Patzke flüsterte mit ihren Freundinnen vom Boutiquentisch, Studiendirektorin Brockhaus hockte wie eine beunruhigte Glucke in der obersten Reihe eines geschlossenen Blocks von Faltenröcken, Maeder und Nehl kauerten hintereinander an Randplätzen nahe dem Ausgang. Nur der eifrige Holtmann hatte sich wie immer frühzeitig abgeseilt: Möglicherweise baute er gerade das Dachgeschoss seines Eigenheims aus.

Wortlos griff Steigerwald in seine Jackentasche und holte den runden Silberling heraus. »Kann mir jemand behilflich sein?«

»Ich mach's schon!«, meldete sich eine helle Stimme. Auch ohne sich umzudrehen, erkannte Steigerwald die ehrenamtliche Staatsanwältin vom Anti-Nikotin-Dezernat. Sie fuhr den Rechner hoch, schob die DVD in das Laufwerk und schaltete den Beamer ein. Auf der runden Scheibe gab es nur eine einzige Datei: *Höllennacht.avi*

Klick! Sekunden später färbte sich die Projektionsfläche

über der Tafel. Auf dem Purpuruntergrund erschien in weißen Buchstaben der Titel des Films, den es jetzt zu sehen gab: *Höllennächte in Bredeney.*

In den ersten Reihen erhob sich ein Raunen, flüsternd wurde der Text nach hinten weitergegeben. Verhaltenes Kichern kam auf, einer der fast fünfzig Anwesenden stöhnte gequält auf und alle anderen lachten los.

Dann starrte wieder alles nach vorn: Sonnenuntergang. Ein roter Ball senkte sich langsam ein paar Tannenwipfeln entgegen. Die elektronische Musik verschwendete ihren esoterischen Schmelz.

Jetzt wechselte das Bild.

Als die ersten Zuschauer auf der flimmernden Wand einen braun gebrannten, muskulösen Männerrücken erkannten, kamen begeisterte Juchzer von den Rängen. Der unbekannte Athlet stählte sich für die nächste Turnerolympiade: Liegestütze im flotten Dutzend, bis auf dem nackten Rücken der Schweiß glänzte.

Die Musik verstummte und machte dem Originalton Platz. Und jetzt hörten es alle: Der wilde Turner war kurz vor dem Herzinfarkt. Er hechelte wie die unverwüstliche Lassie auf der Flucht vor einem alles vernichtenden Waldbrand.

Die ehrwürdigen Damen in den Faltenröcken merkten es zuerst. Sie beherrschten ein in Wortwahl und Aussprache überaus gepflegtes Deutsch, achteten in ihrem Verhalten unter sich und gegenüber anderen stets auf Etikette und hatten, vor allem, ein diszipliniertes Dasein ohne Fehl und Tadel hinter sich. Aber zugleich besaßen sie ein untrügliches Gespür für die Laster und Sünden dieser Welt – und einen Blick, dem in dieser Beziehung so schnell nichts entging.

»Pfui!«, gellte es plötzlich aus dem Block der Matronen. Frau Brockhaus stand kerzengerade an ihrem Platz, die anderen Damen folgten ihrem Beispiel.

Hin- und hergerissen zwischen dem Aufruhr im Saal und dem Geschehen auf dem Bildschirm, erkannten nun auch die anderen Mitglieder des Kollegiums, um was es ging: Der unbekannte Sportler war nicht allein, er befand sich nicht einmal in einem Stadion oder in einer Turnhalle, und für das, was er da auf seiner Couch trieb, hatte es noch niemals in der Geschichte olympisches Gold gegeben.

Steigerwalds Daumen stoppte den Aufstand. Er senkte sich genau in jener Sekunde auf die Standbild-Taste, als der Sportler verzückt seinen Kopf herumwarf und voll in die Kamera blickte: blaue Augen, kräftiger Schnäuzer …

»Nehl!«, schrie Basten in den jäh aufflammenden Tumult hinein und klatschte sich begeistert auf die Schenkel. »Kollege Nehl dreht Pornos!«

Alle sahen sich um – der Sitzplatz des Hobbyfilmers war leer. Doch fast jeder konnte erkennen, dass die blaue Tür des Biologiesaals, gerade noch einen Spalt breit geöffnet, von der automatischen Schließanlage langsam wieder ins Schloss gedrückt wurde.

Nehl war getürmt.

»Wieso lassen Sie ihn entkommen?«, schrie Maeder, der Mann mit der Eric-Clapton-Brille. »Typisch Polizei, wenn's drauf ankommt …«

Das Ächzen einer schlecht geölten Angel ließ ihn verstummen. Alle wandten sich um, starrten zum Eingang.

Jemand zog die blaue Tür von außen auf. Nehls Gesicht erschien, tief gebückt, verzerrt und verschwitzt. In Demutshaltung stolperte er über die Schwelle. Und er tat es nicht freiwillig: Kommissarin Kottkamp führte ihn im Polizeigriff vor.

»Gut gemacht, Agnes!« Steigerwald nickte zufrieden und zündete sich, während Feldhoff ein Paar Handschellen zückte, das Pfeifchen an. Diesmal protestierte niemand.

»Wir wollten Ihnen selbstverständlich keinen Porno vorführen«, sagte er schließlich. »Sollte das Schamgefühl der anwesenden Damen verletzt sein, so bitte ich Sie aufrichtig um Verzeihung. Was Sie soeben gesehen haben, war wichtiges Beweismaterial im Mordfall Sommer.«

Die Versammlung hielt den Atem an – und alle Blicke suchten wieder den Kollegen Nehl.

»Schwein!«, sagte jemand.

»Von wegen Schwein!«, begehrte Nehl auf. »Wer hier das Schwein war, wisst ihr alle! Egon Sommer! Durch einen blöden Zufall hat er die DVD gefunden und mich erpresst! Zehntausend Euro in bar – oder er würde den Film in Arnsberg zeigen.«

»Sie geben den Mord also zu?«, fragte Feldhoff überflüssigerweise.

»Mord?«, schrie Nehl. »Mord? Sie spinnen doch! Das war Affekt …«

Er holte ein paarmal tief Luft und zwang sich offenkundig, leiser und beherrschter zu reden: »Ich sollte nach dem Schulfest zahlen. Als ich ihn um Aufschub bat, hat er nur gelacht. Und dann stand da plötzlich dieser Skistock herum …«

Er verschluckte den Rest – aber was dann passiert war, konnte sich jeder selbst vorstellen.

»Kommen Sie!«, sagte Steigerwald. »Die Einzelheiten klären wir auf dem Präsidium.«

Nehl nickte und drehte sein Gesicht zur Wand.

»Da sieht man es mal wieder!«, meldete sich, wie immer ungefragt, der Philosoph Brücken zu Wort. Er nahm die Fernsehbrille ab und zeigte mit einem abgespreizten Bügel auf Nehl.

»Da sieht man es wieder«, wiederholte er, »wer für die Verderbnis, den Unflat, die Unmoral verantwortlich ist, an denen unser schönes Land zugrunde geht: die dogmatischen Weltverbesserer von der Gewerkschaft!«

»Arschloch!«, meinte Nehl und lachte bitter auf. Er pflückte dem verdutzten Steigerwald mit gefesselten Armen die Fernbedienung aus der Hand. Ein paar unscharfe Bilder huschten über die Wand, dann drückte Nehl auf Stopp: Eine unbekleidete dunkelhaarige Schönheit saß jetzt auf seinem Bauch und präsentierte der Kamera lächelnd ihre üppigen sekundären Geschlechtsmerkmale.

Abermals waren die Faltenröcke schneller als die anderen.

»Aber, Herr Brücken!«, empörte sich eine ältere, etwas beleibte Kollegin, die nie zuvor in einer Konferenz das Wort ergriffen hatte. »Dass Ihre Tochter bei solch einem Schweinkram mitmacht – das hätte ich wirklich nicht gedacht!«

Leo P. Ard

Der Amokfahrer von Steele

Sehr geehrter Herr Vorsitzender, Frau Staatsanwältin!

Das Plädoyer der Staatsanwaltschaft hat mich erschüttert. Lebenslänglich! Zweimal lebenslänglich! Die Frau Staatsanwältin hat fast alles aufgelistet, was das Strafgesetzbuch hergibt, mit Ausnahme des Völkermordes.

Ich gebe zu, dass die Beweisführung exzellent war, die Indizien belastend, die Schlussfolgerungen fast zwingend.

Dennoch täuscht sich die Staatsanwaltschaft.

Es fing alles an einem Samstag an. Nachts in unserer Stammkneipe *Zum flinken Heinrich.* Im Radio dudelte *Friday On My Mind.*

Kennen Sie den Song? Uralt, aber irgendwie klasse, oder? Und schon ging das Rätseln am Stammtisch los: Von wem war das noch? Small Faces? Creation? Troggs?

Wir konnten uns nicht einigen.

Zwei Tage später – ich war auf dem Weg von der Arbeit nach Hause – kam ich an der Steeler Straße an einem dunkelblauen Opel Corsa vorbei. Einen ähnlichen habe ich früher einmal besessen, vielleicht fiel mein Blick deshalb auf ihn. Auf dem Beifahrersitz lagen ein paar CDs. Ich sah ein Cover: *Golden Hits of the 70's.*

Schlagartig fiel mir wieder der Ohrwurm vom Samstag ein. Ich presste meine Nase an die Scheibe, versuchte, die aufgeführten Titel und ihre Interpreten zu lesen. Und wirklich – da stand in fetten Buchstaben: *Friday On My Mind.*

Leider lag eine andere CD so unglücklich auf dem Cover, dass der Bandname abgedeckt war. Sie können sich vorstellen, wie ich geflucht habe.

Ich wollte schon weitergehen, da bemerkte ich, dass die Fahrertür nicht verriegelt war. Das Knöpfchen war hochgestellt. Der Schlüssel steckte im Zündschloss. Ich folgerte daraus, dass der Fahrzeughalter den Wagen nur für einen kurzen Moment verlassen hatte, vielleicht in die Bäckerei gegenüber gelaufen war und jeden Augenblick zurückkommen würde. Ich beschloss, auf ihn zu warten. Ich war wie besessen. Ich wollte von den Qualen der Unwissenheit erlöst werden.

Ich habe mindestens zehn Minuten in der Nähe des Wagens herumgelungert. Im strömenden Regen. Irgendwann war ich es einfach satt. Des Rätsels Lösung lag so dicht vor mir. Ich wollte es endlich wissen.

Dann nahm das Unheil seinen Lauf.

Mit einem scheuen Blick in alle Richtungen ging ich auf den Wagen zu, öffnete kurzerhand die Tür und beugte mich über den Beifahrersitz.

Ich muss dazu sagen, dass für mich nicht ersichtlich war, dass es sich bei den CDs um Raubpressungen handelte. Ich bin auch gar nicht dazu gekommen, mir Gewissheit über die Interpreten von *Friday On My Mind* zu verschaffen, weil in diesem Augenblick direkt neben mir ein Möbelwagen der Spedition *Pfennigfuchser* hielt.

Der Fahrer, der hier aufgetretene Zeuge Wittkamp, rief mir vom Fahrerhaus zu, ich solle den Wagen ein paar Meter vorfahren, damit er besser entladen könne.

Ich war fest entschlossen, ihm zu sagen, dass der Wagen weder mir gehörte noch dass ich im Besitz einer gültigen Fahrerlaubnis war. Aber mir wurde gleichzeitig klar, dass ich mit einer derartigen Aussage in Erklärungsnöte kommen würde. Was hatte ich in einem fremden Wagen zu suchen?

Ich rang mich dazu durch, seiner Aufforderung – auf sein stärker werdendes Drängen hin – nachzukommen.

Ich stieg in den Wagen mit der Absicht, ihn nur ein paar Meter vorzufahren. Als ich ausscherte, um dem Möbelwagen

Platz zu machen, schob sich leider ein anderes Fahrzeug in die freie Parklücke, die ich anvisiert hatte. So stand ich mit dem Fahrzeug auf der Fahrspur und behinderte den vorbeifahrenden Verkehr. Dennoch hatte ich vor, mich nicht von der Stelle zu rühren, um nicht den Anschein zu erwecken, dass ich das Fahrzeug stehlen wolle. Ich wollte dem Fahrzeughalter Rede und Antwort zu meinem Verhalten stehen, zumal mir zu diesem Zeitpunkt noch nicht bekannt war, dass es sich bei dem Wagen um einen gestohlenen handelte.

Hinter mir hielt der Streifenwagen mit den hier aufgetretenen Zeugen Lusebrink und Haggeney, die mich per Lichthupe eindringlich aufforderten, weiterzufahren und den fließenden Verkehr nicht zu behindern.

Ich saß in der Klemme. Wie sollte ich den Polizisten meine Situation klarmachen? Kurzerhand kam ich ihrem Wunsch nach; mit dem festen Willen, nur einmal um den Block zu kurven und erneut vorzufahren. Es ist mir heute noch ein Rätsel, wie ich auf den wenigen Metern einen Auffahrunfall verursachen konnte, bei dem vierzehn Pkws in Mitleidenschaft gezogen wurden.

Ich möchte an dieser Stelle den Verletzten gute Genesung wünschen. Ich bedauere den Vorfall außerordentlich.

Als ich das Ausmaß des Unfalls hinter mir erkannte, überkam mich grenzenlose Panik. Nur so ist zu verstehen, dass ich nicht an den Ausgangspunkt zurückkehrte, sondern stadtauswärts fuhr.

Ich griff in das Handschuhfach und hoffte, darin Namen und Adresse des Fahrzeughalters zu finden. Ich wollte mich umgehend mit ihm in Verbindung setzen und für den Schaden aufkommen.

Statt der Papiere ertastete ich einen metallischen Gegenstand und zog ihn heraus. Deshalb konnten meine Fingerabdrücke an der hier als Beweisstück vorliegenden Walther PPK 7,65 Kaliber gefunden werden.

Überrascht, ja entsetzt, warf ich die Waffe ins Handschuhfach zurück. Dabei muss eine der später sichergestellten Tüten mit Kokain beschädigt worden sein, denn es rieselte weißes, von mir zunächst nicht identifiziertes Pulver auf den Boden vor dem Beifahrersitz.

Als ich mich bückte, um es genauer zu betrachten, muss ich für einen kurzen Augenblick die Kontrolle über den Wagen verloren haben. Offenbar exakt in dem Moment, als Herr Minister Schaumgart das Haus verließ. Ich bemerkte den Herrn Minister erst, als er von meinem Kotflügel erfasst wurde und über die Windschutzscheibe rutschte.

Ich wollte auf die Bremse treten, aber die Schüsse der Bodyguards, der hier aufgetretenen Zeugen Broder und Wimmer, hielten mich davon ab. Ich fürchtete um mein Leben.

Ich erkläre hier noch einmal und ausdrücklich, dass ich mit keiner terroristischen Vereinigung in Verbindung stehe und mir der Tod des Herrn Ministers sehr leidtut. Ich habe stets zu seinen Bewunderern und seinen treuen Wählern gehört.

Auf dem Parkplatz des Congress Centers stoppte ich den Wagen, um zur Besinnung zu kommen. Ich stieg aus, ging um das Fahrzeug herum, besah mir den Schaden. Der Kofferraum war von Schüssen durchsiebt. Ich war irritiert, als Blut aus den Einschusslöchern tropfte.

Sie können sich vorstellen, wie erschrocken ich war, als ich im Kofferraum die Leiche der zweiundzwanzigjährigen Tamara Plinsky entdeckte. Ich versichere hoch und heilig, dass ich mit dem hier im Prozess mehrfach erwähnten Mädchenhändlerring nichts zu tun habe und mir die Dame nicht bekannt war. Mein einziges Bestreben war in dieser Situation, den Wagen stehen zu lassen und mich sofort der Polizei zu stellen.

Ich rannte deshalb zu einer Telefonzelle am Ende des Parkplatzes, was auch der Zeuge Knipping bestätigt hat. Die Detonation hinter mir warf mich zu Boden. Ich verlor dabei das Bewusstsein.

Ich betone zum wiederholten Male, dass es keineswegs meine Absicht war, die europäische Parlamentariergruppe beim Betreten des Gebäudes zu attackieren. Ich wusste nicht, dass der Wagen mit Sprengstoff präpariert war.

Es tut mir leid, dass das Ansehen der Bundesrepublik Deutschland durch den Tod so zahlreicher Diplomaten und hochrangiger Politiker aus dem Ausland Schaden genommen hat.

Es war nur die Verquickung ungünstiger Umstände, die mich als unbescholtenen Bürger vor die Schranken des Gerichts gebracht hat. Es hätte jedem von Ihnen auch so passieren können.

Oder wissen Sie, von wem das ist: *Friday On My Mind?*

Leo P. Ard

Die Rache des Versehrten

Der Mörder ist immer der Gärtner – Teil 4

1

Die Pfirsichbowle in Lewandowskis Garten entfaltete ihre erwartete Wirkung: Fritz Schnell und Erwin Farle sangen lautstark und wie gewohnt nicht textsicher *Der Steiger kommt*, Else Lewandowski rettete die übrig gebliebenen Käsehäppchen und Grillwürste vor einer Ameiseninvasion, Klaus Drewniak reiherte in die Rhabarberbeete, Jutta Röttger demonstrierte dem fachkundigen Horst Lewandowski, dass Strumpfbänder durchaus reizvoll sein können, und das Lehrerehepaar Mürrmann versuchte, Metin Demir zu überzeugen, seinen Sohn auf die Gesamtschule zu schicken. Nur Ede Rodenstedt, der um diese Zeit normalerweise und unaufgefordert den Russlandfeldzug zum Thema gemacht hätte, saß ruhig in einer Ecke. Irgendwann fiel Horst Lewandowski auf, dass der Senior den ganzen Abend noch kein Wort gesagt hatte.

»Ede, watt is los mit dir? Haben sie dir die Rente gekürzt oder watt?«

Ede Rodenstedt wartete mit seiner Antwort, bis sich das Gesangsduo von Hans Albers verabschiedet hatte. »Wir müssen zur Polizei!«

Else Lewandowski stellte die Abräumarbeiten ein. »Wie jetzt, Polizei?! Ist was geklaut worden?«

Ede Rodenstedt strich über seinen Haarkranz und holte tief Luft. »Wir müssen uns stellen!«

Es wurde still in Lewandowskis Garten. Ganz still. Sogar die Vögel stellten ihr Abendkonzert ein.

»Wir haben drei Menschen auf dem Gewissen. Wir müssen reinen Tisch machen. Das sind wir den Opfern und ihren Angehörigen schuldig!«

Else Lewandowski setzte sich zu Ede Rodenstedt auf die Bank. »Hasse was Falsches gegessen?«

Ede Rodenstedt schüttelte sein greises Haupt.

»Ist es wegen dieser komischen Tabletten, die dir Doktor Beck verschrieben hat?«

Der Kriegsveteran schnaubte ungehalten. »Irgendwann müssen wir alle vor unseren Schöpfer treten und Rechenschaft ablegen.«

Erwin Farle schlug die Hände über dem breiten Metzgerschädel zusammen. »Ach Gott. Jetzt wird er auf die alten Tage noch gläubig.«

»Ich meine es ernst. Wir müssen zur Polizei und alles erzählen. Wie wir Heinz Drahle vergiftet haben und den Masseur Struck. Und dass wir es waren, die den Gerd Hasselbrink in die Luft gejagt haben.«

»Du spinnst doch, Alter.«

Klaus Drewniak kam aus dem Gebüsch und wischte sich den Speichel aus den Mundwinkeln. »Du bist längst über das Verfallsdatum weg, Ede, dich stecken sie nicht mehr in den Knast. Aber uns!«

»Wo Klaus recht hat, hat er recht«, meinte Fritz Schnell und fingerte die letzten Pfirsichstücke aus dem Bowlenglas. »Außerdem war das alles Notwehr.«

»Dann müsst ihr ja keine Angst haben!« Ede Rodenstedt erhob sich ächzend und griff nach seinem Krückstock. »Übermorgen muss ich sowieso in die Stadt, dann geh ich zur Polizei. Am besten, ihr sucht euch einen guten Anwalt.«

Der Kriegsversehrte nickte den fassungslosen Schrebern zu und verschwand humpelnd in der Dunkelheit.

Erwin Farle fand als Erster seine Sprache wieder. »Das ist die Kugel, die der Russe dem Ede in den Rücken geschossen hat. Die drückt jetzt bestimmt auf irgendwelche Nerven. Anders kann ich mir das nicht erklären.«

Die anderen nickten zustimmend. Seit Ede Rodenstedt mit den letzten Kriegsgefangenen zur Adenauerzeit aus Russland gekommen war, war er schwerbehindert. Nur allzu oft hatte er die Geschichte von der Kalaschnikowkugel erzählt, die er sich bei Minsk eingefangen hatte. Die Ärzte hatten bis heute eine Operation abgelehnt, aus Angst, Nervenbahnen zu verletzen.

»Ich war ja nie ein Freund der Russen«, meinte Fritz Schnell, der es in der Bundeswehr bis zum Feldwebel geschafft hatte, »aber hätten die nicht besser zielen können?!«

2

Am nächsten Tag gaben sich die Schreber in Rodenstedts Gartenhäuschen die Klinke in die Hand. Lewandowski versprach Ede Rodenstedt lebenslange Befreiung von der Pacht, Metzgermeister Farle wöchentliche Gratislieferungen von selbst gemachten Leberwürsten und Jutta Röttger eine Striptease-Einlage beim nächsten Sommerfest.

Nichts half. Der sture Bock ließ sich nicht von seinem Plan abbringen, die Polizei von der mörderischen Geschichte des Kleingartenvereins in Kenntnis zu setzen.

Die Sonne hatte es an diesem Abend eilig, ihre kurze Vorstellung zu beenden, Regenwolken zogen auf. Im Vereinshaus versammelte sich um den Vorsitzenden Horst Lewandowski der harte Kern des Kleingartenvereins *Zum tollen Bomberg:* der Metzgermeister Erwin Farle, der Lehrer Werner Mürrmann, der ehemalige Richter am Landgericht Lutz Krämer, Gabelstaplerfahrer Metim Demir, der arbeitslose Klaus Drewniak und der Exstahlkocher Fritz Schnell.

Nachdem alle von ihren fruchtlosen Bemühungen berichtet

hatten, den potenziellen Verräter von seiner Denunziation abzubringen, ergriff Lutz Krämer das Wort.

»Ich habe mich sachkundig gemacht«, begann er und schwenkte dabei die Taschenbuchausgabe des Strafgesetzbuches. »Uns droht nicht nur eine Anklage wegen gemeinschaftlich begangenen Mordes, sondern möglicherweise auch wegen Bildung einer terroristischen Vereinigung.«

»Watt denn, watt denn!«, unterbrach Klaus Drewniak. »Wir sind doch keine Moslems. Ich war früher bei den Pfadfindern.«

Er fing sich einen vorwurfsvollen Blick von Metim Demir ein, der regelmäßig die Moschee besuchte, kein Schweinefleisch aß und in der Fastenzeit die Flasche Raki erst nach Sonnenuntergang öffnete.

Lutz Krämer blätterte im vergilbten Taschenbuch und setzte seine Lesebrille auf. »Paragraf 129a. Wer eine Vereinigung gründet, deren Zwecke oder deren Tätigkeit darauf gerichtet sind, Mord, Totschlag oder Völkermord – bla bla bla – zu begehen, oder wer sich an einer solchen Vereinigung als Mitglied beteiligt, wird mit einer Freiheitsstrafe von einem Jahr bis zu zehn Jahren bestraft.«

»Das trifft auf uns nicht zu!« Horst Lewandowski verteilte Schnapspinnchen und stellte eine Flasche Aufgesetzten auf den Tisch. »Der Zweck unseres Vereins besteht in der Pflege unserer Gärten und in der Geselligkeit. Das mit dem Morden kam erst viel später.«

Es entstand eine lautstark geführte Diskussion um Paragrafen, Strafmaß, mildernde Umstände und Unzurechnungsfähigkeit, die Fritz Schnell mit einem Faustschlag auf den Tisch beendete.

»Verdammt noch mal! Noch stehen wir nicht vor Gericht. Lasst uns lieber darüber reden, wie wir Ede stoppen können.«

Das Argument leuchtete zwar jedem ein, aber niemand hatte eine gescheite Idee.

Schließlich räusperte sich Erwin Farle. »Der Ede ist weit über achtzig. Ich meine, er hat sein Leben gelebt. Auf ein paar Monate mehr oder weniger kommt es doch nicht mehr an.«

Die Schreber fielen in andächtiges Schweigen.

Horst Lewandowski opferte aus seinen Beständen die zweite Flasche Aufgesetzten und stellte eine durchaus berechtigte Frage. »Wer macht es?«

3

Am nächsten Tag lag eine außergewöhnliche Spannung über dem grünen Idyll zwischen Hörde und Wellinghofen. Sie war nicht vergleichbar mit der Spannung an dem Tag, als die Entscheidung fiel, dass der Kleingartenverein *Zum tollen Bomberg* den ersten Preis im Wettbewerb *Naturschöner Garten* bekommen hatte. Nicht mit der Stimmung vor dem Pokalendspiel in Berlin und auch nicht mit den bangen Stunden, als die Schreber auf den erlösenden Anruf aus dem Krankenhaus warteten, als Fritz Schnell beim Kirschenpflücken von der Leiter gefallen war und anfangs seine Beine nicht mehr bewegen konnte.

Selbst der Umstand, dass ein Rudel Kaninchen in Krämers Garten eingefallen war und ein Massaker unter den Salatpflanzen angerichtet hatte, war nicht mehr als eine kurze Erwähnung wert. Die Schreber gaben sich wortkarg und übellaunig. Hin und wieder warfen sie verstohlene Blicke auf die Laube von Ede Rodenstedt, aber da herrschte Funkstille.

Das änderte sich, als um 15.45 Uhr mitteleuropäischer Zeit eine schlecht geschossene Flanke von Fritz Schnell nicht das markierte Tor zwischen zwei Kürbissen traf, sondern der Ball über die tadellos geschnittene Hecke in Rodenstedts Erdbeerbeet landete. Bevor es der ehemalige Stahlarbeiter verhindern konnte, war sein Enkel durch ein Loch in der Hecke verschwunden.

Schnells achtjähriger Enkel – Kummer gewohnt – machte sich auf eine Standpauke des Gartennachbarn gefasst, aber Ede Rodenstedt lag auf seiner Hollywoodschaukel und rührte sich nicht.

Sekunden später stand Fritz Schnell neben seinem Enkel, zerrte ihn aus dem Garten und wies seine Frau an, den Jungen sofort zurück zu den Eltern nach Wattenscheid zu bringen.

Dann überzeugte er sich, dass Ede Rodenstedt tatsächlich das Zeitliche gesegnet hatte, und erstattete dem Vereinsvorsitzenden Bericht.

Schnell und Lewandowski nahmen daraufhin Kurs auf den Garten des Metzgermeisters Farle, der gerade einem Kaninchen das Fell abzog.

Als er die beiden kommen sah, verschwand der Dicke blitzschnell in seiner Laube und verrammelte die Tür.

Schnell und Lewandowski warfen sich einen wissenden Blick zu.

»Das ist die Scham!«, meinte Lewandowski und klopfte an die Tür. »Erwin. Lass gut sein. Wir stehen bei dich bei!«

Keine Antwort.

»Das mit dem Losziehen war eine faire Sache. Einer musste es ja machen.«

Die Tür öffnete sich und ein kreidebleicher Erwin Farle blickte sie aus müden Augen an. »Es tut mir leid. Ich kann es einfach nicht.«

Horst Lewandowski legte die Stirn in Falten und versuchte, die Botschaft zu entschlüsseln. Es dauerte eine Weile, bis er eine scharfe Frage abschoss. »Wie jetzt? Watt kannst du nicht?«

Tränen kullerten über die Wangen des Metzgermeisters.

»Ich habe es nicht fertiggebracht. Ich bin zweimal rüber und habe immer wieder kehrtgemacht.«

Fritz Schnell und Horst Lewandowski sahen sich verständnislos an.

»Aber er ist tot!«, konstatierte der Vereinsvorsitzende.

Farle schaute ihn überrascht an. »Ich habe ihn auf jeden Fall nicht umgebracht!«

4

Zwanzig Minuten später begutachtete der harte Kern der Hörder Schreber den Leichnam. Alle hatten versichert, dem Kriegsveteran kein Haar gekrümmt zu haben. Man hatte sich auf Erwin Farle verlassen, den das Los zum Killer bestimmt hatte. Werner Mürrmann, ohnehin zartbesaitet, stand Schmiere am Gartentor.

Die Leiche wies keine äußerlichen Verletzungen auf. Kurzum: Es hatte den Anschein, als habe sich Ede Rodenstedt für ein Mittagsschläfchen auf die Hollywoodschaukel gelegt und friedlich sein Kassenpatientenleben beendet.

»Es war die Aufregung der letzten Tage«, resümierte Lewandowski, »das war zu viel für sein Herz!«

»Was haben wir für ein Schweineglück«, meinte Klaus Drewniak und schloss dem Toten die Augen.

Fritz Schnell schlug vor, Doktor Beck vom Neumarkt anzurufen, damit der den Totenschein ausstellte. Für den Abend wurde eine kleine Feier in Erwägung gezogen.

Als Klaus Drewniak sein Handy zückte, um das fällige Telefonat zu führen, kam Werner Mürrmann aufgeregt in den Garten gerannt. Er zitterte am ganzen Körper.

»Watt is?«, fragte Lewandowski.

»Da hat eben ein Streifenwagen auf dem Parkplatz gehalten.«

Panik machte sich auf den Gesichtern der Schreber breit.

Lewandowski bewahrte als Einziger die Ruhe. »Wir haben nichts zu befürchten. Ede Rodenstedt ist eines natürlichen Todes gestorben. Zurück in eure Gärten. Ich übernehme das.«

Während sich der Garten des Verstorbenen in Windeseile leerte, absolvierte Lewandowski einige in einem VHS-Kurs erlernte Atem- und Konzentrationsübungen und ging dann den beiden Uniformierten entgegen, die auf dem Kiesweg standen und die Tannen in seinem Garten bewunderten.

»Wollen Sie zu mir?«, fragte er mit brüchiger Stimme.

Die beiden Streifenpolizisten musterten ihn.

»Heißen Sie Ede Rodenstedt?«

Lewandowski schüttelte den Kopf. »Lewandowski. Ich bin der Vereinsvorsitzende. Herr Rodenstedt ist im Moment nicht da. Vielleicht kann ich Ihnen helfen?«

Der ältere der beiden Streifenpolizisten legte den Zeigefinger an die Schirmmütze. »Polizeihauptmeister Sauer.« Er wies mit dem Kopf auf seinen Partner, einen flachbrüstigen Jüngling mit Schnurrbart. »Und das ist Polizeiobermeister Platzeck.«

Lewandowski versuchte ein Lächeln, es wurde schief. »Angenehm!«

Der Streifenführer sah sich um. Die Knöpfe an seiner Uniformjacke gaben sich in Bauchhöhe alle Mühe, den Stoff zusammenzuhalten.

»Sagen Sie mal. Das kommt mir hier so bekannt vor. Waren wir nicht schon mal hier? Wegen eines Todesfalls?«

Lewandowski zuckte mit den Achseln. »Um was geht es denn?«

»Die Angelegenheit ist ein wenig pikant«, sagte der Hauptmeister. »Wir haben auf der Wache heute Vormittag einen Anruf von Herrn Rodenstedt erhalten. Darüber wollten wir mit ihm reden.«

Lewandowski stieß seine Gartentür auf und machte eine einladende Geste. »Warum kommen Sie nicht rein und warten hier auf ihn. Kaffee?«

Der Schmalbrüstige nickte bereits, als sein Streifenführer noch das Für und Wider abwog.

»Kaffee wäre nicht schlecht!«, entschied er schließlich.

Das Trio verschwand hinter Lewandowskis Tannen.

5

Nach einer Kanne Kaffee, einer halben Erdbeertorte und zahlreichen Kognaks wusste Horst Lewandowski den Grund des plötzlichen Auftauchens der Vertreter der Staatsmacht.

Ede Rodenstedt hatte am späten Vormittag auf der Wache angerufen und um Polizeischutz gebeten. Irgendjemand trachte ihm nach dem Leben. An den genauen Wortlaut konnte sich Hauptmeister Sauer nicht mehr erinnern. Aber der Sache musste nachgegangen werden, so sah es die Dienstvorschrift vor.

Lewandowski wollte nachschenken, aber der Streifenführer legte diesmal seine klobige Hand auf das Kognakglas.

»Wir sind im Dienst!«

Lewandowski lehnte sich zurück. »Ja, der Ede ist unser Sorgenkind. Manchmal hat er Aussetzer, tickt nicht mehr richtig. Der Krieg, wissen Sie!«

»Er war in Afghanistan?«

Obermeister Sauer wachte aus seinem Halbschlaf auf. »Postmortales Trauma und so. Habe ich von gelesen. Ganz bitter.«

Lewandowski schüttelte den Kopf. »Ede geht auf die neunzig zu. Der hat noch dem Führer die Stange gehalten.«

Sauer erhob sich von der Couch. »Wo ist denn die Parzelle von Herrn Rodenstedt?«

Lewandowski versuchte, das leichte Zittern der Hände zu verbergen, als er die Kognakflasche wegstellte.

»Er ist noch nicht zurück. Wir sehen ihn von hier aus. Er muss den Kiesweg entlangkommen.«

»Haben Sie hier auch ein Klo?«, wollte Sauer wissen.

Lewandowski wies ihm den Weg und schaufelte Platzek ein weiteres Stück Erdbeertorte auf den Teller. Unter dem Vorwand, einen Wasserschlauch an die Beete zu legen, verkrümelte er sich.

Eine Minute später gab es am Gartentor zu Farles Parzelle eine Krisensitzung. Lewandowski informierte seine Mitverschworenen über das Anliegen der Polizisten. »Was machen wir denn jetzt?«

»Die Bullen dürfen Ede um keinen Preis finden«, meinte Klaus Drewniak. »Die glauben sonst, dass er tatsächlich umgebracht wurde.«

»Ist er aber nicht«, meinte der Metzgermeister. »Wir haben nichts zu befürchten.«

Lutz Krämer räusperte sich. »Meine Herren. Ich vermute, dass wir das Opfer einer Verschwörung sind.«

Der ehemalige Richter erntete ungläubige Blicke.

»Es ist doch nicht normal, dass Ede erst bei der Polizei anruft und dann einfach stirbt. Was ist, wenn sich bei der Obduktion herausstellt, dass Gift in seinem Blut ist? Dann wird die Polizei von Mord ausgehen. Und sie werden sich erinnern, dass damals auch Heinz Drahle vergiftet wurde. Niemand wird uns glauben, dass wir Ede nichts getan haben.«

Werner Mürrmann legte seine Stirn in Falten. »Du meinst, Ede hat sich selbst vergiftet, um uns eins auszuwischen?«

Fritz Schnell nickte bedächtig. »Zuzutrauen ist es ihm.«

Lewandowski schaute auf seine Uhr. »Ich muss zurück. Was machen wir jetzt?«

»Ede muss weg!«, wiederholte Klaus Drewniak. »Die dürfen ihn hier nicht finden.«

Alle nickten mit dem Kopf.

»Wer macht es?«, fragte Lewandowski.

Die Blicke der Schreber richteten sich auf den Metzgermeister. »Warum denn ich?«, fragte Farle entsetzt.

»Weil du ihn beseitigen solltest!«

Klaus Drewniak legte seine Hand auf die breite Schulter des Fleischers. »Du hattest das Los gezogen!«

Lewandowski nickte und eilte zurück zu seinem Gartenhäuschen.

6

Polizeihauptmeister Sauer und sein Kollege Platzeck hatten es sich auf dem Sofa bequem gemacht. Erdbeerkuchen und Kognak hatten ihre Wirkung entfaltet, die beiden hielten ein verspätetes Mittagsschläfchen. Lewandowski hatte keine Ambitionen, sie dabei zu stören, und schlich wieder vor die Tür.

Nur Minuten später schob ein schwitzender Erwin Farle eine schwer beladene Schubkarre über den Kiesweg in Richtung seines Gartenhäuschens. Der Inhalt seiner Schubkarre war mit einer blauen Plastikplane abgedeckt, aber Lewandowski glaubte, einen nackten Fuß zu erkennen, der seitlich herunterbaumelte.

Knarrend öffnete sich die Tür seiner Laube und Streifenführer Sauer trat auf den Zierrasen.

»Mann o Mann.« Der Polizist reckte und streckte sich. »Dieser Schichtdienst macht einen fertig!«

Neben ihm torkelte Platzeck ins Freie.

»Noch einen Kaffee zum Wachwerden?«, fragte Lewandowski.

Die beiden Polizisten schüttelten den Kopf.

»Die Pflicht ruft. Zeigen Sie uns bitte die Parzelle von Herrn Rodenstedt.«

Einige Zeit später hatten die beiden Beamten Rodenstedts Garten inspiziert und auch in der Laube nichts entdeckt, was auf ein Kapitalverbrechen schließen ließ.

»Wo wollte er denn hin?«, wandte sich Polizeihauptmeister Sauer an Lewandowski, der nervös Furchen in den Rasen lief.

»Keine Ahnung.«

»Lass uns zurückfahren!«, Platzeck stieß seinen Partner an. »Das bringt doch nichts.«

Lewandowski konnte nur zustimmen.

Polizeihauptmeister Sauer dachte nach. Das dauerte einige

Zeit. Schließlich fingerte er sein Handy aus der Uniformjacke. »Ich frag mal den Chef!«

Er wollte schon die Nummer der Wache eintippen, als sein Blick auf einen braunen Gegenstand unter der Hollywoodschaukel fiel.

Das Handy noch in der Hand, bückte er sich, griff unter die Schaukel und förderte einen Herrenschuh zutage.

Er begutachtete ihn von allen Seiten, schnüffelte kurz daran und meinte schließlich: »Ein rechter Schuh. Herr Rodenstedt wird doch nicht nur mit einem Schuh fortgegangen sein.«

Lewandowski schluckte. Er erinnerte sich an den nackten Fuß, der von der Schubkarre baumelte.

»Vielleicht gehört der Schuh zu einem anderen Paar. Ede ist manchmal vergesslich.«

»Möglich«, meinte der Polizeihauptmeister. »Aber das wird sich ja feststellen lassen.«

Die beiden Polizisten durchsuchten erneut Rodenstedts Laube, fanden aber den fehlenden linken Schuh nicht.

Sauer trat einige Schritte zur Seite und führte ein mehrminütiges Gespräch mit seinem Chef, das Lewandowski leider nicht mithören konnte, weil ihn Platzek in eine Diskussion über die weiße Spinne verwickelte, die sich in seinen Balkontomaten breitgemacht hatte.

Sauer verkündete die Entscheidung des Vorgesetzten. »Wir kriegen Verstärkung. Die Umgebung wird abgesucht. Sie bringen auch einen Spürhund mit.«

Lewandowski rutschte das Herz in die Hose. Unter dem Vorwand, den Wasserhahn in seinem Garten abdrehen zu müssen, entschuldigte er sich und eilte zu Farles Gartenhaus.

7

Eine Stunde später durchkämmten vier Streifenpolizisten unter der Führung von Hauptmeister Sauer die Kleingartenanlage *Zum tollen Bomberg.* Ein Schäferhund, der auf den Namen Schröder hörte, schnüffelte neugierig, aber erfolglos in allen Ecken. Ein Dutzend Schreber verfolgte das Schauspiel.

Klaus Drewniak, Fritz Schnell und Lutz Krämer hatten sich unter Lewandowskis Pergola versammelt und hingen stumm ihren Gedanken nach.

Schließlich räusperte sich Lutz Krämer. »Wenn die im Gefängnis mitkriegen, dass ich früher mal Richter war, machen die mich fertig.«

Klaus Drewniak legte ihm die Hand auf die Schulter. »Noch ist nichts verloren. Der Erwin wird sich schon was einfallen lassen.«

Plötzlich gab es Unruhe auf dem Kiesweg. Das Trio trat neben die Tannen und glotzte.

Spürhund Schröder zerrte an seiner Leine und zog den Hundeführer in Farles Garten. Die anderen Polizisten folgten, ebenso ein kreidebleicher Horst Lewandowski.

Drewniak, Schnell und Krämer schlossen sich der Prozession an.

Über Lewandowskis Gesicht breitete sich ein befreiendes Grinsen aus, als er den Grund für die Euphorie des Hundes erkannte: Farle hatte gerade ein paar Bratwürste auf den Grill geworfen.

Der Metzgermeister machte ein erstauntes Gesicht, als die Polizisten in seinen Garten stürmten. Dann erkannte er unter den Polizisten einige seiner Stammkunden wieder. Man begrüßte sich mit Handschlag.

Schröder bekam eine Wurst und Hauptmeister Sauer verkündete zur allgemeinen Zufriedenheit das Ende der heutigen Suche nach dem verschwundenen Rentner.

Eine halbe Stunde später hatten die Schreber unter der Anleitung ihres Vereinsvorsitzenden diverse Campingtische zu einer langen Reihe aufgestellt und ein Fass Bier organisiert. Die Schreberfrauen zauberten Kartoffelsalat, Salzstangen und Gürkchen herbei.

Farle war in seinem Element und warf immer wieder neue Fleischstücke auf den Grill.

Das gemütliche Beisammensein wurde um 20.28 Uhr durch einen plötzlichen Aufschrei von Polizeihauptmeister Sauer jäh unterbrochen.

»Was ist denn das?« Sauer befingerte seine Schneidezähne und starrte entsetzt auf einen kleinen länglichen, silberfarbenen Gegenstand auf seinem Plastikteller.

Lewandowski erkannte sofort, dass es sich um eine Kugel handelte.

»Das kann bei Wildbret vorkommen«, sagte Farle mit hochrotem Kopf. »Oder glauben Sie, die Jäger labern die Viecher tot?!«

Sauer überzeugte sich vom vollständigen Zustand seines Gebisses und wirkte erleichtert. »Ist ja nix passiert.«

Er nahm eine Gabel Fleisch, kaute, schmeckte und schenkte dem Metzgermeister, der regungslos und bleich am Grill stand, ein Lächeln. »Großes Kompliment. Das ist der beste Rehrücken, den ich je gegessen habe.«

Erst jetzt bemerkte er, dass die Schreber die herumgereichte Fleischplatte dankend ablehnten.

»Keinen Hunger?«

Lewandowski brachte nur ein Krächzen heraus. »Wir sind Vegetarier.«

»Das tut mir leid!«, sagte Sauer und bohrte seine Gabel in ein saftiges Fleischstück.

Leo P. Ard

Heiße Nummer

Robert schleppte sich die neunundachtzig Stufen zu seiner Wohnung hoch. Auf dem letzten Treppenabsatz blieb er stehen und schnappte nach Luft.

Nie war ihm der Aufstieg so schwer gefallen. Im Gegenteil. Er empfand es stets als befreiend und geradezu symbolisch, mit festem Schritt sein Loft zu erklimmen.

Wie eine Karriereleiter.

In der Hierarchie der Essener Werbeagentur *Booß & Partner* war er auch Schritt für Schritt nach oben geklettert, hatte das Treppchen direkt unter dem Chef erreicht.

Bis heute Morgen …

Der Millionenauftrag des Automobilkonzerns war ihm durch die Finger geglitten – direkt in die Hände der Konkurrenz. Seit fünf Jahren war das Budget fest in ihrer Hand, inklusive eines satten Finanzpolsters. Grundlage für Expansion und Kreativität.

Heute kam der Sturz – kerzengerade in den Keller. Zwölf Millionen Euro futsch!

Ein schwarzer Freitag für *Booß & Partner.* Morgen würde die Entscheidung des Automobilkonzerns bekannt gegeben. Aus geheimen Quellen hatte sein Chef allerdings bereits heute einen Wink bekommen.

Der verlorene Auftrag amputierte der Agentur die gesunden Beine, katapultierte sie von einem Spitzenplatz in der ersten Liga der Werbeagenturen in die Kreisliga. Und Robert winkte die Gelbe Karte.

Streicheleinheiten war er von seinem Chef gewohnt, heute wurde er gestriegelt – mit einer Stahlbürste. Ausgerechnet an seinem vierzigsten Geburtstag!

Robert schloss die Tür zu seinem Loft auf. Kalter Rauch

und abgestandener Champagnerdunst schwappten ihm entgegen.

Er trat in die Diele und musterte sich in dem meterhohen Spiegel.

Robert war ein großer, schlanker, dunkelhaariger Mann. Sein Gesicht war schmal, die Haut großporig. Die großen, warmen braunen Augen nahmen dem Ausdruck etwas von der Härte, gaben ihm beinahe etwas Wehrloses.

Die strahlende Selbstsicherheit und die lächelnde Arroganz, die ihn sonst im Spiegel begrüßten, waren nicht zu entdecken. Der Mann, der ihn heute anblickte, schien der geborene Verlierer zu sein. Das Haar wurde lichter und ließ die ersten grauen Strähnen zur Geltung kommen. Die Falten an den Augen wirkten plötzlich wie eingemeißelt, der Teint war um einige Grauwerte angereichert.

Robert wandte sich ab und öffnete das Fenster, um frische Luft hereinzulassen.

Sie hatten in den Geburtstag hineingefeiert, ein Dutzend Freunde, die meisten aus der Branche.

Auch Eberhard hatte mit ihm angestoßen.

Eberhard war sein bester Freund – sie hatten zusammen studiert. Er war Kreativchef bei *Dümpel & Henrichson,* einer eher zweitrangigen Agentur.

Bis morgen.

Morgen würde man *Dümpel & Henrichson* mitteilen, dass sie einen Zwölf-Millionen-Auftrag im Sack hatten.

Eberhard!

Die halbe Diplomarbeit hatte Robert für ihn geschrieben, ihm das Geld für sein erstes Auto gepumpt. Wenn die Kapazitäten bei *Booß & Partner* ausgelastet waren, hatte Robert ihm sogar manchen Auftrag zugeschanzt.

Robert schlenderte ziellos durch seine Wohnung. Sein Loft verkörperte alles, was er liebte: architektonische Würde, ausgewogene Proportionen, stimmige Details. Die Highlights waren zwei kubistische Dekotische von David Field, ein Sofa von Mathsson und ein Ensemble von Alvar-Aalto-Möbeln. Robert strich zärtlich über ein altes Telefon. Er war ein leidenschaftlicher Sammler von Kommunikationstechnik. Die Palette seines kleinen Museums reichte von einer Telegrafenmaschine aus den Dreißigerjahren über ein Exemplar der ersten Generation amerikanischer Telefonapparate, das ihn dreitausend Dollar gekostet hatte, bis zu einem funktionsfähigen Funkgerät eines Wehrmachts-U-Bootes. Kommunikation – das Zauberwort für eine neue Epoche, Symbol für technischen Fortschritt, Sinnbild für einen rationellen, emotionsfreien Umgang der Menschen miteinander.

Robert goss sich einen Whisky ein.

Wenn doch wenigstens Felicia hier wäre. Ihr Witz, ihre Wärme, ihre sanfte Stimme wären jetzt Balsam für seine kranke Seele. Er nahm sein Glas und sank auf das Mathsson-Sofa. Mit der Fernbedienung startete er die Wiedergabe des Anrufbeantworters – wahrscheinlich hatte seine Mutter eine ihrer üblichen Festreden gehalten.

Piep.

»Hier ist Felicia. Ich bin einkaufen. Du erinnerst dich? Du hast Eberhard und Anna für heute Abend eingeladen. Was hältst du von in Honig glasierter Frischlingskeule? Ach, lass dich überraschen! Ciao.«

Piep.

»Herzlichen Glückwunsch, mein Sohn! Nun bist du doch vierzig geworden. Ich weiß noch, wie du immer gesagt hast, vierzig willst du nie werden. Jetzt ist es zu spät! Papa sagt gerade, ich soll nicht so etwas am Telefon sagen. Wie immer weigert er sich, auf deinen Anrufbeantworter zu sprechen. Wir versuchen es später noch einmal. Grüße an Felicia. Deine Mutter. Wer sonst!«

Piep.

»Hallo, Keule! Hier ist Paule. Glückwunsch, Alter! Sauft nicht so viel! Wir sehen uns am Mittwoch.«

Piep.

»Hier ist Eberhard …«

Eberhard! Ob er wohl auch schon Bescheid wusste? Robert lehnte sich im Sessel zurück.

»Tja, gratuliert habe ich dir heute Nacht schon. Wir sehen uns ja nachher. Ich freue mich auch schon aufs Essen. Wir haben auch eine kleine Überraschung für dich …«

Als ob ihm nach feiern zumute wäre.

»Na, ich will noch nichts verraten. Also bis gleich!«

Robert nahm einen kräftigen Schluck aus seinem Glas.

»Nur der Anrufbeantworter. Er ist nicht da.«

Was war denn jetzt los?

»Du hast so weiche Hände … Hey, wo wollen die denn hin? Du gehst aber ran!«

Was zum Teufel war das?

»Mmmhhh. Komm, lass es uns machen! Hier und jetzt!«

Robert setzte sein Whiskyglas ab und erhob sich. Sein Schreibtisch, eine Komposition aus Glas und Stahl, stand in der Mitte des Raums. Aus dem Lautsprecher des Anrufbeantworters kam ein leichtes Stöhnen.

Er drückte die Stopptaste und das Stöhnen erstarb. Sein Finger schwebte über der Playtaste. Ein leichtes Tippen reichte, um die seltsamen Töne wieder erklingen zu lassen.

»Ich bin so scharf! Komm, lass es uns hier auf dem Schreibtisch machen …«

Robert wieherte los. Das war immer noch Eberhard. Offenbar hatte er den Hörer nicht richtig aufgelegt.

»Deine Brüste …«

Zum Schießen komisch. Eberhard schiebt eine Nummer.

»Du bist so anders als Anna … Mit Anna kann ich das nie machen …«

Das war ja noch irrer. Das war gar nicht Anna! Eberhard ging fremd und er hatte es auf Band! Irre!

»Ja, ja. Gut so …«

Da haben wir sein Mäuschen. Wer gibt sich bloß für einen Quickie mit dem blassen Eberhard her? Vielleicht die Dicke aus seinem Vorzimmer …

»Ja, ja. Fester …!«

Robert merkte irritiert, wie sich seine Hose spannte. Für Telefonsex hatte er eigentlich nichts übrig, aber das hier war mehr als ein Lauschporno. Das war das nackte Leben.

Robert schloss die Augen und stellte sich vor, wie Eberhard die Frau auf dem Schreibtisch rammelte. Zwischen Heftklammern, CDs und Aktenordnern. Ein Grinsen machte sich auf seinem Gesicht breit. Er könnte heute Abend das Band vorspielen …

»Du machst es gut, sehr gut … Nimm mich richtig ran!«

Ein heißes Mäuschen. Diese weiche Stimme. Und diese stimulierende Aufforderung. Nicht so zurückhaltend wie Felicia. Nichts gegen Felicia. Aber so richtig aus sich raus kam sie eigentlich nie.

»Schön, schön … Robert macht es nie so …!«

Robert schluckte. War da nicht der Name Robert gefallen? Er stoppte das Band und ließ es ein Stück zurücklaufen.

»… Robert macht es nie so …«

Robert!

Sollte er gemeint sein?

Er kramte in seinem Gedächtnis.

Elvira, mit der er vor einem Jahr ein Techtelmechtel gehabt hatte? Wie sollte Eberhard die kennengelernt haben?

Oder Roswitha? Nein, das war drei Jahre her. Wieso sollte die ausgerechnet einen Vergleich mit ihm anstellen. Der würden zwanzig andere Namen einfallen.

»Oooohh. Aaahhh. Weiter, mach weiter.«

Roberts gewölbte Hose fiel zusammen. Die Stimme kam ihm bekannt vor, sehr vertraut.

»Ich komme, Felicia, ich komme ...«

Das konnte nicht wahr sein!

Mein Gott – es war wahr.

Roberts Faust donnerte auf den Stopptaste und verfehlte sie.

Das Stöhnen ging weiter.

Roberts Hand fegte den Anrufbeantworter vom Schreibtisch. Die akustische Orgie verstummte beim Aufprall auf dem abgeschliffenen Fußboden.

Stumm und starr saß Robert am Schreibtisch. Nach einer Ewigkeit stand er auf und trat ans Fenster. Die Lichter der Essener City verspotteten ihn.

Die Haustür fiel ins Schloss.

»Warte, ich nehme dir was ab!«

Eberhard nahm Felicia zwei Plastiktüten ab, aus denen die Köpfe von Champagnerflaschen ragten.

»Neunundachtzig Stufen«, sagte Felicia.

Anna seufzte beim Anblick der Treppen. »Das Einzige, auf das ich mich freue, ist das Gesicht von Robert!«

Felicia schnaufte und lehnte sich an die Wand zum zweiten Treppenabsatz. Sie warf einen kurzen Blick durch das milchige Fenster auf den Hof. »Ich wäre zu gerne dabei gewesen, als er das Band abgehört hat!«

Eberhard nickte und kicherte. »Ich musste wirklich zwischendurch höllisch aufpassen, dass ich nicht losbrülle.«

Anna strich ihrem Freund eine Strähne aus dem Haar. »Es war zum Schießen komisch!«

Eberhard setzte die Tüten ab und massierte seine Finger. »Gut, dass man mit Robert so etwas machen. Der ist für jeden Spaß zu haben.«

Felicia nickte. »Wenn man am 1. April Geburtstag hat, muss man eben mit allem rechnen!«

Die drei prusteten los. Felicia kullerten Lachtränen über die Wange.

Am Fenster rauschte eine dunkle Gestalt vorbei. So schnell, dass keine der drei Personen sie überhaupt bemerkte. Und der dumpfe Aufprall vor dem Eingang wurde von dem Gelächter im Treppenhaus übertönt.

Reinhard Junge

Bye-bye, Brunhilde

1

Der Angriff kam völlig überraschend.

Eben noch hatte es nichts anderes gegeben als das Rauschen der Brandung, das Rascheln im Dünengras und den warmen, blauen Himmel. Dann stapften plötzlich schwere Schritte heran, eiserne Fäuste rissen mich hoch und eine Salve von Fragen betäubte mir Ohren und Gehirn: »Weißt du eigentlich, wie spät es ist? Warum ist mein Frühstück nicht fertig? Hast du vergessen, dass in zwanzig Minuten mein Bus fährt?«

Ich kapiere gar nichts und schlage die Augen auf, erwarte noch immer die Mafiosi aus dem letzten *Tatort.* Doch die Wirklichkeit übertrifft jeden Albtraum: Vor mir steht mein Weib, und wenn Brunhilde wütend ist, kennt sie keine Verwandten.

»Was sind das für Manieren? Warum brennt das Licht? Seit wann wird in diesem Hause im Sessel geschlafen?«

Mein Achselzucken kommt wohl eine Spur zu schnell, um echt genug zu wirken. Sofort fliegt Brunhildes Blick zum Schreibtisch: »Hast du etwa …«

Automatisch schwenken meine Augen mit, doch der Tatort ist sauber – das einzige verdächtige Objekt ist der Sportteil der Morgenzeitung.

»Also los! Mach voran! In zwanzig Minuten muss ich los!«

Meine sterbliche Hülle ist noch schneller in der Küche als mein Bewusstsein. Gut getrimmt fülle ich Wasser in den Tank und Kaffeepulver in den Filter, drücke das rote Knöpfchen und hole aus dem Schrank, was zum Frühstück gebraucht wird. Während die ersten Tropfen in die Kanne plätschern, rauscht irgendwo in der Tiefe unserer Gemächer die Wasserspülung. Das Geräusch verrät mir, dass Gattin jetzt gut im Zeitplan liegt – der erste klare Gedanke seit dem Erwachen. Um die Rückkehr ins Leben zu feiern, greife ich zu den Zigaretten, rauche eine an, will genießen …

»Habe ich dir nicht tausendmal gesagt, dass du in der Küche nicht rauchen sollst? Der Qualm zieht in die Lebensmittel – und deine Kinder werden sich mit dem Zeug vergiften.«

Ich nicke, setze die Mordwaffe außer Funktion, gieße Gattin den Kaffee ein und öffne den umweltfreundlichen Plastiktopf mit der Diätmargarine.

»Was willst du draufhaben, Liebste? Marmelade, Honig, Käse?«

Gattin färbt sich gerade die Lippen – sattes Lila ist angesagt – und produziert hinter dem Handspiegel nur einen Würgelaut. Ich tippe auf Dauerwurst, und als der Lippenstift auf die Tischplatte klappert, schiebe ich den fertigen Teller hinüber.

Gattin greift zu, findet aber noch vor dem ersten Bissen Zeit, um das unterbrochene Verhör fortzusetzen: »Wieso bist du eigentlich so früh aufgestanden? Oder hast du die Nacht durchgemacht? Videos angeguckt? Einen Krimi gelesen? Oder hast du etwa …«

Hastig schüttele ich den Kopf – den nächsten Gedanken darf sie nicht zu Ende stricken: »Gelesen, Liebste, wirklich nur gelesen.«

Sie beäugt mich misstrauisch, kaut endlich, schluckt sogar zwei, drei Bissen hinunter, ehe sie den Rest der Schnitte auf den Teller wirft: »Ekelhaft! Plockwurst am Morgen! Wie oft soll ich dir noch sagen …«

»Verzeih mir, Liebste«, knirsche ich und senke mein sündiges Haupt. »Ich muss etwas falsch verstanden haben.«

Sie sieht mich so scharf an, dass ich schon das Schlimmste

fürchte, aber dann beugt sie sich über den Tisch und tätschelt die rechte Hälfte meiner Bartstoppeln: »Gar nicht so einfach, mein Bester, was? Aber es wird schon werden! Noch ein, zwei Jährchen, dann bist du als Hausmann perfekt.«

Gattin lächelt noch etwa drei Zehntel einer Sekunde, ehe sie auf die Uhr blickt, aufspringt und nach dem Jäckchen greift. Bevor der letzte Knopf geschlossen ist, habe ich mich in der Diele aufgebaut, ihre Aktentasche in der Hand, einen Kuss auf den gespitzten Lippen.

»Danke, mein Bester. Bis später!«

2

Gerädert lasse ich mich am Esstisch nieder, greife zur Kaffeetasse und zur lang ersehnten Zigarette. Ob der Achselschweiß noch aus der Schlafphase stammt oder vom ersten Stress des Tages, weiß ich nicht – und es ist mir auch völlig egal. Zwei Minuten eines beinahe himmlischen Friedens, begleitet vom tröstlichen Ticken der Küchenuhr, das mich in den Schlaf zu schicken droht wie ein warmer Sommerregen auf dem Zeltdach.

Bevor es zur Katastrophe kommt, schrecke ich hoch und stürze zur Pinnwand. Meine Augen durchforsten den Zettelwald und grasen die Überschriften ab, die vor allem aus Modal- und Zeitadverbien bestehen: wichtig, dringend, eilig, sofort!

Söhnchens Stundenplan hängt ganz außen, mein Finger fräst sich bis zum Dienstag durch – aber der Große muss erst zur zweiten Stunde los. Vor acht brauche ich ihn nicht zu wecken.

Noch während ich auf den Stuhl zurücksinke, durchzuckt mich die Erleuchtung: Bis acht – das ist die Spanne von zwei Sesamstraßen, viel mehr als nur eine Atempause, sondern Zeit genug für einen Hauch von Selbstverwirklichung.

Noch ehe der Gedanke gar ist, bin ich unterwegs zu meinem Schreibtisch.

Mit einem Knopfdruck hauche ich meinem Computer Leben ein. Der Bildschirmschoner präsentiert mir eine Insel in der Südsee. Ich rufe die Datei auf, die ich um 03.17 Uhr geschlossen habe.

Exposé

Die Nacht der Jägerin (Arbeitstitel)

Im Mittelpunkt des Kriminalromans steht die Steuerfahnderin Sandra Gippert. Sie soll die Finanzen des Bochumer Unternehmers Paul Winkel unter die Lupe nehmen. Bald stellt sie fest, dass Millionen verschwunden sind, transferiert nach Liechtenstein und in andere Steueroasen. Was als Routinejob beginnt, entwickelt sich bald zu einer tödlichen Gefahr für die Heldin. Denn Winkel ist kein Steuerbetrüger, sondern der Kopf des organisierten Verbrechens im Ruhrgebiet …

Doch, das gefällt mir.

Ein letztes Händereiben, und dann tanzen meine Finger über die Tasten:

Winkels Blutspur reicht von Sylt bis zum Bodensee, er hat seine Finger im Drogen- und Waffenhandel und beste Kontakte zur Politik und Wirtschaft. Als Sandra Gippert das Ausmaß seiner Verbrechen erahnt, bittet sie ihren Exmann Boris Döring um Hilfe. Döring war Leiter der Kripo in Bochum, bis er …

»Pa-paaaaaaaaaaaaaaaa!«

Papa fällt aus seiner weißen Wolke und landet im grauen Alltag. »Ach, du bist es, Söhnchen. Was gibt es denn?«

»Wo ist mein Müsli, Papa? Ich habe Hunger!«

»Gleich, Söhnchen, Papa muss nur noch …«

Doch Söhnchen kennt den Trick. Er richtet sein Auge

erst auf den Monitor, dann auf mich und sagt: »Das Müsli! Oder ich muss Mama davon in Kenntnis setzen, dass …«

Papa weiß, wann er verloren hat. Ein stummer Fluch steigt zum Olymp, der Schreibtischstuhl rollt zurück, ich stehe auf: »Okay. Wasch dir schon mal die Hände …«

3

Um acht Uhr bin ich erlöst. Ich habe Söhnchen das Frühstück hingestellt, seine Schultasche gepackt, die Jeans ausgebürstet und die verschlammten Schuhe gewienert, zwei Kapitel *Kalle Blomquist* vorgelesen – dann fiel meinem Stammhalter ein, dass er vor der Schule noch mit Freund Holger Fußballbilder tauschen wollte. Ein gnädiges Kopfnicken, und ich durfte mich vorerst aus seinem Leben entfernen.

Sekunden später sitze ich wieder in meiner Dichterstube. Ein flüchtiger Blick auf den Text, dann fliegen die Finger über die Tastatur.

Döring war Leiter der Kripo in Bochum, bis er am Morgen eines heißen Augusttages seinen Opel Corsa auf dem Parkplatz des Präsidiums abstellte und nicht daran dachte, dass der Pudel im Fußraum vor dem Rücksitz schlummerte. Von dem Schock, den der Tod seines einzigen Freundes auslöste, erholte sich Döring nie mehr. Er fing an zu trinken …

»Paa-piiiiiiii!«

Ich schrecke auf und blicke, noch völlig entrückt, zuerst zum Fenster. Doch das störende Objekt steht auf der Schwelle zu meinen Gefilden.

»Was ist denn, Schätzchen?«

Töchterchen verlässt sich gar nicht erst auf das Verbale, sondern dreht sich halb um die eigene Längsachse und präsentiert mir das Heck ihres Schlafanzugs. Gleichzeitig weht eine Giftwolke heran, die keine Illusionen darüber aufkommen lässt, um was es sich bei der braunen Farbe handeln könnte.

»Mein Bett ist auch ganz voll …«

Auf eine detaillierte Wiedergabe der nächsten Minuten wollen wir verzichten. Stumm tue ich, was jede andere Mutter auch täte, und so dauert es nur eine knappe halbe Stunde, bis Bett, Bad und Korridor sich wieder in einem Zustand befinden, den auch meine Schwiegermutter akzeptieren würde. Aus dem vollgeschissenen Tränenkind ist das süßeste Mädchen der Südstadt geworden, der Tisch ist abgeräumt, die Spülmaschine in Aktion.

Bevor Töchterchen die seltene Chance nutzen kann, um die Weltraumstation meines Stammhalters in, grob geschätzt, siebenhundert Legosteine zu zerlegen, nehme ich es an die Leine und trabe die Treppe hinab. Als ich schon die Klinke der Haustür berühre und mich auf dem Weg zum Kindergarten wähne, schrillt hinter mir ein Schrei, der jeden Stromstoß an Wirkung übertrifft: »Nicht, Papi! Nicht mit dem Auto! Mit dem Fahrrad!«

»Hör mal, Schätzchen, Papi hat heute …«

»Nein, Papi! Mami hat doch gesagt, dass wir bei diesem Wetter das Auto stehen lassen sollen. Das ist gut für die Umwelt und besser für deinen Bauch.«

Mamis Worte sind Gesetz und Brunhilde vererbt ihre Normen schon mit der Muttermilch. In meiner Not blicke ich zum Himmel auf, doch Kumpel Petrus übt Verrat und lässt die Wolken heute im Stall.

»Warte, Schätzchen.«

In höchster Eile checkt mein angeborener Computer alle Stichwörter durch, die im Kapitel ›Hilfe‹ gespeichert sind: Von A wie ›Ablenken‹ über E wie ›Eis‹ bis zu K wie ›Kompromiss‹. »Weißt du, Schätzchen, Papi hat eine Idee.

Wir packen das Rad einfach in den Kofferraum. Dann kannst du heute Mittag …«

»Aber dafür kriege ich ein Eis! Bitte!«

Einen Augenblick neige ich dazu, in diesem Punkt hart zu bleiben. Aber zwei stahlblaue Mädchenaugen erinnern mich daran: Das Kind ist nicht allein von mir, es hat auch eine Mutter.

4

Die Uhr zeigt 09:20:14, als ich an meinen Tatort zurückkehre. Die Federung des Dichterthrones ächzt, die Brennweite der Pupillen wird auf Armlänge zurückgeschraubt, ein kritischer Blick auf den Monitor – nein, der Tod eines Pudels ist spießig und banal. Helden müssen Tragisches durchleben, damit sie aus den Ruinen ihres Lebens neu erstehen und die Welt retten können.

> Döring war Leiter der Kripo in Bochum, bis er am Morgen eines heißen Augusttages seinen Opel Corsa auf dem Parkplatz des Präsidiums abstellte und nicht daran dachte, dass seine Tochter Sophie auf dem Rücksitz schlummerte. Von dem Schock, den der Tod seines einzigen Kindes auslöste, erholte sich Döring nie mehr. Sandra ließ sich scheiden und Döring fing an zu trinken. Er machte Fehler im Job und wurde gefeuert. Als Döring ganz unten angekommen war …

… meldet sich das Telefon. Es dauert einige Sekunden, bis ich in die Wirklichkeit zurückfinde und mein Blick auf die Uhr fällt: Zehn vor zehn, Gattin hat die Aufsicht in der Pausenhalle hinter sich und genießt nun die einzige Freistunde an diesem Vormittag.

»Hallo, mein Bester. Ich wollte zwischendurch nur einmal nachfragen, wie es dir geht …«

Ein anderer würde auf diese Sirenenklänge hereinfallen – aber ich bin mit dieser Frau seit zehn Jahren verheiratet. Bevor sie erneut Atem schöpfen kann, halte ich Kugelschreiber und Notizblock bereit.

»Schön, dass es dir gut geht«, sagt sie, ohne dass ich nur eine Silbe entgegnet habe. »Hör mal, mein Bester, es wäre fein, wenn du noch vor dem Mittagessen ein paar Kleinigkeiten erledigen könntest.«

Mein Kopf nickt ohne mein Zutun – Konditionierung ist in einer Ehe wie der meinen das halbe Überleben.

»Mir ist gerade eingefallen, dass wir Flurwoche haben, und du machst das ja viel besser als ich. Außerdem würde es dir wirklich gut zu Gesicht stehen: Unsere Nachbarinnen glauben ja noch immer nicht, dass ein Hausmann so viel schafft wie eine Ehefrau …«

Auch diese Melodie ist mir vertraut: Den Ehrgeiz-Trick startet Gattin mindestens dreimal die Woche.

»Gut«, fährt sie fort, ohne mein Einverständnis extra einzufordern. »Aber denk an den Raum zwischen den Geländersprossen, dort schaut die Meiersche als Erstes nach. Und vergiss die Oberkante der Türrahmen nicht: Letzte Woche hat die Schneidersche sie einfach übersehen. Und für die Fußmatten nimmst du den Staubsauger, damit bist du gründlicher als die Webersche …«

»Verstanden«, melde ich mich, froh darüber, dass ich überhaupt noch zu Wort komme.

»Wunderbar. Also: Ciao, mein Bester, ich mache jetzt noch ein bisschen Mathe in der Oberstufe. Es reicht, wenn du mit dem Kochen um halb zwei fertig bist …«

5

Ich kenne nicht nur Frau Meier, Frau Schneider und Frau Weber – ich kenne alle Weibsen in der Nachbarschaft. Und ich kenne sie mittlerweile gut genug, um mich jedes Mal beim Flurputzen nicht mehr darüber zu wundern, dass noch keiner von ihren bedauernswerten Ehemännern den Rest seines verpfuschten Lebens in den Sanatorien von Werl, Bautzen oder Stammheim absitzen muss.

Vor allem aber kenne ich Brunhilde – und weiß, dass sie nicht nur an den drei genannten neuralgischen Punkten nachschauen wird, sondern noch an drei Dutzend anderen. Damit habe ich mindestens neununddreißig gute Gründe dafür, besonders gründlich zu sein.

Erst eine knappe Stunde später kann ich das Exposé fortsetzen. Ich überfliege den Text. Mir kommen Zweifel. Ich denke. Das braucht Zeit. Warum soll eine Frau die Heldin sein? Stöckeln nicht schon genug Kommissarinnen in den Samstagskrimis des ZDF und im *Tatort* herum? Füllen nicht schon meterweise Frauenkrimis die Regale der Buchhandlungen? Warum soll ich mich in die komplizierte Psyche einer Frau hineindenken, wenn die Seelenlage meiner eigenen Gattung offen, ehrlich und nachvollziehbar ist?

Exposé

Die Nacht des Jägers (Arbeitstitel)

Im Mittelpunkt des Kriminalromans steht der Steuerfahnder Rainer Gippert. Er soll die Finanzen des Bochumer Unternehmers Paul Winkel unter die Lupe nehmen. Bald stellt er fest, dass Millionen verschwunden sind, transferiert nach Liechtenstein und in andere Steueroasen. Was als Routinejob beginnt, entwickelt sich bald zu einer tödlichen Gefahr für den Helden …

»Willst du Töchterchen heute nicht aus dem Kindergarten abholen?«

Meine Finger hacken noch einige Sekunden weiter auf die Tastatur, aber mein Gehirn ist längst von diesem Vorgang abgekoppelt, während mir ein Eisblock in den Kragen rutscht: Wieso kommt Gattin denn jetzt schon nach Hause?

»Also, was ist?«, setzt Brunhilde nach und hämmert mit ihren Fingerknöcheln ungeduldig gegen den Türrahmen. »Und lass dir sagen: Ich finde dich unmöglich! Im Flur hast du geschlampt wie schon lange nicht mehr, und wenn ich nicht zufällig zwei Stunden früher Schluss hätte, würdest du auch noch die Kinder vergessen! Was hast du dir dabei gedacht?«

Auf diese Frage habe ich – wie üblich – keine passende Antwort parat. Aber dafür weiß ich umso besser, was ich denke: Lieber Gott, lass die Frau nicht auf meinen Monitor gucken!

»Was machst du da überhaupt?«, fragt sie, noch immer ohne speziellen Verdacht. »Den Brief an die Versicherung kannst du auch in der Mittagspause schreiben ...«

Ich nicke und das scheint die einzige wirklich überzeugende Handlung an diesem Vormittag zu sein: Gattin tritt nicht näher, sondern lässt Kinn, Nase und Haare diese anmutige Bewegung vollführen, die mir den Weg in Richtung Treppenhaus weist. Ich stehe ganz langsam auf, lächle und rase los.

6

Gegen zwei habe ich die wichtigsten Hürden des Tages genommen. Wie sonst auch, habe ich ein leicht bekömmliches, fettarmes Mittagessen mit vielen Ballaststoffen und Vitaminen zubereitet, habe den Esstisch ab- und die Küche aufgeräumt, den Mülleimer geleert, die leeren Flaschen zum Container getragen.

Söhnchen sitzt, wie ich bei zwei Kontrollbesuchen feststellen konnte, tatsächlich an den Hausaufgaben und fürchtet sich bereits vor der dritten Visite, Töchterchen bearbeitet mit einer kindersicheren Papierschere die psychologisch getesteten Bastelbögen und ich habe endlich Zeit, Gattin den Verdauungskaffee zu servieren. Wie immer, wenn die Frühlingssonne scheint, nimmt sie das Getränk auf dem Balkon.

»Hol dir doch auch ein Tässchen«, schlägt sie vor und weist auf den freien Plastiksessel. »Du hast dir eine kleine Pause redlich verdient, mein Bester!«

Friede breitet sich aus. Gattin liest die *taz*, ich denke an mein Exposé, der Flieder im Garten und der Kaffee auf dem Balkon verströmen ihre Aromen und ich halte meine Zigarette so, dass der Rauch nicht zu Gattin hinüberweht – seit der letzten Schwangerschaft ist sie gegen meine Marke allergisch.

Ein Bild des Friedens.

Fast.

»Übrigens«, sagt sie, trinkt noch ein Schlückchen und setzt die Tasse in das feuchte Biotop auf dem Tisch zurück. Aufmerksam schaue ich ihr zu.

»Hast du den Brief an die Hausverwaltung schon fertig? Die Balkontür klemmt wirklich schauderhaft. Und was ist mit der Steuererklärung? Und dem Zahnarzttermin? Außerdem wolltest du schon vorige Woche den Keller aufräumen. Ich warte schon ein halbes Jahr darauf. Und hast du an die Kontoauszüge gedacht? Du wolltest doch zur Bank gehen, wenn du Töchterchen zur Musikschule bringst …«

Das alles sagt sie ruhig und fast sachlich, ohne ihre Stimme wirklich zum Vorwurf zu erheben und mich damit unnötig in die Enge zu treiben. So kann ich ganz ohne Stress dem Register meiner Unterlassungssünden lauschen.

»Wann«, fragt sie, »wann fängst du an?«

»Morgen«, sage ich und sehe ihre Augen. »Gleich heute

Abend«, verbessere ich mich, doch auch dabei kann es nicht bleiben: »Am späten Nachmittag …«

Manche Frauen sehen ja wirklich hässlich aus, wenn sich zwischen Haaransatz und Augenbrauen die Haut in Falten legt – aber bei Brunhilde ist das ganz anders: Auf ihrer Stirn ist sehr viel Platz für diese sanften Wellen und sie verleihen ihrem Antlitz den weichen Ausdruck der Menschlichkeit, die im Alltag sonst viel zu kurz kommt.

»Du hast recht«, gebe ich zu. »Ich fange an, wenn die Zigarette alle ist. Zwei, drei Züge noch …«

Gattin steht auf und schenkt mir ein Lächeln – das zweite an diesem Dienstag – und haucht mir einen Kuss aufs Haar, bevor sie vom Balkon verschwindet: »Brav, mein Bester. In einer Stunde darfst du mich wecken …«

7

Kaum ist Brunhilde außer Sicht, schleiche ich ihr nach und lausche an allen Türen: Im Schlafzimmer klappert die Dose mit dem Ohropax auf das Nachtschränkchen zurück, bei Söhnchen ist es still und auch von Töchterchen höre ich keinen Laut. Schon stürze ich zu meinem Gefechtsstand.

> Als Rainer Gippert das Ausmaß der Verbrechen erahnt, bittet er seine Exfrau Petra Döring um Hilfe. Petra Döring war Leiterin der Kripo in Bochum, bis sie am Morgen eines heißen Augusttages ihren Opel Corsa auf dem Parkplatz des Präsidiums parkte und nicht daran dachte, dass ihr Sohn Kai auf dem Rücksitz schlummerte. Unfähig zu Trauer und Ehrlichkeit täuschte sie eine Entführung des Sohnes vor. Kai blieb für immer verschwunden. Das alles weiß Rainer Gippert nicht …

… als das Telefon klingelt.

Ganz in Gedanken hebe ich ab. Eine vertraute Frauenstimme weht an mein Ohr: »Na, mein Bester, was macht dein Exposé?«

»Och«, sage ich und begreife erst in diesem Augenblick, wer es ist. »Alles prima! Läuft wie geschmiert! Wenn alles klargeht, hast du es nächste Woche auf dem Tisch.«

»Falsch!«, korrigiert mich meine Verlegerin. »Übermorgen. Das ist deine letzte Chance.«

»Aber …«

»Kein Aber! Ich habe heute drei gute Exposés hereinbekommen. Wunderbare Frauenkrimis. Du musst dich mächtig ins Zeug legen, wenn du noch ins nächste Frühjahrsprogramm willst …«

Sie schickt mir jenes Lachen durch die Leitung, das mich schon zu mehr als einer Nachtschicht veranlasst hat.

»Also, mein Bester, ich warte.«

Übermorgen! Mein Gehirn ist plötzlich leer gefegt, die Finger sind klamm und die Buchstaben auf dem Papier beginnen zu flimmern. Und dann sehe ich plötzlich gar nichts mehr!

Brunhilde.

Einem Engel gleich muss sie hereingeschwebt sein. Ich rieche nur ihr Parfüm, zarte Finger verschließen mir die Augen und sie fragt: »Musst du den Brief denn unbedingt jetzt schreiben? Die Kinder spielen so schön und ich kann einfach nicht einschlafen.«

Ich sitze, insgesamt steif wie ein Brett, aber an allen Gliedern zitternd. Gib Gott, dass die Frau nicht auf den Computer schaut!

Dann schalte ich und befreie mich sanft von den lieben Händen, erhebe mich und dränge Gattin behutsam in Richtung Tür. »Ich muss nur noch …«

Es gibt Irrtümer, die nicht korrigierbar sind. Einer von diesen widerfährt mir in diesem Moment, und er ist mir – Freud sei mein Zeuge – augenblicklich so bewusst, dass ich erschrocken zusammenfahre, als ich das Ende meines Satzes höre: »... das Exposé zu Ende schreiben.«

»Mach's später«, murmelt Gattin, »jetzt darfst du mir den Nacken ...«

Massieren, wollte sie wohl sagen, denn das sei, wie sie mir häufig versichert, der wahre Sex für auf- und abgeklärte Menschen in unserem Alter. Doch sie sagt es nicht. Sondern sie stockt, wendet auf dem Absatz und sieht mir scharf in die Augen: »Was hast du gesagt? Habe ich richtig gehört? Ex-po-sé?«

Ich sammle all meinen Mut und sage leise: »Ja.«

Zugegeben: Persönlich bin ich nicht dabei gewesen. Damals, im Jahre 1883. Da explodierte auf der indonesischen Insel Krakatoa ein Vulkan und löste eine Flutwelle aus, die 36.000 Menschen tötete und noch im Hamburger Hafen die Schiffe schwanken ließ.

Wie gesagt: Dabei gewesen bin ich nicht. Aber ich weiß jetzt, wie das ausgesehen hat. Mein Krakatoa explodierte mitten in meinem Arbeitszimmer.

»So ist das also«, sagt Gattin leise, während sie langsam näher kommt, ihre kalten Augen auf den Text richtet und die Lippen zusammenpresst, als hätte ich von ihr das Perverseste verlangt, das sie sich vorstellen kann. »So ist das also«, wiederholt sie endlich ihre einleitenden Worte und pumpt dann so viel Luft in die Lungen, als wollte sie alle Vulkane dieser Welt ausblasen.

»Ich schufte mich Tag für Tag in der Schule ab, ertrinke in einer Flut von Korrekturen, Konferenzen und Kochwäsche, wische jede dritte Nacht im Halbschlaf Babypisse weg – und was macht mein Gatte in der Zwischenzeit? Mir helfen? Ach nein – er webt heimlich am Banner seiner Unsterblichkeit!«

Ich suche nach einer passenden Antwort, aber mein Kopf ist leer. Da ist nichts – kein mutiger Spruch, keine Ausrede, keine Entschuldigung. Nichts. Stattdessen sehe ich tatenlos zu, wie ihre manikürten Finger die Datei schließen, den Datenschredder anklicken, ihn auf ›Dreimal überschreiben‹ konditionieren und ihm dann mein Exposé in den gefräßigen Rachen schleudern.

»So!«, sagt sie schließlich und tritt ganz nahe an mich heran. »Da war mal ein Exposé. Unwiderruflich gelöscht. Und du gehst jetzt einkaufen – die Liste liegt schon auf dem Esstisch. Danach reparierst du das Schloss am Schuhschrank, bringst die Kinder ordnungsgemäß ins Bett und füllst endlich die Steuererklärung aus. Haben wir uns verstanden?«

Sie dreht ab, mit einer Grazie, die alle Verachtung dieser Welt zum Ausdruck bringt, und ich atme bereits auf – zu früh, wie sich Sekunden später zeigt.

»Und noch etwas!«, sagt sie, schon auf der Schwelle, über die Schulter hinweg: »Wenn du noch einmal bei der Erfüllung deiner Pflichten schlampst – dann kannst du sehen, woher du am Ersten dein Haushaltsgeld bekommst!«

Die Tür donnert mit einer solchen Wucht gegen die Zarge, dass sechshundert Meter unter unserer Wohnung ein paar alte Kohlenflöze in sich zusammenstürzen und das ganze Haus erbeben lassen.

Wenn ich mich recht entsinne: Meinen ersten Krimi fand sie noch richtig gut. Ein schreibender Gatte – das war doch was. So etwas putzt ungemein, wenn sie sich mit ihren Kolleginnen ausnahmsweise mal über die geistigen Potenzen ihres Gatten unterhält. Und sie hat sogar ein Kapitelchen zur Probe durchgelesen und mir vor lauter Rührung am Ende eine ihrer schönsten Metaphern geschenkt.

Beim zweiten Krimi war das schon anders. Den hat sie glatt ignoriert. Als ich ihr das Büchlein stolz überreichte, eingewickelt in rosa Seidenpapier und mit einer Widmung des Autors versehen, steckte Gattin das Päckchen ungeöffnet in die große Kramkiste, die in der Abstellkammer parkt, und sah mich voller Abscheu an: »Aber in Zukunft lassen wir die alberne Schreiberei – gelt?«

»Aber ...«

»Kein Aber, mein Bester. Es sei denn ...«

»Ja?«

»Du bleibst zu Hause und machst das bisschen Haushalt für uns. Und wenn dir dabei noch Zeit bleibt, abends vielleicht – dann kannst du ja hin und wieder ein Kapitelchen schreiben. So für dich, als Erinnerung ...«

Ich Idiot habe damals Ja gesagt und allen Ernstes geglaubt, ich könnte es trotzdem schaffen, so wie einst Galilei seine *Discorsi* bei Kerzenlicht aufs Papier gekritzelt hat. Denn der dritte Krimi, sagt man, würde der entscheidende sein. Er könne den großen Durchbruch bringen.

Fassungslos schüttele ich den Kopf: Ich bin in die Falle getappt. Kein Durchbruch zum Olymp, sondern ein Durchfall ins Nirwana. Auf der ganzen Linie.

8

Als ich vom Einkaufen zurückkomme, durchströmen plötzlich Glückshormone meinen Körper. Meine Gattin ist da, wo sie nie mehr freiwillig verweilen wollte: am Sandkasten hinter dem Haus, dem Hunde- und Kinderklo. Sie plaudert ausgelassen mit drei Frauen, während deren Blagen meine Kinder mit Sand bewerfen. Ich tue so, als ob ich das alles nicht sähe, und krame meinen Haustürschlüssel aus der Jackentasche.

Vier pralle Plastiktüten am rechten und drei volle Jutetaschen am linken Arm – so keuche ich die Treppen hinauf.

Mit zitternden Händen öffne, nein: erbreche ich die Wohnungstür, lasse die Tüten noch im Flur fallen, hetze an den Schreibtisch und starte den Computer neu – endlich weiß ich, wie mein neuer Krimi aussehen soll.

Exposé

Die Nacht des Jägers (Arbeitstitel)

Im Mittelpunkt des Thrillers steht der unbestechliche Steuerfahnder Rainer Gippert. Er soll die Finanzen des Bochumer Speditionsunternehmens Kornsaat unter die Lupe nehmen, das den Geschwistern Randolf und Reinhild K. gehört. Während Randolf sich im Innenausschuss des Bundestages als Kämpfer gegen das organisierte Verbrechen profiliert, verstößt Reinhild gegen alle Gesetze: Die meisten Fahrer werden unter Tarif bezahlt, bespitzelt und zur Überschreitung der Lenkzeiten genötigt, während in den manipulierten Benzintanks Heroin eingeschmuggelt wird. Als Steuerfahnder Gippert undercover bei Kornsaat als Fahrer beginnt, entwickelt sich der Job zu einem Himmelfahrtskommando, denn Reinhild setzt die Profikillerin Michelle Rodin auf Gippert an. Dieser glaubt zunächst, dass die attraktive Französin ihn wirklich liebt, aber dann …

… zerreißt ein Orkan die Pforte meines Refugiums. Im Zentrum der Naturgewalten steht meine donnerschleudernde Gattin, eine Milchtüte in der einen und unser nass gestrulltes Töchterchen an der anderen Hand.

»Wie kannst du das machen?«, faucht sie los.

»Was?«

»Das fragst du noch?«, schrillt es in meine Gehörgänge. »Milch von *Lidl*? Hat dich jemand gesehen?«

Bei *Lidl* einzukaufen steht für Brunhilde auf der gleichen Stufe wie die Leugnung des Holocaust.

Ich weiß, sie bespitzeln ihre Angestellten, sie knebeln ihre Zulieferer, sie transferieren ihre Gewinne in dubiose Stiftungen. Aber sie hatten heute die preiswerteste Milch im Umkreis von drei Kilometern. Ich weiß, dass ich keine Chance habe, wenn ich ihr sage, dass die Milch im Bioladen ausverkauft war. Aber ich versuche es.

»Was hindert dich daran, dich auf das Fahrrad zu schwingen und nach Wiemelhausen zu fahren? Im Naturkostladen haben sie immer Milch. Aber du hast ja nur dein Geschmiere im Kopf!«

Die Tür brettert ins Gebälk, und bevor mir so recht bewusst wird, dass Gattin vergessen hat, mir das durchnässte Kind in den Arm zu drücken, wird das geschundene Bauteil wieder aufgestoßen: »Und jetzt ist es Zeit, Söhnchen zum Training …«

»Nein!«

»Nein?«, schreit Gattin auf, einen nie da gewesenen Akt von Befehlsverweigerung witternd. »Kannst du mir …?«

»Kann ich«, nicke ich, während Gattins Blick mir selbst auf diese Entfernung den Bart versengt. »Diese Woche«, verkünde ich stolz, »diese Woche fährt Holgers Mutter die beiden zum Sportplatz.«

9

Eine stürmische Stunde liegt hinter mir. Ich habe im Wohnzimmer den Teppich gesaugt und im Gästeklo die gelben Spuren weggewischt, die Spülmaschine ausgeräumt und die Aschenbecher auf dem Balkon geleert – und selbstverständlich habe ich auch Söhnchen und Freund Holger zum Fußball gefahren: denn dessen Mutter hat diese Woche ihre Tage achtundvierzig Stunden früher als sonst bekommen, und deswegen …

Ist ja auch egal. Söhnchen ist auf jeden Fall noch eine Stunde im Einsatz und Töchterchen beglückt mich mit einem verspäteten Mittagsschlaf. Meine Gattin telefoniert. Sie hat es sich im Fernsehsessel bequem gemacht, ein Glas Rotwein und den Aschenbecher in Greifweite. Die Signale sind eindeutig, das Gespräch wird eine Weile dauern. So kehre ich, auf jegliche Tarnung verzichtend, zum Tatort zurück und hoffe, dass ich in den angefangenen Text zurückfinde.

Vergeblich. Stumm sitze ich vor meinem PC, starre auf die toten Tasten und warte auf irgendetwas, das sich nicht ereignet. Ich habe alles erledigt, was ein Hausmann zu tun hat, und bin selbst erledigt.

Je länger ich so dasitze, desto mehr schmerzt mich jene Stelle am Rücken, an der schon Siegfried, der Recke, verwundbar war.

Dolchstoß von hinten – das ist der passende Vergleich. Schnüffler und Fixer – die könnten stets mit ihrem Mitleid rechnen. Selbst für Säufer hat Gattin noch Verständnis und auch Berufszocker sind für sie Mitglieder der großen Menschengemeinschaft – denn all diese Süchte, so sagt Gattin immer, seien soziologisch ableitbar, die von ihnen Befallenen in erster Linie Opfer der Gesellschaft …

Nur uns, die Krimischreiber, die am meisten Süchtigen, die von der schlimmsten Droge Befallenen, die Hoffnungslosesten unter den Verlorenen – uns straft Gattin mit Verachtung. Denn wir sind noch nicht medizinisch anerkannt.

Als sich endlich die Tür öffnet, habe ich keine einzige neue Zeile geschrieben und Brunhilde schenkt mir ein Lächeln. Ich glaube zu ahnen, was das zu bedeuten hat, doch es kommt noch viel schlimmer.

»Ich habe gerade mit Jule telefoniert«, verrät sie mir und ich fühle mich, als hätte mir jemand von hinten einen Eisblock ins T-Shirt gesteckt. Jule hat zwei Ehemänner in den Herzinfarkt und einen dritten in die Psychiatrie getrieben und gibt nach und nach all ihr Wissen an Brunhilde weiter.

»Uns ist eine ganz verrückte Idee gekommen. Morgen – da fliegen Jule und ich einfach mal für ein paar Tage nach London …«

Ich schweige – es braucht seine Zeit, bis die Worte mich wirklich erreichen.

»Und die Schule?«, begehre ich auf.

»Ach, mein Dummerchen!«, sagt sie. »Morgen beginnt doch der Kirchentag. Da sind alle Klassen und Turnhallen mit Gläubigen belegt. Wir haben den Rest der Woche frei …«

Fürsorglich beugt sich Gattin so tief über mich, dass eine ihrer Haarsträhnen meine rechte Wange streichelt.

»Ich hatte ja erst Bedenken«, gibt sie freimütig zu. »Aber ich bin sicher, dass du mit Holger klarkommst. Und glaub mir: Söhnchen und Holger – die werden sich riesig freuen. Vier Tage lang in einem Zimmer …«

Vier Tage allein mit unseren Kindern – das würde ich vielleicht noch überleben. Aber vier Tage mit unseren Kindern und Holger, dem Monster – dann wird unsere Wohnung zum Vorhof der Hölle. Und wenn ich an die Auftragslisten denke, die Gattin mir für diese Zeit an die Pinnwand hängen wird – dann weiß ich, wie das Fegefeuer aussieht. Ich werde darin schmoren – und mein Exposé wird verbrennen.

»Was ist, mein Bester?«, fragt Brunhilde plötzlich und schaut mich beunruhigt an. »Woran denkst du?«

»Woran schon?«, frage ich zurück und richte mich auf, den Blick fest auf ihren schönen, schlanken Hals gerichtet. »An mein Exposé. Es ist fast fertig. Und es wird fertig. Um jeden Preis.«

»Was heißt das?«, fragte sie. Ihre Stimme ist noch genauso ruhig wie vorher. Aber das Blut in ihrer Halsschlagader pocht.

10

»Na, mein Bester«, sagt eine freundliche Stimme. »Gut vorangekommen?«

Ich nicke und schaue auf, frage: »Darf ich noch ein paar Minuten?«

»Geht leider nicht. Um halb elf löschen wir hier das Licht. Immer. Und bei allen. Eine Ausnahme ist nicht drin …«

Seufzend stehe ich auf, packe die Blätter zusammen und liefere sie zusammen mit dem Bleistift ab. Ein letzter Blick auf die Fotos der Kinder, die jetzt bei der Oma leben, und schon greife ich nach der Decke, um sie mir über den Kopf zu ziehen.

»Bye-bye, Brunhilde«, zitiert die sanfte Stimme. »Ein schöner Titel. Klingt richtig gut …«

Wenn der Mann wüsste, wie mir dieses Lob hinuntergeht!

»Wirklich«, sagt die Stimme. »Das wird bestimmt ein schönes Buch. Und ich bin sicher, Sie schaffen es …«

»Ja?«, frage ich. »Glauben Sie das wirklich, Chef?«

»Keine Frage«, nickt der Wachtmeister und lächelt. »Schließlich haben Sie ja noch zwölf Jahre Zeit …«

Leo P. Ard

Stille Nacht, tödliche Nacht

1

Ich esse Arsen. Seit einem Jahr. Jeden Tag eine kleine Prise. Eine Menge, die für jeden anderen tödlich wäre. Mein Körper hat sich an das Gift gewöhnt. Die Dosis habe ich schrittweise erhöht und fühle mich dabei putzmunter und fit wie ein Hochleistungssportler. Bergsteiger und Langstreckenläufer führen ihrem Körper kleine Mengen Arsenik zu, um die Muskelbildung zu fördern. Aber ich bin kein Sportler, ich lebe eher nach Churchills Motto: No sports.

Ich ahne, Sie schütteln den Kopf: ein Verrückter.

Aber ich bin nicht verrückt.

Ich bin ein Mörder!

Ehrlich gesagt, noch nicht. Noch habe ich niemanden umgebracht. Erst Weihnachten wird es so weit sein.

Am Heiligabend werde ich meine Familie beseitigen.

Sie erschrecken? Das ist verständlich. Aber Sie kennen meine Familie nicht: eine Bande gieriger, selbstsüchtiger Blutsauger, ordinär, dumm, laut und rücksichtslos. Sie wohnen in meinem Haus, sie leben von meinem Geld. An manchen Tagen gelingt es mir, mich ihrer Gesellschaft wenigstens zeitweilig zu entziehen. Dann mache ich Überstunden im Büro oder schließe mich zu Hause in meinem Zimmer ein. Aber an den Familienfeiertagen vervielfältigen sich ihre Energien und damit meine Qualen.

Meine Tat wird ein Akt der Selbstverteidigung sein.

Ich muss Ihre Geduld ein wenig strapazieren, denn ich will Ihnen die einzelnen Mitglieder meiner Verwandtschaft vorstellen. Dann werden Sie verstehen, warum ich keinen anderen Ausweg mehr sehe.

2

Tante Hedwig ist das personifizierte Böse. Sie trägt großgeblümte Kleider und fleckige Kittelschürzen. Sie riecht nach Schweiß und schwerem, süßem Parfüm. Seit achtzehn Jahren erdulde ich ihre Tyrannei. Nach dem Tode meiner Eltern hat sie das Sorgerecht für mich übertragen bekommen. Meine Eltern kamen bei einem Autounfall am Kamener Kreuz ums Leben. Ich war damals gerade zwölf Jahre alt.

Meine Mutter war die jüngere Schwester von Tante Hedwig und Tante Dorothea. Ich erinnere mich an eine elegante Dame, die gut duftete, mir abends einen Gutenachtkuss gab und mit sanften Händen über mein Haar strich.

Mein Vater war Jurist bei der Ruhr-Knappschaft. Ein fröhlicher Mann, der gern lachte und wilde Kissenschlachten mit mir veranstaltete. Sie hinterließen mir das schöne, große Haus am Löwenzahnweg in Bochum-Stiepel.

Tante Hedwig war begeistert, als sie nach der Beerdigung dort einziehen konnte, und belegte gleich das ganze Erdgeschoss für sich und ihre Fernseher. Dafür nahm sie es gern in Kauf, ihre pädagogischen Fähigkeiten an mir zu probieren. Zuvor hatte ihre Fürsorge einem kleinen Terrier gehört.

Wussten Sie, dass Tiere Selbstmord begehen können?

Ich sah, wie der Terrier ins Wasser ging. Und er konnte gut schwimmen. Er wollte nicht mehr!

Den Rohrstock, den sie zur Züchtigung des Hundes eingesetzt hatte, bekam ab sofort ich zu spüren.

Tante Hedwig ist nicht nur jähzornig, sondern auch geizig. Ich besaß eine gefütterte Stoffhose für den Winter und eine kurze für den Sommer. Noch mit vierzehn musste ich die kurze Hose in der Schule tragen. Können Sie sich vorstellen, wie ich gelitten habe? Dabei hat sie treuhänderisch das Vermögen meiner Eltern verwaltet. Ich hätte jeden Tag eine andere Hose tragen können.

Onkel Robert, ihr Mann, hat ein Gemüt wie ein Schlachterhund. Oder wie würden Sie jemanden bezeichnen, der in den unschuldigen Seelen von Minderjährigen herumstochert und sich an ihren Qualen weidet?

In meinem Herzen eingemeißelt ist ein Vorfall aus meiner Pubertät. Ich entdeckte meinen Körper und meine Sexualität und Onkel Robert einen *Playboy* in meiner Schultasche. Das war sein Gesprächsthema für die nächsten zwei Jahre. Bald wussten es alle: die Verwandtschaft, die Lehrer, die Nachbarn – und die Eltern meiner ersten Freundin. Die untersagten ihrer Tochter daraufhin den Kontakt zu dem »sexuell wohl etwas ausschweifenden« Jungen.

Und Onkel Robert gibt zu Weihnachten stets die neueste Sammlung seiner Herrenwitze zum Besten …

Im ersten Stock hat sich Tante Dorothea eingezeckt. Daher musste ich damals in die ehemalige Mädchenkammer auf dem Dachboden ziehen. Das hat allerdings den Vorteil, dass ich hier oben alleine bleibe, weil die Bodentreppe für meine senilen Peiniger zu steil ist.

Tante Dorothea ist eine klapperdürre Vogelscheuche mit gierigen Habichtaugen und Krallenfingern, die sie mit protzigen Ringen schmückt. Sie ist Anfang sechzig und vital wie eine Vierzigjährige. Nach dem, was sie allerdings erzählt – und ich höre sie seit achtzehn Jahren reden –, müsste sie bereits seit ebenso vielen Jahren unter der Erde liegen. Seit den ersten gemeinsamen Weihnachtsfesten kenne ich alle ihre Krankheiten. Ich weiß über ihre Darmträgheit Bescheid, über ihre Herzrhythmusstörungen, über ihre Kreislaufbeschwerden, über Wasser in den Beinen und Blut im Urin. Sie traktiert mich mit medizinischen Begriffen und Erklärungen der neuesten Krankheiten. Sie könnte bei jeder

Operation dem Chefarzt assistieren. Dabei war sie noch nie in einem Krankenhaus. Ihr Hausarzt hat mich, ihren besorgten Neffen, beruhigt, Tante Dorothea ist fit wie der berühmte Turnschuh. Wenn sie nicht vorher anderweitig umkäme, würde sie mit ihrer Konstitution hundert Jahre alt. Hundert Jahre!

Die letzten beiden in unserer Runde unter dem Christbaum sind Karl-Heinz und Bärbel. Karl-Heinz ist Dorotheas Sohn. Glücklicherweise ist im Haus kein Platz mehr gewesen, sonst wären Karl-Heinz und Bärbel nach ihrer Heirat garantiert auch noch eingezogen, in mein Haus.

Karl-Heinz ist nie darüber hinweggekommen, dass ich in der Schule der Bessere war und die hübscheren Freundinnen hatte. Seine geistige Unterlegenheit versuchte er durch Kraftsport wettzumachen. Drei Jahre lang spielte ich bei seinem Training den Punchingball. Eine Narbe über dem rechten Auge erinnert noch heute an sein sadistisches Vergnügen.

Wenn er sich am Heiligen Abend nicht damit brüstet, wie er mich damals verprügelt hat, dann berichtet er von seinem Opel Astra. Können Sie sich vorstellen, dass jemand stundenlang von einem Opel schwärmt – über Hubraum, PS und Benzinverbrauch? Er hat sogar den Zylinderköpfen Namen gegeben.

Seine Frau Bärbel ist ein sexhungriges Biest. Regelmäßig, wenn Karl-Heinz Nachtschicht hat, klingelt sie mich aus dem Bett und macht mir anzügliche Angebote. Im letzten Jahr hat sie mit der Salzstange an meiner Hose rumgemacht – während wir alle zusammen *Stille Nacht, heilige Nacht* gesungen haben. Als ich aus dem Keller einen neuen süßen Wein für die Tanten holte, fasste sie mir in den Schritt.

Das mag für manche männlichen Leser ganz reizvoll klingen. Aber Bärbel ist absolut nicht mein Typ, sie hat üppige, fast aggressive weibliche Formen, die mich eher ängstigen, ist grell geschminkt und lacht laut und aufdringlich. Außerdem hat sie Mundgeruch.

Beim letzten Telefonat hat sie angekündigt, dass ihre Geduld nun am Ende sei. Wenn ich ihrem Drängen nicht endlich nachgäbe, würde sie Karl-Heinz erzählen, dass ich sie belästigen würde. Und Karl-Heinz treibt immer noch Kraftsport.

Das ist meine Familie.

Können Sie verstehen, dass ich endlich einen Schlussstrich ziehen will?

Sie würden es auch versuchen!

Es wird wie ein Unfall aussehen.

Wir haben Arsen im Haus. Tante Hedwig setzt es gegen Küchenschaben und Mäuse ein. Unvorsichtigerweise bewahrt sie es in der Speisekammer auf, nur unzureichend beschriftet. Es steht im Regal unter dem Backpulver und dem Mehl.

Wir werden wie jedes Jahr nach unserem Truthahn einen Käsekuchen essen, den ich wie jedes Jahr zusammen mit Tante Hedwig vorbereiten muss. Aber dieses Jahr wird es das letzte Mal sein.

Wir alle werden uns vergiften. Und nur ich werde überleben!

Man wird mir den Magen auspumpen und die gleiche Menge Arsen finden wie bei den anderen. Man wird es Gott und meiner robusten Gesundheit zuschreiben, dass ich nicht auch gestorben bin.

3

Während ich die folgenden Zeilen schreibe, liege ich im Krankenhaus. Es geht mir den Umständen entsprechend gut. Eben war Tante Hedwig hier und hat mir gute Besserung gewünscht.

Daraus ersehen Sie, dass mein Plan schiefgegangen ist. Es ist mir ein bisschen peinlich, die Geschichte meines Scheiterns zu erzählen.

Am Morgen des Heiligen Abend bereitete ich zusammen mit Hedwig den Kuchen vor. Es lief alles nach Plan. Sie merkte nicht, wie ich Arsen ins Mehl schüttete. Nach vollendeter Tat fuhr ich in die Stadt, um in der Kortumstraße kurz vor Geschäftsschluss die Geschenke einzukaufen. Alles sollte so aussehen wie immer.

Nach dem gemeinsamen Singen der Lieder, dem Auspacken der Geschenke – ich erhielt von Tante Hedwig ein Oberhemd mit kurzen Armen – und nach dem Truthahnbraten versammelten wir uns im Wohnzimmer, um den Kuchen zu essen.

Karl-Heinz hat einen neuen Opel, und der braucht nur 6,9 Liter auf 100 Kilometer. Tante Dorothea bekommt seit Kurzem Bestrahlungen gegen ihr Rückenleiden und Onkel Robert kannte einen Witz über Samenspenden.

Fasziniert sah ich zu, wie allen der Kuchen mundete, und ich selbst nahm ein großes Stück und wartete. Die Minuten schleppten sich dahin wie die Stürmer des VfL. Bis Tante Dorothea merkte, dass Molli nicht da war, ihr Zwergpudel.

»Mein Molli, wo ist er?«

Einer nach dem anderen erinnerte sich, dass es Stunden her sein musste, dass wir ihn zuletzt gesehen hatten. Und wir standen auf, ihn zu suchen. Schließlich fand Onkel Robert das Tier im Hausflur unter der Garderobe. Molli hatte eine weiße Masse ausgekotzt und bewegte sich nicht mehr.

»Er ist tot!«, jammerte Tante Dorothea. »Er ist tot! Heute Mittag war er doch noch gesund!«

Karl-Heinz war sich nicht zu schade, in dem Erbrochenen herumzuwühlen. »Das ist Kuchenteig, Leute! Käsekuchen!«

Ratlosigkeit, dann sagte Tante Hedwig: »Er muss sich überfressen haben. Heute Nachmittag ist er über den Kuchen hergefallen. Als ich kam, war die Hälfte weg und den Rest konnte ich nur noch wegschmeißen.«

»Und was für ein Kuchen steht im Wohnzimmer auf dem Tisch?«, fragte ich.

»Ach, Jungchen!«, sagte Hedwig. »Ich habe dann allein einen neuen gebacken ...«

Wie gelähmt saß ich anschließend auf dem Sofa.

Ich konnte es einfach nicht glauben. Ein Jahr harter Arbeit war umsonst.

Als Bärbel dann die Show mit der Salzstange abzog, schlug ich – ganz in Gedanken – ihre Hand weg. Augenblicklich stürzte Karl-Heinz auf mich zu: »Wie kannst du es wagen ...«

Er hat wirklich eine harte Rechte. Aber der Chefarzt der Chirurgie im Bergmannsheil meint, sie könnten die Klammer von meinem Kiefer Ende nächster Woche entfernen: »Dann können Sie wieder nach Herzenslust essen.«

Das tröstet meinen knurrenden Magen nicht. Es gibt nur eins, was mich am Leben hält: In 363 Tagen ist wieder Weihnachten!

Leo P. Ard

Schreber sterben langsam

Der Mörder ist immer der Gärtner – Teil 5

Einsamkeit hat einen Namen: Horst Lewandowski. Verzweiflung hat ein Gesicht: eine hohe Stirn, buschige Augenbrauen, blaue Augen, hohe Wangenknochen.

Dem Vorsitzenden des Schrebergartenvereins *Zum tollen Bomberg* ging es nicht gut. Vor drei Tagen war er zur Krebsvorsorgeuntersuchung gegangen, Routineangelegenheit.

Gestern hatte ihn Doktor Beck beiseite genommen, mit wässrigen Augen fixiert und ihm einen Befund in die Hand gedrückt: HIV-positiv.

Der ehemalige Stahlarbeiter konnte es nicht fassen: er und Aids? Das passte zusammen wie Borussia Dortmund und zweite Liga. Es war grotesk.

Aids, das war die Fernsehdokumentation, bei der er wegzappte. Das war der schwule Friseur Schönbaum aus Hörde, dem Lewandowski seine Haare nicht mehr überlassen hatte, als er hörte, dass der Mann nicht mehr lange zu leben hatte.

Achtundzwanzig Jahre lang hatte er eine tadellose Ehe geführt. Wenn es in Dortmund jemanden gab, auf den das Attribut ›treu‹ zutraf, dann auf ihn. Wenn seine Freunde vom Kegelklub *Fidele Jungs,* deren Kassenwart er ebenfalls war, die prall gefüllte Vereinskasse in einem stadtbekannten Bordell leeren wollten, hatte er sich stets ausgeklinkt. Aus Angst vor Gerede, vor Indiskretion und Ansteckung.

Nur ein kleines, winziges, einziges Mal war er fremdgegangen. Im vergangenen Herbst, als mit den letzten Sonnenstrahlen im Oktober die Äpfel geerntet wurden und mit viel Bier und Schnaps die Saison ihren Ausklang fand.

Alle hatten viel getrunken. Irgendwann hatte ihn Jutta

Röttger gebeten, sie in ihr Gartenhäuschen zu geleiten. Sie fühlte sich angeblich nicht mehr sicher auf den Beinen. Zehn Minuten später lag er dazwischen. Mit hungrigen Augen und festem Griff hatte sie ihn über sich gezogen. Er war Wachs in ihren Fingern.

Am nächsten Morgen war er nicht mehr sicher, ob der Quickie im Gartenhäuschen nicht ein Traum gewesen war. Sie hatten nie wieder darüber gesprochen, sich freundlich über den Gartenzaun gegrüßt. Alles wie immer.

Bis gestern.

Gestern hatte er die Quittung für seine moralische Verfehlung bekommen.

Horst Lewandowski war kein Kämpfer, kein Held. Er wusste genau, dass er nicht die Kraft aufbringen würde, mit der Krankheit zu leben und in Würde zu sterben.

Er dachte an Elsbeth, die Schwester seiner Frau: Ein langes, schmerzhaftes Krebsleiden in Aussicht, war sie der Gesellschaft für humanes Sterben beigetreten und hatte sich das Rezept für einen Schierlingsbecher besorgt.

Er war dabei gewesen, als sie den Trank einnahm und zehn Minuten später das Herz aussetzte.

Das Rezept für die tödliche Dosis hatte er aufbewahrt, gut versteckt und sich fest vorgenommen, ihrem Beispiel zu folgen. Allerdings hatte er an zwanzig, dreißig Jahre gedacht und nicht an ein paar Monate.

Horst Lewandowski spürte keinen Groll gegen Jutta Röttger. Er war sich sicher, dass sie selbst nichts von der Krankheit wusste. Dass sie ebenfalls infiziert war, war Strafe genug. Und vor allem hatte er Angst, sich zu bekennen, mit ihr darüber zu sprechen. Es war nicht kalkulierbar, wie sie mit der Wahrheit umgehen würde. Vielleicht würde sie ihr Elend herausschreien. Ihn bloßstellen. Das wollte er seiner Familie ersparen.

Der Einzige, der von seiner Krankheit wusste, war Doktor

Beck, aber der war zum Schweigen verpflichtet. Auf ihn konnte er sich verlassen.

Lewandowski hatte sich vorgenommen, still aus dem Leben zu scheiden. Herzinfarkt, das kommt schon mal vor, wenn man die fünfzig hinter sich gelassen hat.

Die Mitglieder des Vereins würden ihn in dankbarer Erinnerung halten, man würde sich zu seinen Ehren bei der Jahreshauptversammlung erheben, vielleicht sogar den Kiesweg nach ihm benennen: Horst-Lewandowski-Weg.

Doch heute Morgen war alles ganz anders gekommen.

Erwin Farle, sein Stellvertreter, war der Überbringer der schlechten Nachricht. Angeblich seien viele Vereinsmitglieder mit seiner Geschäftsführung unzufrieden, hatte er durchblicken lassen. Seinen Alleingang bei der Verkündung einer neuen Platz- und Wegeordnung würden ihm die Leute übel nehmen.

Zuerst hatte Lewandowski die Nörgelei nicht weiter interessiert. Er hatte andere Sorgen. Farle war nur damit unzufrieden, dass er als Stellvertreter nichts zu melden hatte. Wenn es Probleme gab, kamen die Leute doch immer zuerst zum Boss.

Doch dann überraschte der dicke Schorsch Lewandowski mittags mit der Mitteilung, dass die WELAG AG Konkurs angemeldet habe. Das sei soeben in den Nachrichten berichtet worden.

Jedermann wusste, dass Lewandowski die Vereinsrücklagen in WELAG-Aktien angelegt hatte. Eine stabile, todsichere Kapitalanlage, so hatte er auf der Hauptversammlung argumentiert. Warum sollen ein paar tausend Euro auf dem Girokonto nur Kosten verursachen, wenn sich das Geld für das Vereinsfest durch kluge Anlage schnell verdienen ließe!

Alle im Verein hatten zugestimmt. Aber was hieß das schon? Nun würde man ihn zum Sündenbock machen.

Schorsch hatte aufgeschnappt, dass der Vorstand, der heute in Lewandowskis Garten zusammentreffen würde, ein Misstrauensvotum vorbereitete. Man wollte ihn nicht wieder als Kandidaten für die Wahlen zum Vereinsvorsitzenden nominieren. Der Aufstand würde – so Rentner Schorsch – von niemand anderem angeführt als von Jutta Röttger.

Ein Putsch – nach zwanzig Jahren, während derer sich Lewandowski für den Verein krumm gemacht hatte. Wie viele kostbare Stunden hatte er für Sitzungen geopfert? Wie viele tausend Seiten Protokolle getippt?

Er hatte Wege geharkt, die die anderen nicht pflegten, Schnee geschaufelt, wenn andere noch schlafen wollten.

Seine Schreber waren undankbar.

Lewandowski wünschte ihnen die Krätze an den Hals und Läuse an die Rosen.

Rache hat einen Namen: Horst Lewandowski.

Er nahm die Tüte mit der Tabletten- und Kräutermixtur von Elsbeths Todestrank und rührte die Zutaten in seinen allseits beliebten Holunderbeersaft. Er hatte die Dosis seiner Schwägerin vervierfacht, schließlich musste sie für den gesamten Vorstand reichen.

Lewandowski blickte starr in seinen Garten. Es war an der Zeit, Abschied zu nehmen. Dreimal hatte er den Wettbewerb *Dortmunds schönster Schrebergarten* gewonnen, zweimal war er Zweiter geworden.

Sie kamen den Kiesweg entlang: Jutta Röttger, Lutz Krämer und Erwin Farle, gut gelaunt, plaudernd.

Lewandowski musterte die Ankömmlinge kalt. Was hatten sie schon zu verlieren? Jutta Röttger (HIV-positiv), der humpelnde Lutz Krämer (Prostata), der keuchende Erwin Farle (Zigaretten)?

Die Welt würde sie entbehren können!

»Glück auf!« Die Dame und Herren Vorstandsmitglieder waren durstig und bedienten sich am schmackhaften Holunderbeersaft. Man sparte nicht mit Komplimenten.

Eine tiefe Ruhe überkam Lewandowski. Er wusste, was er tat, als er das Glas an seine Lippen setzte.

Mit jedem Schluck nahm er Abschied. Er dachte an die Jahre im Stahlwerk, an die glücklichen und auch die langweiligen an der Seite seiner Frau, an die Urlaube. Vor allem dachte er an die vielen wunderbaren Jahre im Schrebergarten. Eine Erinnerung, die ihm dieses Trio kaputt machen wollte.

Als die Gläser leer waren, hob Horst Lewandowski die Stimme an: »Liebe Freunde. Wir beginnen mit unserer Vorstandssitzung. Gibt es weitere Vorschläge zur bekannten Tagesordnung?«

Er musterte die Gesichter der anderen. Noch schienen sie nichts vom Gift in ihren Körpern zu spüren.

Punkt eins war die Vorbereitung des Frühjahrsfestes. In diesem Augenblick traf sich sein Blick mit dem von Jutta Röttger. Bemerkte er in ihren Augen ein spöttisches Funkeln? Machte sie sich über ihn lustig?

Lutz Krämer bemängelte, dass bei der letzten Party nach drei Stunden das Bier ausgegangen war, sodass man abwechselnd zur nahe gelegenen Trinkhalle eilen musste, um Nachschub zu holen.

Der Versorgungsengpass spreche nicht unbedingt für den Weitblick und das Organisationstalent des Vorsitzenden, kritisierte Lutz Krämer.

Die anderen nickten.

Das ist ihre Strategie, dachte Lewandowski. Kleinkrieg. Scheibchenweise seine Kompetenzen beschneiden und dann zum Todesstoß unter ›Verschiedenes‹ ausholen.

Nach dem vorletzten Gartenfest hatte man ihn beschimpft, weil er zu viel Bier eingekauft hatte und man nicht wusste, wie man die Lagerbestände frisch halten sollte. Damals hatte er lamentiert, argumentiert, diskutiert.

Heute hatte er keinen Bock auf eine Auseinandersetzung. Es war ihm zu billig, sich in den letzten Minuten seines Lebens für ein fehlendes Fass Bier zu rechtfertigen. Er würde sich nicht zum Objekt ihres miesen Spiels machen. Er spielte sein eigenes.

Dass die Attacke auf den Vorsitzenden ohne Erwiderung blieb, irritierte die Anwesenden. Fragende Blicke gingen hin und her.

Ein grauer Schleier legte sich über Lewandowskis Augen. Auch seine Gegner hatten die ersten Aussetzer. Jutta Röttger bat um ein Glas Wasser. Sie habe einen trockenen Mund.

Lewandowski erinnerte sich. So war es auch bei seiner Schwägerin gewesen. Der sterbende Körper schrie nach Flüssigkeit. Er musste sich beeilen. Er wollte das Scheitern ihrer Intrige nicht verpassen. »Ich ziehe den Punkt Verschiedenes vor. Wir kommen zum Vorschlag für die Wahl des Vorsitzenden auf der kommenden Jahreshauptversammlung.«

Lewandowski hatte das Gefühl, als stehe er neben sich. Seine Worte klangen eigenartig hallend in seinen Ohren. Auch der Gegner war geschwächt. Niemand widersprach der willkürlichen Änderung der Tagesordnung.

Jutta Röttger meldete sich zu Wort und feuchtete mit Mineralwasser die Lippen an. »Zwanzig Jahre haben wir unter deiner autoritären Führung gelitten. Zwanzig Jahre hast du uns diktiert, was wir tun und lassen müssen. Die Zeit ist reif …«

Die letzten Worte fielen ihr schwer. Offenbar hatte sie einen längeren Vortrag vorbereitet, doch ihre Kräfte reichten nicht aus.

Nun ist es also heraus, dachte Lewandowski. Er sah, wie Erwin Farle mit der Müdigkeit kämpfte. Das rechte Augenlid zuckte. Wie bei Lewandowskis Schwägerin.

»Ich klebe nicht an meinem Posten«, sagte Lewandowski. »Ich bitte um die Nennung von Kandidaten!«

»Es gibt jemanden«, meldete sich Lutz Krämer und klopfte ans Glas, um die dahinschwindende Aufmerksamkeit der anderen zu erlangen, »der sich um unseren Schreberverein verdient gemacht hat. Jemand, dessen Engagement zum Wachsen und Gedeihen des Vereinslebens beigetragen hat. Dem alle zu Dank verpflichtet sind.«

»Darf ich erfahren, wie dieser Kandidat heißt?«

Die drei lachten ihm ins Gesicht.

Er lachte zurück.

Wer zuletzt lacht, lacht am besten.

»Horst Lewandowski!«, sagten sie im Chor.

Jutta Röttger stand wankend auf und kramte aus ihrer Handtasche einen Brief hervor. »Vom Bundespräsidialamt«, erklärte sie. »Sie haben unseren Vorschlag angenommen. Du kriegst demnächst das Bundesverdienstkreuz.«

Ich bin schon tot, dachte Lewandowski. Der Teufel quält mich.

»Du hast es dir wirklich verdient«, meinte Lutz Krämer. »Warst immer für den Verein da. Hast deine Freizeit geopfert. Hast ...« Er hörte einfach auf zu sprechen und schloss die Augen.

Horst Lewandowski sprang auf. »Das ist doch nicht wahr?! Ich dachte, ihr wollt putschen!«

»Quatsch«, sagte die Röttger leise.

»Wegen der WELAG-Aktien!«

Sie lachte müde. »Ach, hat Schorsch auch dich damit in den April geschickt?«

Lewandowski starrte auf den Kalender. Es war der 1. April. Ihm wurde schwarz vor Augen. Er musste sich setzen. Er wollte schlafen, tief und fest schlafen.

Er zwang sich, die Augen wieder zu öffnen.

Lutz Krämer saß noch immer auf seinem Stuhl, kerzengerade. Aber er atmete nicht mehr. Erwin hing mit seinem Oberkörper auf der Tischplatte, seine verkrampfte Hand umfasste das Glas. Jutta Röttger lag neben dem Tisch, die Beine angezogen, die Hände wie ein Kissen unter dem Kopf gebettet.

Lewandowski schloss wieder die Augen. Schmerz und Trauer zerrissen ihm fast das Herz.

Es klopfte an der Tür. So laut und penetrant, dass Lewandowski unter Aufbietung all seiner Kräfte aufstand und zur Tür wankte.

Verschwommen erkannte Lewandowski das Gesicht von Doktor Beck. »Gott sei Dank. Ich hab halb Dortmund nach Ihnen abgesucht. Die Praktikantin, diese dumme Pute. Sie hat den Befund verwechselt. Der Freund von Friseur Schönbaum, der heißt Lewankowski. Mensch, bin ich froh. Ich hatte schon befürchtet, Sie tun sich was an!«

Die letzten Worte hörte Lewandowski nicht mehr.